Der Feind aus dem Dunkel

Die Autorin Anni Hruschka war eine österreichische Schriftstellerin, die über 120 Kriminal- und Unterhaltungsromane verfasste. Als Verfasserin vielgelesener Zeitungsromane ist sie weit über die Grenzen ihrer Heimat bekannt geworden.

In der Buchreihe „Historical Diamond" werden die Juwelen bedeutender klassischer Autoren in einer qualitativ hochwertigen, aber preiswerten Buchausgabe in ungekürzter Fassung neu herausgegeben. Das Themenspektrum umfasst spannende Romane, u. a. historische Romane, Krimis, Fiktion, Abenteuer und Entdeckungsreisen.

HISTORICAL DIAMOND

Annie Hruschka

Der Feind aus dem Dunkel

Kriminalroman

Herausgeber
Klaus-Dieter Sedlacek

Band 4

Bibliografische Information Der Deutschen Bibliothek:
Die Deutsche Bibliothek verzeichnet diese Publikation
in der Deutschen Nationalbibliografie; detaillierte
bibliografische Daten sind im Internet über
http://dnb.ddb.de
abrufbar.

Herstellung und Verlag: BoD – Books on Demand, Norderstedt.
ISBN: 9783752889123

I.

Gerhard Holzmann steckte den Schlüssel in das Torschloß seiner Villa. Ein Griff nach rechts im Innern des Flurs, und das Stiegenhaus lag im hellen Schein des elektrischen Lichtes.

Seine junge Gattin war mit ihm zugleich eingetreten. Jetzt sagte sie, dem Treppenaufgang zuschreitend: »Nun, Gerdy, warum schließt du die Tür nicht wieder ab? Willst du am Ende noch einmal fort?«

»Nein, ich bin wahrlich müde genug! Aber nach dem Schuppen muß ich noch einen Augenblick, um mich zu überzeugen, ob meine Anordnungen ausgeführt worden sind.«

»Muß das sein – jetzt um halb drei Uhr morgens?«

»Ja. Wenn die neue Formmaschine nicht aufgestellt wurde, wie ich anordnete, so wären wir morgen früh bei Arbeitsbeginn aufgehalten. Übrigens komme ich ja in zwei Minuten zurück. Lege dich einstweilen ruhig nieder, Lydia!«

»Ja, auch ich bin todmüde. Auf Wiedersehen, Gerdy!«

Frau Lydia Holzmann stieg die hellerleuchtete Freitreppe hinauf zur ersten Etage und ging durch den geräumigen Korridor zu ihrem Schlafgemach, um sich gleich zur Ruhe zu begeben.

Holzmann war indessen schon draußen am Kiesplatz und schritt eilig einem niederen, schuppenartigen Gebäude zu, das an die ihm gehörende Tonwarenfabrik »Holzmann & Co.« stieß.

Im nächsten Augenblick flammte in den acht großen Fenstern des Schuppens Licht auf, dessen Widerschein grell auf einen Teil der Seitenfront der Villa fiel.

Im Bereich dieses plötzlichen Lichtscheines lagen auch die drei Fenster, die zur Wohnung des Hauswarts Albert Rosner gehörten. Die jähe Helle, die durch die vorhanglosen Fenster sich ins Innere der zwei Stuben ergoß, ließ den alten Hauswart erwachen.

Indes geschah dieses Erwachen so plötzlich, daß Rosner nicht gleich begriff, was geschehen sei.

Noch schlafbefangen starrte er verwirrt in die Helle, die jedes Ding im Zimmer deutlich erkennen ließ. Auf der Fabrikuhr schlug es eben ¾3.

Schien der Mond ins Zimmer?

War es Feuerschein?

Brannte am Ende die Fabrik?

Bei dieser Vorstellung wurde Rosner völlig wach. Eilig sprang er aus dem Bett und griff nach seinen Kleidern. Da fiel draußen ein Schuß. Kurz und scharf durchschnitt der Schall die Stille der Nacht.

Was war geschehen? Der Hauswart hatte mit zitternden Händen die Kleider übergeworfen. Ein Sprung brachte ihn ans Fenster, das er instinktiv aufriß.

Gottlob, es war kein Feuerschein, die Fabrik brannte nicht, bloß im Schuppen waren die Lichter aufgedreht, daher die Helle ...

Sonst war alles totenstill draußen.

Rosner starrte nach dem Schuppen, dessen Tür offen stand. Wer konnte sie geöffnet und das Licht aufgedreht haben?

Wie als Antwort auf seine Gedanken sah der Hauswart jetzt die Gestalt seines Herrn aus dem offenen Schuppen treten und über den Kiesplatz auf die Villa zukommen.

»Seltsam,« dachte Rosner, »warum dreht er nur das Licht nicht ab und läßt die Türe hinter sich offen? ... Und wie langsam er geht ...«

Da blieb Ingenieur Holzmann, der nur mehr wenige Schritte vom Hauseingang entfernt war, plötzlich stehen und fuhr sich mit der Hand an die Stirn.

»Rosner ... schnell, Rosner ... mir ist nicht gut ...« klang es angstvoll und dringend.

Damit sank die Gestalt Holzmanns zu Boden.

Der Hauswart war schon draußen, aber er vermochte seinem Herrn nicht aufzuhelfen, der das Bewußtsein verloren zu haben schien und groß und schwer war – viel zu schwer für die schwachen Kräfte des siebzigjährigen Mannes.

Eine Sekunde lang stand er ratlos. Dann stürzte er ins Haus und schlug in der Halle an den Gong, der sonst zu den Mahlzeiten rief. Das mußten alle hören

– der Diener Paul, die Hausmädchen und der Autolenker Manko, die alle im Oberstock schliefen.

Rosner selbst stürzte weiter in den ersten Stock. An der Türe des Schlafzimmers trat ihm schon Frau Lydia Holzmann in großer Aufregung entgegen.

Sie war bereits im Bett gelegen, hatte aber, als sie unten Unruhe hörte, ihren Pelzmantel über das Nachtkleid angezogen und fragte nun den ihr entgegeneilenden Hauswart mit bleichen Lippen:

»Rosner – was ist denn geschehen? Warum schlugen Sie den Gong? Und mein Mann ... wo ist mein Mann?«

Der Hauswirt nahm sich zusammen.

»Ich wollte Sie eben holen, gnädige Frau. Dem gnädigen Herrn ist schlecht geworden ... unten vor dem Haus ... ich kann ihn nicht allein heraufschaffen ... darum ...«

Lydia hörte nicht mehr. Sie war schon an dem alten Mann vorüber die Treppe hinabgeflogen. Ihr folgte der Hauswart und vom Oberstock her der Diener.

Gerhard Holzmann war noch immer bewußtlos. Sein Kopf lag in Lydias Schoß, die sich vergeblich bemühte, ihn durch zärtliche Worte wieder zum Bewußtsein zu bringen.

Paul und der Hauswart trugen ihn vorsichtig hinauf und setzten ihn in einen Klubfauteuil.

Lydia legte unterstützend den Arm um ihren Mann. Die gesamte Dienerschaft hatte sich bereits eingefunden und blickte von der Tür her halb mitleidig, halb neugierig auf die Gruppe.

Plötzlich stieß Frau Lydia einen Schrei aus. Ihre Hand hatte an der Brust des Gatten in etwas Nasses getastet und war dabei rot von Blut geworden ...

Da erst erkannte man, daß es sich nicht um ein einfaches Unwohlsein, sondern um eine Verwundung – und zwar offenbar um eine schwere – handelte ... Man bettete Holzmann auf das Sofa.

Die Erkenntnis gab Frau Lydia ihre gewohnte Umsicht wieder. Sie befahl Paul, sofort nach dem Hausarzt, einem Rettungswagen und dem Spital zu telephonieren. Letzteres, weil vielleicht ein chirurgischer Eingriff sich als nötig erweisen würde. Dann winkte sie dem Autolenker.

»Herr Wanko, ich weiß, Sie dienten während des Krieges bei der Sanitätstruppe; bitte, helfen Sie mir! Man muß ihn doch von den Kleidern befreien ... und sehen, was eigentlich ...« Ihre Stimme schwankte. Doch nahm sie sich zusammen und holte die Schere, um die Wanko ersuchte.

Vorsichtig wurden Kleider und Hemd um die Wunde herum weggeschnitten. Diese war ganz klein, wie man auf den ersten Blick erkannte, eine Schußwunde. Kleider und Wäsche in ihrer Umgebung waren stark mit Blut getränkt.

»Müßte man nicht auch an die Polizei telephonieren?« sagte der Autolenker leise zu Frau Lydia. Sie sah ihn einen Augenblick erschrocken an, wurde noch bleicher, als sie schon war, antwortete dann aber entschlossen: »Ja, natürlich. Bitte, tun Sie es, Herr Wanko ... und, bitte, telephonieren Sie auch an Herrn Henter. Er soll sofort hierherkommen!«

Hartwig Henter war Holzmanns bester Freund und schon vor dessen Verheiratung sein unzertrennlicher Begleiter gewesen. Auch heute hatte er den Abend in Gesellschaft des jungen Paares verbracht, und es war kaum eine Stunde verflossen, seit man sich getrennt hatte.

Während Wanko sich entfernte und Lydia angstvoll auf den Arzt wartete, schlug der Verwundete die Augen auf, aber nur, um sie mit leerem Blick auf Lydia zu heften und dann sofort wieder zu schließen.

Paul, der seinen Platz am Telephon Wanko überlassen hatte, trat zu seiner Herrin, um leise Bericht zu erstatten.

»Dr. Wille wird sogleich eintreffen, gnädige Frau. Vom Spital aus wird ein Krankenauto geschickt und gleichzeitig ein Zimmer für den gnädigen Herrn bereitgemacht. In einer kleinen halben Stunde wird das Krankenauto mit einem Arzt hier sein. Wäre es nicht Nacht, würde es schon früher hier sein können, so aber müssen die Leute erst geweckt werden ...«

Frau Lydia hörte kaum hin. Ihr scharfes Ohr hatte auf der Treppe einen raschen, wohlbekannten Tritt vernommen, und im nächsten Augenblick trat zu ihrer unaussprechlichen Erleichterung Dr. Wille ein, der schon in ihrem Elternhaus Hausarzt gewesen war und ihr unbedingtes Vertrauen einflößte.

Er war ein alter Junggeselle, der nur für seine Patienten lebte und im eigenen Haus wohnte, das ganz nahe bei der Villa Holzmann lag.

Lydia konnte ihm nicht entgegengehen, denn noch immer lag ihr Arm stützend um den Oberkörper des Bewußtlosen, und sein Kopf ruhte schwer darauf.

Der Arzt frug leise, was denn eigentlich geschehen sei, und Frau Lydia erzählte im Flüsterton, was sie wußte. Dann machte Dr. Wille sich daran, den Verwundeten vorsichtig zu untersuchen und ihn in bequemere Lage zu bringen. Frau Holzmann konnte sich erheben und ihren steif gewordenen Arm zurückziehen.

»Ein Lungenschuß,« murmelte der Arzt, nachdem er die vorläufige Untersuchung beendet hatte. »Die Kugel steckt noch irgendwo. Ich würde sofortige Überführung ins Spital vorschlagen, denn vielleicht erweist sich ein operativer Eingriff als nötig.«

»Ich dachte es,« sagte Frau Lydia, die kurz vor ihrer Verheiratung einen Krankenpflegerinnenkurs besucht hatte. »Ich ließ deshalb bereits an das Landeskrankenhaus telephonieren, und man will uns ein Krankenauto schicken.«

»Das ist gut! Warten wir also!«

Frau Lydia legte die Hand auf den Arm des Arztes und sah ihn qualvoll an. »Aber nicht wahr, ... es ist doch Hoffnung, daß ... daß alles wieder gut wird?« flüsterte sie mit zuckenden Lippen.

»Na, gewiß hoffen wir das! Ein so junger, kerngesunder Mann! Nur den Kopf nicht hängen lassen, Frau Lydia!«

In diesem Augenblick vernahm man abermals Schritte draußen. Von Paul geleitet, traten einige Herren ein, begleitet von zwei Wachleuten. Einer der letzteren blieb an der Türe stehen.

»Polizeikommissar Heidinger, Dr. Lerch, Polizeiarzt, und Detektiv Silas Hempel,« stellte der Kommissar sich und seine Begleitung vor.

Der Arzt machte sie mit dem, was er von Frau Holzmann soeben erfahren hatte, bekannt. Kaum war das letzte Wort verklungen, als die Tür abermals geöffnet wurde, und ein junger, elegant gekleideter Herr sich trotz des Widerstands des Schutzmanns an der Türe ungestüm Eintritt erzwang.

Ohne die Herren von der Polizei zu beachten, warf er einen entsetzten Blick aus den auf den: Sofa ruhenden, noch immer bewußtlosen Hausherrn und eilte dann auf Frau Holzmann und den neben ihr stehenden Dr. Wille zu.

»Lydia ... um Gottes willen, was ist geschehen? Gerdy ist ... was ist ihm denn zugestoßen?«

Frau Holzmann reichte ihm zitternd die Hand. »Irgend jemand hat auf ihn geschossen ... unten im Schuppen ... gleich nach unserer Heimkehr ... mehr weiß ich selber nicht! O Hartwig ... es ist so entsetzlich ...! Ich bin so froh, daß Sie gleich gekommen sind ... es ist mir eine Beruhigung, daß Sie da sind! Gerdy muß ins Spital geschafft werden ...«

»Darf ich fragen, wer der Herr ist?« unterbrach der Polizeikommissar das Gespräch.

Lydia wandte sich nach ihm um.

»Verzeihen Sie ... ich habe ganz vergessen ... Herr Hartwig Henter, der beste Freund meines armen Mannes.«

Abermals wurde die Türe geöffnet. Paul führte einen jungen Mann herein.

»Dr. Siebert, der Arzt aus dem Krankenhaus, der eben mit dem Krankenauto kam.«

Ohne Zögern trat er an den Kranken heran, der in diesem Augenblick abermals die Augen aufschlug, diesmal nicht mit leerem Ausdruck, sondern bei vollem Bewußtsein. Sein Blick suchte an dem jungen Arzt vorüber nach seiner Frau, die dicht daneben stand. Er sah sie an und blickte dann zu Dr. Wille und Hartwig Henter. Er machte dabei eine Anstrengung, als wolle er sprechen, was den Polizeikommissar veranlaßte, sich rücksichtslos vorzudrängen und seinen Kopf zu Holzmann niederzubeugen, um den ersten Laut von den sich bewegenden Lippen aufzufangen.

Aber es kam keine Silbe von diesen Lippen, die sich nach kurzem Bemühen wieder erschöpft und verzweifelt schlossen.

Die Ärzte drängten den Kommissar unwillig beiseite.

»Sie sehen wohl, daß der Verwundete nicht sprechen kann, Herr Kommissar. An eine Vernehmung ist also vorderhand gar nicht zu denken,« sagte Dr. Wille scharf.

7

»Und wann glauben Sie ...?«

»Darüber müssen Sie später im Krankenhaus den behandelnden Arzt fragen. Jetzt läßt sich absolut nichts sagen.«

Dr. Siebert hatte inzwischen die Tür geöffnet und zwei mit einer Tragbahre davor stehende Sanitätsdiener hereingewinkt.

Behutsam, mit geübten Händen betteten sie Holzmann darauf und trugen ihn auf einen weiteren Wink des jungen Arztes hinaus.

Jetzt kam Leben in Frau Holzmann. Sie wollte durchaus mit ins Spital, und alles Zureden Dr. Willes verhallte ungehört an ihrem Ohr. Dr. Siebert aber flüsterte diesem zu: »Lassen Sie sie keinesfalls mit, sie würde dem Kranken ja doch nichts nützen und uns nur hinderlich sein.«

Hartwig Henter hatte es gehört. Rasch entschlossen trat er dicht an Lydia heran.

»Liebe Lydia, seien Sie vernünftig, es ist ganz unmöglich, daß Sie Gerdy ins Spital begleiten. Aber ich werde mit ihm fahren und ich schwöre Ihnen, daß Sie selbst ihn nicht besser und treuer pflegen könnten, als ich es tun werde!«

Er drückte ihr die Hand wie zur Bekräftigung seiner Worte und eilte rasch dem jungen Arzt nach, der den Transport des Verwundeten überwachte.

Eine Minute später hörte man die Hupe des abfahrenden Autos heraufklingen. Lydia blickte verstört um sich. Alles drehte sich vor ihr, und ein schwarzer Schleier breitete sich vor ihren Augen aus. Lautlos sank sie auf das Sofa. Eine Ohnmacht beraubte sie der Qual weiteren Denkens.

II.

Während sich dies im ersten Stockwerk der Villa abspielte, stand der in Begleitung des Polizeikommissars gekommene Detektiv Silas Hempel längst mit dem Hauswart unten in der offenen Türe des Schuppens.

Silas Hempel, der später weit über die Grenzen seines Vaterlandes hinaus berühmt gewordene Privatdetektiv, stand damals noch am Anfang seiner Laufbahn und arbeitete im Dienst der Polizei. Eigentlich war er in Wien angestellt; da aber die G...r Behörde infolge einer Grippeepidemie vorübergehend gerade ihrer fähigsten Leute beraubt war, während anderseits dringende Fälle einer raschen Erledigung harrten, so hatte man in Wien um Zuweisung einiger tüchtiger Leute gebeten, ein Ersuchen, dem umgehend willfahrt wurde.

Unter den vorübergehend der G...er Polizeidirektion zugeteilten Beamten befand sich dann auch Silas Hempel, der sich trotz seiner Jugend bereits den Ruf eines klugen und findigen Kopfes erworben hatte.

Nachdem er oben den Bericht des Hausarztes aufmerksam mitangehört, einen scharfen prüfenden Blick auf den Bewußtlosen und seine Umgebung geworfen hatte, verließ er still und unbemerkt das Zimmer, um sich nach dem Schauplatz der Tat, dem Schuppen, zu begeben, wo der Hauswart eben das Licht ausdrehen und die Tür schließen wollte, als ihn das Erscheinen des Detektivs daran verhinderte.

»Sie sind, wie ich vermute, der Hauswart Rosner?« begann Hempel das Gespräch.

»Ja, der bin ich ...«

»Und Sie waren der erste Mensch, der Herrn Holzmann beisprang nach dem Unglück? Wollen Sie mir so genau und ausführlich als möglich erzählen, welche Wahrnehmungen Sie dabei machten?«

Bereitwillig berichtete der alte Mann alles von seinem plötzlichen Erwachen an bis zu dem Augenblick, wo er mit Pauls Hilfe seinen Herrn ins Wohnzimmer hinauf geschafft hatte.

»Sie hörten also den Schuß, der Ihren Herrn verwundet hat? Waren Sie sich klar darüber, aus welcher Richtung der Schall kam?«

»Nein, ich dachte auch gar nicht darüber nach, meine Gedanken waren nur mit dem Schuppen beschäftigt, in dem ich zu so ungewöhnlicher Stunde alles hell erleuchtet sah.«

»Hm, ja – es war ja Viertel vor drei Uhr morgens. Aber nun besinnen Sie sich noch einmal auf den Schuß, den Sie hörten. Klang es so, als wäre er im Freien abgegeben worden – etwa hier am Kiesplatz – oder als wäre er drin im Schuppen gefallen? – Sie verstehen – das müßte doch einen bedeutenden Klangunterschied ergeben!«

Der Hauswart überlegte. Dann sagte er nachdrücklich: »Ja, ich verstehe und ich bin nun ganz sicher, daß der Schuß im Innern des Schuppens fiel. Hier draußen hätte er ganz anders, lauter erklingen müssen. Der Schall war kurz und scharf, erstarb aber sofort ohne Echo oder Nachklingen, wie es im Freien gewiß der Fall gewesen wäre. Niemand sonst im Haus hat den Schuß vernommen, was mir gleich auffiel; auch war der gnädige Herr sicherlich schon verwundet, als er aus dem Schuppen trat, denn ich wunderte mich, daß er sehr langsam ging, wie wenn ihm jeder Schritt Mühe machte.«

»Welche Zeit verstrich zwischen dem Schuß und dem Augenblick, als Herr Holzmann aus dem Schuppen trat?«

»O, höchstens eine Minute!«

»Bemerkten Sie außer Herrn Holzmann noch eine Person, die den Schuppen verließ?«

»Nein, wenigstens nicht, so lange ich mich außerhalb des Hauses befand. Was später geschah, weiß ich nicht.«

»Und jetzt, als sie herabkamen, um den Schuppen zu verschließen, betraten oder durchsuchten Sie da denselben?«

»Nein, denn da das Licht brannte, konnte ich den ganzen Raum in allen Teilen genau übersehen. Er war völlig leer, bis auf die paar Maschinen, die darin stehen.«

»Es steht also fest,« faßte Hempel das Ergebnis zusammen, »daß der Schuß im Innern des Schuppens auf Herrn Holzmann abgegeben wurde, daß sich der Mörder zur Zeit, als der Ingenieur den Raum verließ, noch darin befand, daß er aber bereits fort war, als Sie kurz darauf herabkamen, um den Schuppen zu verschließen?«

»Ja, so muß es gewesen sein.«

»Welche Bedeutung hat der Schuppen für die Fabrik? Übrigens ist es ja gar kein Schuppen, sondern ein festes Gebäude ...«

»Das ist es erst seit einem halben Jahr. Früher war es ein einfacher Holzschuppen, in dem Gerümpel untergebracht war. Als sich aber die Arbeitsräume in der Fabrik zu klein erwiesen für den erhöhten Betrieb, ließ Herr Holzmann den Schuppen aufmauern, mit elektrischem Licht versehen und stellte darin ein

paar besonders heikle Maschinen auf, die der verfeinerten Ausführung bestimmter Erzeugnisse dienen.«

»Der Raum steht mit der Fabrik durch eine Tür in Verbindung?«

»Ja, aber diese ist stets versperrt, und nur Herr Holzmann, der allein den Schlüssel dazu hat, benützt sie zuweilen. Dies deshalb, weil das verfeinerte Verfahren wie auch die dazu verwendeten kleinen Maschinen seine eigene Erfindung sind. Das Verfahren ist zur Zeit noch nicht patentiert, also Geheimnis, und nur fünf als gewissenhaft erprobte Arbeiter sind dabei beschäftigt. Gestern kam eine neue Maschine, die heute in Gebrauch genommen werden sollte. Da denke ich mir, Herr Holzmann, der mit seiner Frau spät heimkam, wollte sich vielleicht noch überzeugen, ob bei der neuen Maschine alles in Ordnung sei.«

»Möglich, daß dies die Veranlassung zu dem späten Besuch im Schuppen war, aber dies ist jetzt Nebensache. Hauptsache ist, daß sich die Spuren des Menschen, der auf den Ingenieur geschossen hat, im Schuppen finden. Ich werde den Raum also einstweilen absperren und später wiederkommen. Übrigens – ist denn kein Hund im Haus?«

»Doch, Herr Holzmann hat kürzlich einen Schäferhund angeschafft, weil er meinte, es wäre gut, die Fabrik nachts durch einen Hund gegen Einbrecher bewachen zu lassen. Wenn die Leute wüßten, daß ein Hund da sei, ließen sie sich oft schon dadurch abschrecken.«

»Und dieser Hund? Läuft er frei herum?«

»Ja, sein Lager ist dort in der Ecke zwischen Schuppen und Fabrik, wo ich ihm einige alte Decken über Stroh legte. Sie können ihn von hier aus liegen sehen.« Der Hauswart rief den Hund, der sogleich schweifwedelnd herankam.

Es war ein junges, schönes Tier.

»Und der Hund hat nachts nicht angeschlagen? Wo doch ein fremder Mensch in den Schuppen eindrang?«

»Nein, ich hörte keinen Laut von ihm und fand ihn vorhin ganz ruhig schlafend auf seinem Lager.«

»Seltsam!«

9

»Ja, ich wunderte mich auch, aber dann erklärte ich es mir damit, daß Robby noch sehr jung ist und keine Dressur hat.«

»Immerhin – der natürliche Instinkt müßte ...«

Der Detektiv sprach nicht weiter, war aber sehr nachdenklich geworden. Schweigend versperrte er den Schuppen, nachdem er das Licht abgedreht hatte, steckte den Schlüssel in seine Tasche und verlangte dann noch, daß der Hauswart ihm die Fabrik aufsperre.

Er müsse sich selbst überzeugen, ob die Tür vom Schuppen dahin wirklich versperrt gewesen in dieser Nacht.

Die Tür erwies sich als versperrt und völlig intakt. Durch sie also konnte der Mörder nicht in den Schuppen eingedrungen sein.

Inzwischen hatte Kommissar Heidinger, nachdem man die ohnmächtige Lydia in ihr Schlafzimmer geschafft und sie dort Dr. Wille und ihrer Jungfer überlassen hatte, die Dienerschaft im Eßzimmer zusammengerufen und jede Person einzeln einem Verhör unterworfen.

Es waren außer der Jungfer Rosa und dem Hauswart sechs Personen, die alle bereits seit der vor zwei Jahren erfolgten Verheiratung des Ehepaares Holzmann im Hause angestellt waren.

Über den Hergang des Verbrechens wußte keines von ihnen auch nur die geringste Aufklärung zu geben. Denn alle hatten in tiefem Schlaf gelegen, bis zu dem Augenblick, wo Rosner an den Gong geschlagen.

Was aber die Verhältnisse und Gepflogenheiten im Haus anbetraf, so gaben sie willig jede Auskunft und zeigten sich auch sonst in den Angelegenheiten ihrer Herrschaft sehr unterrichtet.

Was Kommissar Heidinger aus diesen Einvernehmungen erfuhr, war ungefähr folgendes:

Lydia, die einzige Tochter eines ehemaligen Offiziers, des Majors von Marchstätten, hatte den Ingenieur Holzmann vor drei Jahren auf einem Unterhaltungsabend im Militärkasino kennengelernt, und beide verliebten sich sogleich ineinander. Aber obwohl Holzmann sehr tüchtig und von Haus aus vermögend war – er gehörte der Tonwarenfabrik seines Vaters als Teilhaber an – waren Marchstättens doch von Anfang an gegen die Wahl ihrer Tochter.

Selbst vermögend und aus einem alten Adelsgeschlecht stammend, fanden sie, daß Lydia viel höhere Ansprüche zu stellen berechtigt war, als die Gattin eines einfachen Ingenieurs und kleinen Fabrikmitbesitzers zu werden, der eigentlich gar nicht ihren Kreisen angehörte. Auch behaupteten sie, der junge Mann, der ernst und strebsam, aber zugleich von trockener Nüchternheit sei und keinerlei Interessen außerhalb seines Berufes habe, passe durchaus nicht zu ihrer lebenslustigen, verwöhnten und in der Gesellschaft so gefeierten Tochter.

Es gab deshalb viele stille Kämpfe zwischen den Eltern und der verliebten Tochter, und man unternahm zahllose Versuche, Lydia von dieser Heirat abzubringen. Aber die Liebe Lydias hielt allem stand, und nach einem Jahr hatte sie doch die Einwilligung der Eltern erkämpft, und ihre Hochzeit mit Gerhard Holzmann fand statt. Kurz danach starb Gerhards Vater, und jener trat in den Alleinbesitz der Fabrik, der er mit Leib und Seele angehörte und die er nunmehr allmählich immer mehr vergrößerte.

Die junge Ehe ließ sich anfangs sehr glücklich an, solange nämlich Holzmann sich ganz den Neigungen seiner Frau anpaßte. Es wurde ein großes Haus gemacht, und wenn man nicht selbst Gäste hatte, suchte man auswärts Zerstreuung. So war es Frau Lydia aus ihrem Elternhaus gewöhnt.

Aber allmählich fand Holzmann keinen Gefallen mehr an diesem bewegten Leben, das ihn viel zu sehr von der Arbeit abzog.

Er sprach mit seiner Frau darüber, aber Lydia konnte nicht ohne Menschen und Zerstreuungen leben. Sie schlug vor, er solle also in Gottes Namen sich in seine Fabrik vergraben und sie werde mit ihren Eltern ausgehen wie früher.

Das aber lehnte er schroff ab. Er hatte sie viel zu lieb, um bei einem solchen Vorschlag nicht vor Eifersucht rasend zu werden. Und da sie nicht nachgab und er nicht in ihre Vorschläge willigte, setzte es in letzter Zeit viel Streit und Szenen ab. Alle Hausangestellten vom Hilfsmädchen in der Küche bis zum Autolenker Wanko waren oft Zeugen davon gewesen, aber alle gaben auch einmütig zu, daß sich das junge Paar nachher doch immer wieder aussöhnte und im Grunde sehr lieb hatte.

Wenn es manchmal ganz schlimm wurde, nahm Hartwig Henter die Sache in die Hand und brachte

10

dann immer wieder das schönste Einvernehmen zwischen den Ehegatten zustande.

Hartwig Henter war Holzmanns bester Freund seit den Kindertagen. Henter besaß keine Eltern mehr und war arm. Ingenieur wie sein Freund, war sein Name durch eine flugtechnische Erfindung bekannt geworden, doch hatte er sich danach nicht, wie man allgemein erwartete, dem Flugwesen zugewandt, sondern ein Büro für bautechnische Arbeiten in der Stadt eröffnet. Er galt als sehr tüchtig und genial und bekam so viel zu tun, daß er bald alle Hände voll Arbeit hatte und ein schönes Stück Geld verdiente.

Henters Büro lag in der Nähe von Holzmanns Fabrik, und bis zu dessen Verheiratung hatten die Freunde jede freie Stunde gemeinsam verbracht. Später beschränkte sich der Verkehr beider auf die Abende und arbeitsfreien Tage. Henter verstand sich auch mit Frau Lydia sehr gut, und so war es nur selbstverständlich, daß, was immer das junge Paar auch unternahm, der gemeinsame Freund stets mit von der Partie war.

Als indes der Polizeikommissar auf den Strauch schlagend fragte, ob Herr Henter nicht vielleicht auch Frau Lydia besonders den Hof mache, verneinten alle entschieden.

O nein, das sei durchaus nicht der Fall. Er und Frau Holzmann sprächen einander wohl bei den Vornamen an, und diese ziehe Henter bei allen Vorkommnissen zu Rat, aber trotz der Ausnahmestellung, die er im Holzmann'schen Haus einnehme, habe es nie die geringste Vertraulichkeit zwischen ihm und der Frau seines Freundes gegeben. Wenn das je der Fall gewesen wäre, hätte man es sofort bemerken müssen, denn in diesem Hause gäbe es keine Geheimnisse. Sowohl der Herr als die Frau lebten ihr Leben offen vor aller Augen und hätten vor ihren Leuten nie ein Hehl aus ihren gelegentlichen Stimmungen oder Verstimmungen gemacht.

Darum seien sie alle der Herrschaft auch so ergeben, weil sie nie hochmütig als Dienstboten behandelt worden seien, sondern immer freundlich als Hausgenossen, die man für treu erkannt und vor denen man gelegentlich sich auch nicht zu verstellen brauchte, wenn es mal was gäbe.

Auch die Frage, ob Herr Holzmann vielleicht in der Fabrik einen Streit mit einem der Arbeiter gehabt oder sonst einen Feind besessen habe, wurde einstimmig und auf das bestimmteste verneint.

Die Arbeiter in seiner Fabrik seien ihm gerade so ergeben und gingen genau so für ihren Herrn durchs Feuer, wie sie selbst. Man brauche nur die Betriebsräte zu fragen, die würden es bestätigen.

Der Kommissar entließ die Leute endlich und ersuchte darum bei Frau Lydia anzufragen, ob er nun auch sie um eine Unterredung bitten dürfe, was ihm sofort gewährt wurde.

Indes bestätigten Frau Lydias Antworten auf alle gestellten Fragen nur, was der Kommissar bereits gehört hatte.

Es gab keine Geheimnisse im Haus, und Gerhard Holzmann hatte keinen Feind besessen ...

»Aber irgend jemand muß doch auf ihn geschossen, und das muß schließlich auch einen Grund gehabt haben! ...« dachte der Beamte kopfschüttelnd.

III.

Seit vielen Jahren hatte nichts in der Provinzhauptstadt G. solches Aufsehen erregt und die Gemüter so nachhaltig beschäftigt wie der Mordanfall auf den Ingenieur Holzmann.

Denn nur ein solcher konnte es gewesen sein.

Täglich brachten die Zeitungen spaltenlange Berichte, und wo Menschen zusammentrafen, wurde kaum etwas anderes besprochen als der Fall Holzmann, der so viel Dunkles, Unbegreifliches enthielt und gerade darum der Phantasie so weiten Spielraum ließ.

Man bedauerte die arme junge Frau, die nach kurzem Eheglück so jäh aus allen Himmeln gerissen worden war, man bewunderte in Hartwig Henter das Ideal eines aufopfernden Freundes, denn er war seit dem Unglück noch keinen Augenblick von Holzmann gewichen; aber es gab auch Leute, die sich mit vielsagendem Blick allerlei häßliche Dinge zuflüsterten ...

Die Polizei wurde täglich nervöser. Denn über den eigentlichen Hergang des Mordversuches wußte man noch nicht mehr als am ersten Tag. So oft man auch Holzmann darüber befragen wollte – immer

11

wurde der Polizeikommissar von den Ärzten im Spital mit der Erklärung zurückgewiesen: Ingenieur Holzmann sei durchaus nicht vernehmungsfähig, sein Zustand sei sehr ernst, er vermöge derzeit überhaupt noch nicht zu sprechen. So lange er zwischen Tod und Leben schwebe, müsse man alle Besuche ausnahmslos vom Kranken fernhalten.

Selbst den Schwiegereltern, ja sogar Frau Lydia verweigerte man den Eintritt ins Krankenzimmer. Ihren Bitten und Tränen gelang es endlich, in Begleitung des Arztes von der Türschwelle aus wenigstens einen Blick auf den Gatten zu tun.

Aber man schärfte ihr vorher ein, daß ihr Gatte sie dabei durchaus nicht sehen dürfe, weil er sich sonst aufregen würde und jede Erregung tödlich wirken könne.

Die arme Lydia fügte sich in alles und verhielt sich bei dem einseitigen Wiedersehen so tapfer und mäuschenstill, daß ihr Mann wirklich nichts von ihrer Nähe ahnte. Aber er war ihr so schrecklich verändert erschienen, daß sie nachher draußen in Weinkrämpfe verfiel und von den erschrockenen Eltern mit in die elterliche Wohnung genommen wurde.

Dort bekam sie solche Nervenanfälle, daß man sie zu Bett bringen mußte und schleunigst um Dr. Wille telephonierte.

Von ihm erfuhr man dann auch Näheres über Holzmanns Zustand. Man hatte Holzmann damals gleich die Kugel auf operativem Weg entfernt, doch war durch den starken Blutverlust nachher ein beunruhigender Schwächezustand eingetreten, der sich nicht sogleich beheben ließ. Die Kugel hatte die Lunge durchbohrt, und was den Ärzten derzeit am meisten Bedenken verursachte, war die Befürchtung, es könnte durch die Schußverletzung eine Lungenentzündung hervorgerufen werden, in welchem Fall der Kranke verloren wäre.

Diese Gefahr zu beschwören, war unbedingte Ruhe erstes Gebot.

Bange Tage verstrichen. Hartwig Henter, der Tag und Nacht unermüdlich, schweigend und mit größter Hingebung um die Pflege des Kranken bemüht war, hielt sich kaum noch auf den Beinen. 5 Tage und 5 Nächte war er nicht aus den Kleidern gekommen, hatte kaum etwas gegessen, keine Minute geschlafen und fühlte nun selbst, daß er am Ende seiner Kräfte war.

Trotzdem konnte er sich nicht entschließen, seinen selbstgewählten Posten zu verlassen und ihn wenigstens vorübergehend einer Pflegeschwester zu übergeben, um sich ein wenig auszuruhen, ehe Holzmanns Zustand sich nicht gebessert hatte.

Am sechsten Tag endlich trat diese sehnsüchtig erwartete Wendung zum Bessern ein. Holzmann schien frischer, er nahm zum ersten mal ohne Widerwillen etwas flüssige Nahrung, die man ihm einflößte, und sagte, dem Freund die Hand drückend, ohne besondere Anstrengung: »Danke dir, Hartwig!«

Er sprach dann auch mit dem Arzt und verlangte nach seiner Frau, die sofort von der Besserung und dem Wunsch ihres Mannes verständigt wurde.

Henter, der sich endlich entschlossen hatte, für einen Tag sein Amt Schwester Angela zu übergeben, begab sich nach seiner Wohnung.

Lydia durfte eine Viertelstunde bei ihrem Gatten bleiben. Sie strahlte vor Glück, denn sie fand, Gerhard sähe schon viel besser aus, und in ihrem Glück machte sie tausend Zukunftspläne, die alle darin gipfelten, daß sie fortan nicht mehr in Gesellschaft gehen, sondern nur allein für ihren Gerdy leben wolle ...

Da die Nacht nachher gut verlief und dem Kranken das Sprechen nicht geschadet hatte, auch die Heilung der Wunde einen guten Verlauf zeigte, gestattete man am nächsten Tag endlich auch dem Polizeikommissar eine Unterredung mit dem Kranken.

Am folgenden Tage durfte Lydia, die eben gekommen war, auf Wunsch ihres Mannes der Einvernahme beiwohnen. Sie war wohl ebenso gespannt wie der Kommissar, nun endlich zu erfahren, wie und durch wen ihr Gatte die schwere Verletzung erlitten habe.

Aber seine Mitteilungen enttäuschten sehr. Holzmann erzählte, wie er in jener Nacht den Schuppen, dessen Schlüssel er bei sich trug, nur betrat, um sich zu überzeugen, ob man die neue Maschine genau seinen Anweisungen entsprechend aufgestellt habe.

»Als ich eintrat,« berichtete er, »drehte ich zuerst das Licht an, dessen Schalter sich rechts unmittelbar neben der Tür befindet. Der Raum war nun taghell

12

beleuchtet, und ich erblickte zu meiner Überraschung am linken Seitenfenster einen fremden Menschen, der, mir zugekehrt, mich stumm anstarrte.

›Was tun Sie hier?‹ fragte ich scharf. Der Mann antwortete keine Silbe, erhob aber die Hand, in der ich erst jetzt einen Revolver blitzen sah, und schoß auf mich. Ich fühlte, daß ich getroffen war, und da ich keine Waffe bei mir hatte und auch auf Hilfe von außen nicht rechnen konnte, sah ich mein Heil nur in schleuniger Flucht.

Ich wandte mich also um und verließ den Schuppen, was indes nicht so rasch ging, als ich wünschte, denn ich fühlte mich plötzlich sehr elend und unsicher und hatte Mühe, mich auf den Beinen zu halten.

Knapp vor der Tür strauchelte ich und fiel zu Boden, raffte mich aber rasch wieder auf. Alles in mir drängte instinktiv fort von dem unheimlichen Menschen, der regungslos auf seinem Platz stehengeblieben war und mich nur mit den Augen, die hell und scharf wie Stichflammen nach mir zuckten, verfolgte.

Nur fort aus dem Schuppen ... hinaus auf den dunklen Vorplatz, wo er mich nicht mehr sehen konnte ...

Endlich war ich draußen und schwankte auf die Villa zu, um Leute zu holen. Aber mir war todübel. Wie eine Vision sah ich den Hauswart an einem offenen Fenster stehen.

›Rosner,‹ rief ich, ... ›schnell Rosner ... mir ist nicht gut ...‹ Da vergingen mir auch schon die Sinne und ich stürzte zu Boden.«

Der Kommissar starrte den Sprecher ungläubig an.

»Wie – das ist alles? Er schoß auf Sie, ohne daß vorher ein Streit oder Wortwechsel stattfand?«

»So war es. Meine Frage an ihn waren die einzigen Worte, die fielen, und seine Antwort war der Schuß.«

»Und wer war der Mann?«

»Ich habe ihn nie zuvor gesehen!«

»Wie sah er aus?«

»Es war ein schlanker, großer, noch junger Mann mit bartlosem Gesicht und unheimlich hellen, stechenden Augen – wenigstens erschienen sie mir in diesem Augenblick seltsam stechend. Auf dem dunklen Haar saß ein weicher, breitkrämpiger Hut. Der Anzug des Menschen, der offenbar besseren Kreisen angehörte, war dunkel und wirkte elegant.«

»Würden Sie den Mann wiedererkennen, wenn Sie ihn sähen?«

»Unbedingt! Sein Bild, wenn ich es auch nur auf Augenblicke sah, hat sich mir durch die Umstände unauslöschlich eingeprägt.«

»Hatten Sie den Eindruck, daß der Mann Sie dort erwartete, um Sie zu töten?«

»Nein! Wie könnte das sein, da niemand wußte, daß ich um halb drei Uhr morgens den Schuppen betreten würde? Mir selbst kam ja der Gedanke dazu erst ganz plötzlich auf dem Heimweg.«

»Aber wie erklären Sie sich dann, daß der Fremde im Schuppen war und sogleich schoß, als er Sie erblickte? Erstens hält man doch nicht ohne Grund einen Revolver in der Hand und zweitens würde man einen Wildfremden doch nicht ohne Grund einfach niederschießen!«

»Ich kann es nicht erklären, ich berichte nur die Tatsachen.«

»Vielleicht erschien Ihnen der Mann nur in der Aufregung fremd? Vergegenwärtigen Sie sich seine Erscheinung nun in Ruhe noch einmal. Konnte es nicht doch ein Mensch sein, den Sie kannten?«

»Ausgeschlossen! Das Gesicht steht seit Tagen vor mir, ich sehe es immer wieder, und es ist so charakteristisch, daß man es nie vergessen würde, wenn man es auch nur ein einziges mal gesehen hat!«

Der Kommissar warf einen Blick nach seinem Protokollführer, der niemand anders war als Silas Hempel, der ausdrücklich gebeten hatte, in dieser Eigenschaft unauffällig der Einvernahme Holzmanns beiwohnen zu dürfen.

Aber der junge Detektiv blickte nicht auf, sondern starrte nachdenklich auf die von ihm beschriebenen Bogen.

Alle Anwesenden fühlten: Es ist eine seltsame Aussage, die da abgegeben wurde, und sie verwirrte den Fall mehr, als daß sie aufklärend gewirkt hätte.

Und eben weil sie gar nichts erklärte, enttäuschte sie.

Heidinger fragte noch, ob Herr Holzmann sich je bewußt war, einen Feind zu besitzen.

»Nein,« lautete die ohne Zögern erteilte Antwort.

Darauf ließ der Kommissar das Protokoll vorlesen und seine Richtigkeit durch Holzmanns Unterschrift bestätigen. Damit war die Einvernahme beendet, und Heidinger entfernte sich mit seinem Begleiter.

Die Sache hatte den Kranken weniger angegriffen, als die Ärzte gefürchtet. Sein Befinden blieb auch den Rest des Tages über gut und Lydia durfte bis zum Abend bleiben, worauf sie in das Haus ihrer Eltern zurückkehrte. Denn da ihr die einsame Villa Holzmann unheimlich war, hatte man beschlossen, daß sie bis zur Genesung ihres Mannes bei den Eltern wohnen solle.

Kurz ehe sie das Krankenhaus verließ, traf Hartwig Henter dort ein, um neu gestärkt seinen Pflegeposten bei dem Freund wieder zu übernehmen.

Am nächsten Tag erschien Untersuchungsrichter Dr. Wasmut, dem man den Fall Holzmann übergeben hatte, im Krankenhaus und verlangte eine Unterredung mit dem Kranken. Er hatte vorsorglich einen Gerichtsarzt mitgebracht, um im Fall einer Weigerung amtlich die Einvernehmungsmöglichkeit des Kranken feststellen zu lassen.

Aber man weigerte sich gar nicht, nachdem die gestrige Einvernahme dem Kranken nicht geschadet hatte.

Auch diesmal gelang es Lydias Bitten, die Erlaubnis zu bekommen, daß sie im Krankenzimmer verbleiben durfte.

Anfangs wiederholten sich Fragen und Antworten genau wie tags zuvor. Im weiteren aber begnügte sich Dr. Wasmut durchaus nicht mit dem früheren negativen Endresultat. Sein Ton wurde plötzlich schärfer, sein Blick durchdringender, als er, den Kranken fest ins Auge fassend, unvermittelt sagte:

»Mein lieber Herr Direktor Holzmann, lassen wir nun das Possenspiel beiseite! Es liegt ja klar auf der Hand, daß Sie bisher nicht die Wahrheit sprachen! Sie haben den Mann, der auf Sie schoß, ganz genau erkannt und wissen auch, warum er schoß!«

Holzmann starrte den Untersuchungsrichter einen Augenblick verständnislos an, dann stieg eine heiße Röte in sein bleiches Gesicht und er wandte den Kopf zur Wand, ohne auch nur mit einer Silbe zu antworten.

Der Untersuchungsrichter nahm das für ein stummes Eingeständnis, daß Holzmann sich durchschaut sah. Er fuhr fort: »Noch kenne ich die Gründe Ihres Schweigens nicht. Vermutlich haben Sie die Absicht, den Angreifer zu schonen, aber das können wir natürlich im Interesse der Wahrheit nicht gelten lassen. Ich fordere Sie also auf, mir nun vollkommen wahrheitsgetreu zu sagen, wer der Mann war, der auf Sie schoß, und was sich zwischen ihm und Ihnen vor Abgabe des Schusses abspielte!«

Holzmann machte eine zornige Bewegung. Dann aber entschloß er sich doch, sich wieder dem Untersuchungsrichter zuzuwenden und ihm einen empörten Blick zuzuwerfen.

»Das ist schmählich!« stammelte er dann sichtlich außer sich und nach Atem ringend. »Bin ich denn ein Lügner? ... Ich habe die Wahrheit gesagt ... wenn Sie es nicht glauben wollen ... es tut mir leid ... aber anderes habe ich nicht zu sagen ... und werde kein Wort ... mehr sprechen ...«

Die Aufregung hatte ihn total erschöpft. Seine Wangen brannten. Ein trockener Husten erschütterte seinen Leib.

Trotzdem machte der Untersuchungsrichter noch einen Versuch, aus dem Kranken eine andere Erklärung herauszupressen. Aber da stand Frau Lydia plötzlich mit flammenden Augen vor ihm.

»Gehen Sie, Herr Untersuchungsrichter! Ich dulde nicht, daß Sie meinen armen Mann noch länger quälen! Er ist kein Lügner ... sehen Sie doch nur, wie er leidet!«

Sie drückte entschlossen auf die Klingel neben dem Bett. Henter erschien. »Rufen Sie den Arzt, Hartwig ... schnell ... Sie sehen ...«

Sie sank auf die Bettkante und ohne vor Schreck recht zu wissen, was sie tat, drückte sie ihr Taschentuch auf Holzmanns Mund, in dessen Winkel blutiger Schaum stand.

Dr. Wasmut, der es auch gesehen, zog es nun doch vor, mit seinem Protokollführer zu verschwinden.

Der im selben Augenblick eintretende Arzt machte ein ernstes Gesicht, als er einen Blick auf den Kranken warf, der nun kalkweiß und regungslos in

14

den Kissen lag. Dann ordnete er an, daß alle Jedas Zimmer bis auf weiteres zu verlassen hätten, da der Kranke mehr denn je absoluter Ruhe bedürfe ...

Als Hartwig Lydia hinausführte, flüsterte sie ihm in höchster Erregung zu: »Lassen Sie niemanden vom Gericht mehr zu ihm! Sagen Sie es auch dem Arzt ... diese Leute töten ihn ja!«

Sie merkten beide nicht, daß der Untersuchungsrichter, noch in der Türe des Vorzimmers stehend, sie scharf beobachtete, wenn er Lydias geflüsterte Worte auch unmöglich verstehen konnte.

IV.

Natürlich veröffentlichten die Zeitungen Gerhard Holzmanns Aussage wörtlich, und sie befriedigte niemanden.

Ja, sie kühlte Sympathie und Teilnahme für die Betroffenen merklich ab. Holzmanns waren in der Stadt zu bekannte und beliebte Persönlichkeiten, als daß nicht jedermanns Interesse durch den Schuß im Schuppen auf das lebhafteste wachgerufen worden wäre. Und man zerbrach sich mehr oder minder den Kopf darüber, wer geschossen habe und warum? Die lächerlichsten Versionen machten die Runde, und die Öffentlichkeit erwartete noch viel gespannter und ungeduldiger als die Polizeibehörde den Augenblick, wo Holzmann selbst so weit sein würde, um alles zu erklären.

Und nun gab es gar keine Erklärungen! Die Sensation, die man erhofft, war ausgeblieben.

Ein Unbekannter? Ein Schuß, der völlig grundlos abgegeben worden war? Das sollte man glauben? Lächerlich! Dieser gute Holzmann mutete einem doch viel zu, indem er solch alberne Kindermärchen auftischte ...

Und im Handumdrehen schlugen Mitleid und Teilnahme in eine gereizte Stimmung gegen Holzmann um.

Der lag indessen still und matt, während das hohe Fieber, das plötzlich eingetreten war, seinen Körper durchglühte.

Man ließ Lydia nun willig bei ihm, denn der Arzt erklärte Hartwig Henter unter vier Augen traurig,

Holzmanns Leben zähle nur mehr nach Tagen. Jeden Augenblick könne es erlöschen. Die Lungenentzündung, die man von Anfang an gefürchtet, ja fast erwartet hatte, war eingetreten, und es war ausgeschlossen, daß der durch starken Blutverlust geschwächte Körper sie überstand.

Schon zwei Tage später teilten die Blätter mit, daß Ingenieur Holzmann, der Besitzer der Tonwarenfabrik in der Bahnhofsstraße, seiner Verletzung erlegen war. — — —

Inzwischen setzte die Polizeibehörde ihre Nachforschungen nach dem Täter fort. Nur daß Kommissar Heidinger, angesteckt durch die feste Überzeugung des Untersuchungsrichters, es handle sich hier um ein Drama, in dem eine Frau die Hauptrolle spiele, entweder Holzmanns eigene Frau oder eine frühere Geliebte von ihm, nunmehr in andern Kreisen nach dem Mörder suchte.

Holzmanns und seiner Frau Vorleben wurde erforscht, ebenso die Beziehungen, die sie zu ihrem Bekanntenkreis unterhielten. Das war eine lange, mühevolle Arbeit, die nicht so bald Erfolge versprach. Aber Heidinger ließ sich's nicht verdrießen, denn der Polizeidirektor selbst hatte sehr nachdrücklich zu ihm gesagt: »Diese Sache hat so viel Staub aufgewirbelt in der Öffentlichkeit, daß sie unbedingt aufgeklärt werden muß! Geben Sie sich alle Mühe, Herr Kommissar, denn wir wären einfach blamiert, wenn wir den Täter nicht ausfindig machen könnten.«

Also gab sich Heidinger »alle Mühe«.

Silas Hempel war der einzige, der die Meinung des Untersuchungsrichters nicht einen Augenblick teilte. Er war vielmehr fest überzeugt, daß Holzmann tatsächlich die Wahrheit gesprochen hatte.

Aber er hütete sich, diese Meinung laut werden zu lassen. Indessen benützte er jede Gelegenheit und fast seine ganze freie Zeit, um der Sache von seinem Standpunkt aus nachzugehen. Schon in den ersten Tagen, als man noch auf Holzmanns Aussage wartete, war er fieberhaft tätig am Schauplatz des Verbrechens. Er verbrachte viele Stunden in dem Schuppen, dessen Schlüssel er in der Tasche trug.

Mit minutiöser Genauigkeit hatte er die darin vorgefundenen Fußspuren gemessen und in Papier ausgeschnitten. Die eine war, wie er gleich feststellen konnte, die Holzmanns, die andere rührte offenbar vom Täter her, denn nur diese zwei Spuren fanden sich im Raum.

Die des Mörders fand sich am öftesten auf dem Platz vor dem linken Seitenfenster. Hempel stellte fest, daß er auch durch dieses Fenster in den Schuppen gelangt war, denn es fanden sich Fußspuren auf der Fensterbank und außerhalb des Fensters, das in einen beplankten kleinen Hof ging.

Dieser Hof, der mit der Fabrik durch eine kleine versperrte Tür in Verbindung stand, schien selten betreten und als eine Art Müllgrube benützt zu werden.

Abfallprodukte aller Art, verrostetes Eisen, zerbrochenes Tongeschirr, Koksreste, Asche und allerlei unbrauchbar gewordene Gegenstände bedeckten den Boden.

Außerhalb des Plankenzaunes senkte sich ein steil abfallender Rasenhang nach einer langgestreckten Erdmulde, in der ein schmutziges Wasserrinnsal träge hinzog. Man sah die Rückseiten vieler Häuser aus angrenzenden Straßenzügen, deren Abfälle vielfach kurzweg in die unten sich hinziehende Erdmulde geworfen wurden, so daß sich hier dem Auge ein wüstes und häßliches Bild bot.

Der Detektiv hatte in dem kleinen Abfallhof vorsichtig jeden Zollbreit Boden untersucht und auch hier die Fußspuren des Mörders feststellen können. Sie führten bis an den Plankenzaun, der überstiegen worden war. Außerhalb desselben erloschen sie in dem trockenen, fahlen Rasen.

Der Mörder war also von rückwärts über den Rasenhang gekommen, hatte den Zaun überstiegen, den Hof durchschritten und war durch das Fenster, das, wie Hempel sich überzeugte, von außen leicht zu öffnen war, in den Schuppen gestiegen. Dort blieb er unmittelbar an dem Fenster stehen, ging dann eine Weile auf und ab – immer zwei Schritt nach rechts, zwei nach links – blieb wieder stehen und rauchte dabei Zigaretten, deren Reste ringsum verstreut lagen.

Aus ihrer Zahl schloß der Detektiv ungefähr auf eine halbe Stunde Aufenthalt. Dann hatte der Mörder sich wieder entfernt – nicht durchs Fenster, wie er gekommen, sondern durch die Schuppentür, wie

eine vom Seitenfenster zu dieser führende, schnurgerade, deutlich ausgeprägte Spur bewies.

Hempel dachte viel darüber nach, was den Mann in den Schuppen geführt haben mochte und worauf er dort eine halbe Stunde lang gewartet hatte? Aber er fand keine Erklärung dafür.

Daß es aber kein Mensch niederen Standes gewesen sein konnte, glaubte Hempel mit Bestimmtheit annehmen zu müssen.

Die Fußabdrücke deuteten auf einen zwar großen, aber elegant beschuhten Fuß hin. Der Schnitt der Schuhe war nach der allerletzten Mode. Die Zigarettenreste aber gehörten einer hierzulande gar nicht in Handel kommenden Sorte an. Es waren türkische Zigaretten, sehr stark und von feinstem Aroma. Silas Hempel hatte einmal ein paar davon von einem vornehmen Türken bekommen und dabei erfahren, daß es teuerste Luxusware sei, die auch im Orient nur unter der Hand zu bekommen war.

Wie kam der Mann zu diesen Zigaretten? Auch dafür fand der Detektiv keine glaubwürdige Erklärung.

Er verfaßte schließlich über alles, was er festgestellt hatte, einen schriftlichen Bericht, mußte aber zu seiner Enttäuschung erkennen, daß man bei der Behörde wenig Wert darauf legte.

Die Sache mit den Zigaretten, die ihm selbst so wichtig erschien, weil man daraus Schlüsse auf Lebensstellung und Verhältnisse des Mörders ziehen konnte, wurde nur belächelt.

»Nicht die Zigaretten des Mörders sind uns wichtig, sondern der Mann selbst! Bringen Sie uns diesen oder auch nur eine Spur, die zu seiner Entdeckung führt, und Sie erringen Lob und Auszeichnung! So aber ...« Kommissar Heidinger zuckte die Achseln.

Für Silas Hempels brennenden Ehrgeiz war das Wort wie ein Peitschenschlag. Aber er zuckte mit keiner Wimper, sondern schwor sich, nicht zu ruhen, noch zu rasten, bis er den Mörder gefunden habe.

Frau Lydia lag durch die Aufregungen der letzten Wochen und den Schmerz über des geliebten Gatten Tod bei ihren Eltern krank darnieder. Die Villa Holzmann war versperrt, und die Dienstboten wa-

16

ren, so weit sie nicht im Marchstätten'schen Haus Aufnahme gefunden, entlassen worden.

In der Fabrik, die zum Verkauf ausgeschrieben war, wurde unter Aufsicht eines Betriebsleiters, den Hartwig Henter empfohlen hatte, gearbeitet. Aber der Schuppen, der Holzmanns eigenste Arbeitsstätte gewesen war, blieb abgesperrt, und außer Silas Hempel hatte ihn seit der Mordnacht am 4. Oktober niemand mehr betreten.

Silas aber zog es immer wieder dahin zurück. Er hatte sich sehr mit dem alten Hauswart Rosner angefreundet, der allein noch als Aufsichtsperson in der Villa belassen worden war, sich dort aber sehr vereinsamt fühlte.

Rosner, der noch unter dem alten Herrn Holzmann im Hause gedient hatte, war das tragische Ende seines jungen Herrn sehr nahe gegangen und er kam noch immer nicht darüber hinweg.

Seine einzige Freude war nun, wenn Silas Hempel ihn abends besuchte und er mit ihm ein paar Stunden verplaudern konnte. Der Gegenstand war immer der gleiche: Das Verbrechen, dem Gerhard Holzmann zum Opfer gefallen war.

Rosner grübelte beständig darüber nach und vertraute dann seinem neuen jungen Freund seine Mutmaßungen an – die allerdings ins Blaue gingen und nie an ein Ziel gelangten. Auch von der Familie Holzmann im allgemeinen, dem jungen Paar im besonderen, seinen Lebensgewohnheiten, Neigungen und Beschäftigungen erzählte er viel und ausführlich, weil er sich glücklich fühlte, darüber mit einem Menschen reden zu können.

Manchmal konnte er auch zornig werden, wenn er in der Zeitung immer wieder las, daß man Holzmanns Aussage nicht glaubte und nach ganz andern Erklärungen für die Vorgänge der Nacht des 4. Oktober suchte.

Und geradezu wütend wurde er, wenn die Leute ihm von den seltsamen Gerüchten erzählten, die in der Stadt über seinen toten Herrn und dessen junge Frau umgingen. Eine todunglückliche Ehe sollte es gewesen sein und Hartwig Henter wäre nicht nur der beste Freund Holzmanns, sondern auch der Verehrer und Tröster Frau Lydias gewesen ...

»So eine gemeine Bande!« rief Rosner rot vor Zorn, wenn er dem Detektiv solche Dinge berichte-

te. »Dem armen Herrn noch ins Grab hinein solch schmutziges, erlogenes Zeug nachzureden! Davon hätte man doch nur ein einziges mal ein Tüpfelchen bemerken müssen – ich meine, wenn's so gewesen wäre – schließlich waren Leute genug im Haus, die weder taub noch blind waren. Aber nie, nie in den ganzen zwei Jahren, sah man etwas Unrechtes!«

Silas Hempel nickte vor sich hin. Auch er glaubte nicht an die Klatschereien der Leute. Auch er war überzeugt, daß Holzmann die Wahrheit gesprochen hatte.

Dem alten Rosner hörte er still zu, wenn dieser von vergangenen Tagen berichtete. Aus der Vergangenheit lernte man die Gegenwart verstehen, und mancher Weg von dort führte vielleicht herüber in die Dinge von heute ...

Ab und zu fiel auch ein Wort, das Hempels Gedanken beschäftigte und ihm wie ein Blitzlicht erschien, das neue Möglichkeiten in dem herrschenden Dunkel aufleuchten ließ.

So hatte Rosner einmal, als er von seines Herrn Fleiß und Tüchtigkeit sprach, erwähnt, daß Gerhard Holzmann meist der erste im Haus war, der an die Arbeit ging.

Da er abends fast täglich seine Frau in Gesellschaften oder an Vergnügungsorte begleitete und tagsüber, soweit sie ihn nicht auch da zu Autofahrten, Konzerten usw. überredete, in der Fabrik beschäftigt war, blieb ihm für private Arbeit nur der Morgen.

Er hatte immer den Kopf voll Ideen und Plänen, die er ausführen wollte. Meist galten sie Betriebsvereinfachungen oder Verbesserungen, oft auch Erfindungen, die viele Versuche und Berechnungen erforderten, ehe sie praktisch ausgeführt und verwertet werden konnten.

Diesen Arbeiten waren die frühen Morgenstunden gewidmet. Meist stand Holzmann zu diesem Zweck um sechs Uhr auf, oft schon um vier; immer aber war er der erste, der den Schuppen betrat, wo er seine Versuche und Berechnungen ausführte.

Jeder, bis zum letzten Arbeiter in der Fabrik, wußte das und alle bewunderten ihn darum. Um neun Uhr, wo seine Frau gewöhnlich aufstand, kehrte Holzmann dann zum gemeinsamen Frühstück für kurze Zeit in die Villa zurück. Nach seiner Wiederkehr begab er sich erst in sein Büro in der Fabrik, und verblieb daselbst bis Mittag.

Die Tatsache, daß Holzmann täglich so früh allein den Schuppen betreten hatte, und daß dies allgemein bekannt war, gab Hempels Vermutungen eine neue Richtung.

Man hatte bisher annehmen müssen, – und Holzmann selbst hatte dies getan – daß das Eindringen des Unbekannten, der auf ihn geschossen hatte, in keinem Zusammenhang mit seiner Person stehen könne, da der Eindringling durchaus nicht ahnen konnte, daß Holzmann nachts den Schuppen betreten würde.

Aber nun? Es war halb drei Uhr morgens gewesen und um vier war Holzmann dort schon öfter zur Arbeit erschienen. Wenn der Mörder dies gewußt und eigens darum gekommen wäre, um ihn dort zu erwarten? Mindestens das Unsinnige, Unbegreifliche, daß ein Fremder gedankenlos einen ihm Fremden niederschoß, wäre dadurch weggefallen, wenn auch die Gründe dafür trotzdem im Dunkeln blieben.

V.

Acht Tage nach Holzmanns Tod beschäftigte ein neuer Umstand die Behörde, der zu denken gab.

Ein Gastwirt, namens Johann Golzer, dessen Wirtschaft hinter der Holzmannschen Fabrik lag, erstattete die Anzeige, daß ihm, wahrscheinlich in der Nacht vom 3. zum 4. Oktober, eine Summe von 10 Millionen Kronen gestohlen worden sei.

Es hatte am Abend des dritten Oktober ein Hausball in seiner Wirtschaft stattgefunden, der sehr stark besucht gewesen und bis in die Morgenstunden hinein gedauert hatte.

Unter den Gästen befand sich auch ein Freund des Wirtes, der Golzer Geld geschuldet hatte, sechs Millionen Kronen, und von ihm schon wiederholt dringend an die Schuld gemahnt worden war, da der Wirt das Geld für eine demnächst fällige Zahlung brauchte.

An jenem Abend nun brachte der Schuldner das Geld zurück. Golzer bestätigte den Empfang, wollte aber die Summe in dem herrschenden Trubel nicht

bei sich behalten, vervollständigte sie aus der Tageskasse auf zehn Millionen, weil seine Zahlung ungefähr so viel betragen würde, und trug das Geld dann hinauf in sein Schlafzimmer, das im Oberstock lag. Dort verwahrte er es in einer Schachtel unter Wäschestücken seines Schrankes, wo er schon öfter größere Summen für kurze Zeit aufbewahrt hatte.

Er war Witwer, bewohnte das Zimmer allein und trug dessen Schlüssel stets bei sich. Eine alte Magd, die schon zwanzig Jahre in seinem Hause war und für deren Ehrlichkeit er sich verbürgte, besorgte morgens das Aufräumen und überbrachte ihm dann immer sogleich wieder den Schlüssel.

Die Zahlung, für die er das Geld zurückgelegt hatte, sollte heute einkassiert werden. Golzer begab sich nach seinem Zimmer, um das Geld zu holen, fand aber zu seinem Schrecken zwar die Schachtel noch am selben Platz, aber – leer.

Eine Stunde später machte er die Anzeige. Er gab an, daß er im Haus nur erprobte, ehrliche Leute habe und auch sonst niemand wüßte, auf den er Verdacht haben könnte. Er hatte die letzten zwei Wochen sein Haus nicht verlassen, und für einen Fremden wäre es während dieser Zeit ganz unmöglich gewesen, in das Zimmer zu gelangen.

Nur am Abend des Balles sei das vielleicht möglich gewesen, denn da habe man alle Hände voll Arbeit gehabt und nicht so aufpassen können. Auch hätten mehrere Gäste gesehen, wie er das Geld in Empfang genommen und damit in den Oberstock gegangen sei. Indes sei das Zimmer ordnungsgemäß versperrt gewesen, als er es um fünf Uhr früh wieder aufsuchte, um noch ein paar Stunden Schlaf zu finden.

Auf dem Weg zur Polizeibehörde habe er die Sache immer wieder durchdacht und sich dabei an die Mordgeschichte im Holzmannschen Schuppen erinnert. Ob der Mann dort, der auf den armen Herrn Ingenieur geschossen hat, nicht am Ende der Dieb gewesen sein könne, der in Holzmann einen Verfolger vermutete?

Die Sache schien nicht unmöglich. Um so mehr, als die Stube des Wirtes nach der Erdmulde zu lag, durch die Holzmanns Mörder zu dem Schuppen gekommen war, wie Silas Hempel festgestellt hatte.

Man bot eine Menge Leute auf, um die Ballbesucher jenes Gasthauses zu ermitteln, forschte überall in der Umgebung des Hauses nach, nahm zahllose Verhöre vor, erreichte damit aber nichts, als daß auch der Diebstahl vollkommen dunkel und unaufgeklärt blieb, wie der Fall Holzmann.

War es ein Wunder, daß die Behörden bei dieser Sachlage immer nervöser wurden? Daß sie immer ängstlicher den Vorwurf der Unfähigkeit, des Versagens fürchteten und darum mit doppelt geschärften Ohren in das Publikum hinaus horchten, das nicht müde wurde, den Fall von seinem Standpunkt aus zu beleuchten?

Kommissar Heidinger war sonst keiner, der sich irgendwie durch Gerüchte beeinflussen ließ; aber Untersuchungsrichter Wasmut, der viel in der Gesellschaft verkehrte, kam jeden Tag mit neuen Einzelheiten, die man ihm da und dort erzählt hatte – immer mit dem gleichen spöttischen Lächeln über die Untätigkeit der Behörden, die niemand begreife ...

Eines Tages erhielt die Polizeibehörde einen anonymen Brief, der lautete:

»Vielleicht interessiert sich die Kriminalabteilung, die blind für die Wirklichkeit ist, mehr für Märchen, die der Wind rauscht und die Spatzen auf den Dächern zwitschern ...

›Es war einmal ein Königssohn, den sein Weib mit dessen bestem Freund betrog. Und eines Nachts, als der Königssohn unvermutet heimkam, fand er sein junges Weib in den Armen des Freundes. Kein Wunder, daß er den Revolver zog und ... schießen wollte. Aber auch der Freund hatte einen Revolver, und dieser ging eher los ...

Und das junge Weib warf sich weinend dazwischen und bat und flehte. Da erschrak der Königssohn, besann sich und erkannte, daß für ihn alles verloren war, Weib und Leben, und weil er edlen Sinnes war, erkannte er auch, daß jetzt erst recht das Glück des Weibes, das er liebte, allein in seinen Händen lag. Er konnte es durch ein Wort vernichten für alle Zeit und konnte es erhalten durch Schweigen ...

Da forderte er von Weib und Freund einen Schwur, daß nichts von dem, was geschehen war, je über ihre Lippen kommen solle.

Dann schleppte er sich, die Faust auf der Todeswunde, hinab in den Vorhof seines Palastes, entließ dort den Freund, schloß selber das Tor hinter ihm ab und ging nach einem unbenutzten Nebengebäude, machte darin Licht und schlug jetzt erst Lärm, bis der Palasthüter erschien und ihn zusammengebrochen fand ...

Und dann erzählte er, ein Unbekannter, den er nie zuvor gesehen, habe im Nebengebäude auf ihn geschossen ...‹

Also rauscht es der Wind über Land, zwitschern es die Spatzen von den Dächern; aber die es angeht, wollen nicht hören ...«

Auf dem Polizeiamt war man so poetische Ergüsse nicht gewohnt und maß anonymen Zuschriften wenig Wert bei. Man lachte also zuerst darüber. Als aber Untersuchungsrichter Wasmut von dem Brief erfuhr, fand er ihn gar nicht lächerlich.

»Diesen Brief«, sagte er mit großer Überzeugung zum Polizeikommissar, »kann nur jemand geschrieben haben, der den wahren Hergang kennt. Ich bin überzeugt, daß er den Tatsachen entspricht, denn so erklärt sich alles. Ähnliches habe ich ja auch immer vermutet. Es war von Anfang an klar, daß Holzmann den Unbekannten nur vorschützte, weil er den Mörder schonen wollte – warum, erklärt sich jetzt: Weil er seiner Frau die Wege für die Zukunft nicht verlegen wollte! Erfuhr die Welt, daß ihr Geliebter der Mörder war, so hätte sie ihn niemals heiraten können. So aber – Gott, man läßt Gras über die Sache wachsen und dann konnte man immerhin wieder heiraten ...«

Kommissar Heidinger fing während dieser Rede zufällig ein spöttisches Lächeln auf, das blitzschnell über Silas Hempels Gesicht glitt, der eben eingetreten war.

Und er sagte, unwillkürlich davon beeinflußt, bedächtig: »Sie vergessen dabei nur eines, Herr Untersuchungsrichter, daß bei unaufgeklärten Verbrechen die Öffentlichkeit stets eine sehr rege, meist ins Romanhafte spielende Phantasie entwickelt und dann ihre eigene, so gefundene Lösung der Behörde als ›Tatsache‹ übermittelt. Solche Dinge sind wir gewöhnt und messen ihnen keine übertriebene Bedeutung bei. In diesem Fall möchte ich es um so weniger tun, als ich glaube, daß es wohl ausgeschlossen ist, einen, der den wahren Hergang kennt, als Schreiber des Briefes zu vermuten.«

»Wieso?«

»Wer – nehmen wir an, der angedeutete Vorgang habe sich so abgespielt, wie der Schreiber dartut, – könnte das wissen, außer den drei Beteiligten selbst? Holzmann ist tot, die zwei Überlebenden aber würden dann doch nicht selbst gegen sich zeugen! Von allen Hausgenossen aber haben wir klare Aussagen vorliegen, die nebenbei alle darin gipfeln, daß zwischen Frau Holzmann und Herrn Henter niemals Liebesbeziehungen bestanden haben. Es liegt also nach meiner Ansicht die Annahme näher, daß der Brief einfach ein Phantasiegebilde darstellt, entstanden im Gehirn irgendeines hysterischen Frauenzimmers oder überspannten Jünglings, dem leerer Klatsch als Wahrheit erscheint.«

Aber der Untersuchungsrichter war nun einmal nicht zu überzeugen.

Kalt lächelnd erwiderte er: »Und wenn? Wo Rauch ist, muß Feuer brennen, und die Wahrheit des Spruches ›Volkesstimme – Gottesstimme‹ hat sich von alters her als richtig erwiesen!«

Der Kommissar verbeugte sich achselzuckend.

»Wenn ich Sie recht verstanden habe, Herr Untersuchungsrichter, so wünschen Sie also, daß man auf diesen anonymen Brief hin Herrn Henter als Mörder verhaftet?«

»Das geht wohl nicht an, solange noch kein Beweismaterial gegen ihn gesammelt ist, aber ich erwarte allerdings, daß Sie Ihre Kräfte nunmehr sehr energisch in dieser Richtung hin arbeiten lassen, Herr Kommissar. Henter muß beobachtet und sein Vorleben auf das genaueste erforscht werden; dann werden sich ohne Zweifel Dinge feststellen lassen, die seine Verhaftung rechtfertigen würden. Ich bitte Sie ernstlich, diesen Wink zu beachten, sonst müßte ich die Sache selbst in die Hand nehmen!«

Er grüßte steif und entfernte sich, vom Kommissar, der sich stumm verbeugte, bis an die Tür begleitet.

Silas Hempel stand während dieses Gespräches unbeachtet im Hintergrund des Zimmers.

Jetzt wandte sich der Kommissar, der, obwohl er sich seinerzeit über Hempels Bericht etwas belustigt

gezeigt hatte, doch eine hohe Meinung vom Scharfsinn des jungen Detektivs besaß, an ihn.

»Was sagen Sie dazu?«

»Ich? O, ich wundere mich ein bißchen über den Ton Dr. Wasmuts. Er spricht gerade so, als hätte er Ihnen zu befehlen! Bei uns in Wien gehen Polizeibehörde und Untersuchungsgericht stets in schönstem Einvernehmen vor.«

»So soll es auch sein; aber Dr. Wasmut, den ich sonst ja als geschickten und tüchtigen Juristen hochschätze, hat den Fehler, seine Meinung als unfehlbar zu betrachten. Es ist nicht das erste mal, daß wir verschiedener Meinung sind ... und nun in diesem Falle gar! Ich glaube nicht, daß er recht hat, und es widerstrebt mir, mich vom Klatsch des Publikums vorwärtsdrängen zu lassen; indes wird mir nun doch nichts übrig bleiben, als Hartwig Henter zu beobachten. Aber der Teufel soll mich holen, wenn ich dazu nicht meine diskretesten Leute nehme, daß er wenigstens nichts davon merkt!«

»Nehmen Sie mich, Herr Kommissar!«

Heidinger sah den Detektiv überrascht an. Dann sagte er langsam: »Ich dachte, Sie seien ehrgeizig? Oder meinen Sie am Ende auch, daß da etwas herauszuholen ist?«

»Nein, ich habe dabei nur im Auge, daß ich, wenn mir eine bestimmte Arbeit zugewiesen wird, vielleicht länger hier bleiben könnte als meine Kollegen, und das wäre mir lieb; denn der Fall Holzmann interessiert mich sehr. Anderseits hörte ich gestern, daß Ihre Leute hier nun alle wieder Dienst machen, wir also in den nächsten Tagen nach Wien zurückbeordert werden sollen.«

»Das stimmt. Aber Sie möchte ich gerne zurückbehalten und werde eigens darum ansuchen. Nicht, weil ich Sie für Henter brauche, sondern, weil es für Sie hier eine viel wichtigere Aufgabe gibt: den Mörder Holzmanns ausfindig zu machen. Wollen Sie diese übernehmen?«

»Von ganzem Herzen, und ich danke Ihnen, daß Sie Vertrauen in mich setzen. Was an mir liegt, es zu rechtfertigen, soll gewiß geschehen!«

VI.

Hartwig Henter saß in seinem Privatbüro und arbeitete an einem Projekt, das er nächstens dem Landtag vorlegen wollte.

Es handelte sich um den Bau einer Kleinbahn zwischen dem vor ein paar Jahren eröffneten Kurort Waldfried und der Landeshauptstadt einerseits sowie dem Industrieort Radingen anderseits.

Radingen, wo Zucker-, Papier-, Holzstoff- und Maschinenfabriken betrieben wurden, besaß zwar bereits eine Landesbahn aus früherer Zeit, die aber seit dem Umsturz in jugoslawisches Gebiet fiel und so den Absatz der dortigen Erzeugnisse auf das Ausland anwies. Sie dem Inland nutzbar zu machen, wäre daher sehr wichtig gewesen, und Waldfried, eine Gründung des Landes und im Begriff durch warme Quellen Weltruf zu erlangen, die sich als sehr heilkräftig erwiesen hatten, bedurfte gleichfalls dringend einer Bahnverbindung mit der Landeshauptstadt.

Die Notwendigkeit, hier weite Landesstrecken durch neue Verkehrswege zu erschließen, war längst ins Auge gefaßt worden, doch hatte sich bisher kein Projekt als pekuniär durchführbar erwiesen. Nun war es zur freien Ausschreibung gekommen, und Henter, der sich in Gedanken schon lange mit der Sache beschäftigt hatte, arbeitete seit Monaten an einem Projekt, das nun beinahe fertiggestellt vor ihm lag.

Aber so stark es bisher sein ganzes Interesse beschäftigt hatte – denn wenn sein Projekt angenommen wurde, war er ein gemachter Mann – so wenig vermochte er heute seine Gedanken daran festzuhalten.

Draußen war es beinahe finster, und der letzte seiner Angestellten hatte bereits vor einer halben Stunde das Büro verlassen.

Da schob Hartwig plötzlich stirnrunzelnd die Blätter von sich. Nein, er war heute wirklich nicht mehr imstande zu arbeiten. Immer wieder schweiften die Gedanken ab zu dem kleinen Billett, das heute nachmittag ein Dienstmann gebracht und das seitdem wie ein treuer Talisman wohlverwahrt in seiner Brusttasche ruhte.

Hartwig warf einen Blick auf die Uhr. Erst halb sechs! Wie die Zeit heute schlich! Um sieben erst sollte er im Schloßpark sein!

Er zog das Billett aus der Tasche, um es noch einmal zu lesen.

»Lieber Hartwig!

Es ist unumgänglich nötig, daß ich Dich heute noch spreche. Erwarte Dich um 7 Uhr abends beim Säulentempelchen im Ybbenburger Schloßpark!

Immer   Deine
Serena Eltz.«

Er starrte nachdenklich auf die feinen zierlichen Schriftzüge, die ihm so sehr als ein Ausdruck des über alles geliebten Wesens erschienen.

Was mochte sie wollen? Woher nahm sie den Mut, ihm noch einmal zu schreiben und sogar eine Zusammenkunft herbeizuführen, da doch alles längst aus war? Oder nicht?

»Immer Deine Serena ...?«

Die paar Zeilen zauberten ihr Bild herauf, machten alles wieder lebendig ... Die Seligkeit und auch den namenlosen Schmerz der letzten Trennung, den er nie verwinden würde ...

Hartwig sah Serena Eltz vor sich, wie er sie damals zum erstenmal erblickt hatte. Ein zartes schlankes Mädchen von kaum 18 Jahren. Dunkelbraunes gelocktes Haar umrahmte ein schmales, blasses Gesichtchen, das an Schneeglöckchen erinnerte. Ein kleiner roter Mund, eine fein gebogene Nase, eine edel geformte Stirn und dazwischen zwei dunkle Augen, die ganz Seele waren. Eine Seele, die vornehm, warm und unendlich reich an inneren Schönheiten aus diesen Augen leuchtete, die in ihrer strahlenden Innigkeit einen seltsamen Gegensatz zu dem sonst ernsten Ausdruck des Gesichtes bildeten.

An demselben Ballabend war es gewesen, wo auch Gerhard Holzmann die Erwählte seines Herzens gefunden hatte. Und Serena v. Eltz und Lydia v. Marchstätten waren seit den Kindertagen Freundinnen gewesen, wie Gerhard und er ...

Hartwig hatte es vom ersten Augenblick an gefühlt: Es war ein Schicksal gewesen für ihn und Gerhard. Nur daß es für Gerhard dann nach langen Kämpfen doch noch zum Glück geführt hatte, wäh-

21

rend für ihn selbst alles in Nacht und Jammer versank ...

Herbert v. Eltz, Serenas Vater, war Oberst gewesen, Mitglied einer alten Adelsfamilie, die auch nach dem Zusammenbruch die stolzen Traditionen nicht vergessen konnte, ja die sie in der Republik nur um so höher schätzte.

Außerdem war Oberst v. Eltz sehr reich. Seine inzwischen verstorbene Frau war eine Amerikanerin, die Tochter eines vielfachen Millionärs gewesen, und ihr Vermögen, das in den väterlichen Unternehmungen, die ihr Bruder weiterführte, steckte, vermehrte sich noch von Jahr zu Jahr. Ihr Gatte war von ihr zum alleinigen Erben eingesetzt worden.

Er war ein herrischer Despot, aber sehr rechtlich, klug und von tadellosem Charakter. Frau Olga hatte das immer bewundert und ihn abgöttisch geliebt. Als sie starb, war sie überzeugt gewesen, daß Serena, ihr einziges Kind, das ja auch der Oberst sehr liebte, bei ihm allzeit in bester Hut sein würde.

Und das war auch der Fall gewesen, bis Serena Hartwig Henter kennen und lieben lernte. Von da an entstand ein großer Riß zwischen Vater und Tochter.

Eltz hatte natürlich große Pläne mit seiner einzigen Tochter und feststehende Prinzipien in bezug auf ihre Zukunft. Sie sollte dereinst einen Gatten haben, der von ebenso altem Adel wie die Eltz' war und ihr in der Welt eine hervorragende Stellung verschaffen würde, das stand bei ihm felsenfest.

Über Geld würde er eventuell hinwegsehen, über die beiden andern Bedingungen niemals. Ein einfacher Zivilingenieur, wie Hartwig Henter, kam für den Obersten gar nicht in Frage. Er nahm die Sache anfangs auch gar nicht ernst und lachte oft mit seinem Freund und ehemaligen Regimentskameraden Major v. Marchstätten über die Kindereien ihrer beider Töchter.

Aber bei Marchstättens wurden die Dinge rasch ernster, und nun fand es auch der Oberst für geboten, ernstlich mit seiner Tochter zu sprechen, d. h. er erklärte ihr klipp und klar, der »Flirt« mit diesem Ingenieur müsse nun ein Ende haben, sonst käme sie noch ins Gerede.

Serena blickte ihn erstaunt an aus ihren großen Samtaugen und sagte ruhig, daß ihr Vater im Irrtum sei, wenn er glaube, sie »flirte«. Was sie für Hartwig

Henter empfinde, sei eine tiefe, unermeßliche Liebe, und sie sehe in ihm längst ihren zukünftigen Gatten, denn niemals werde sie einem andern Mann angehören als Hartwig.

Der Oberst erschrak heftig, als er merkte, wie weit die Sache schon gediehen war, und erblickte sein Heil nur in größter Strenge. Er verbot Serena jeden weiteren Verkehr mit Henter und sorgte dafür, daß sie keine Gelegenheit mehr dazu fand.

Aber Serena hieß nicht umsonst »Die Ernste«. Sie hatte es noch immer mit allem im Leben sehr ernst genommen, wie sollte sie es nicht mit ihrer Liebe ernst nehmen, da diese ihre ganze Seele erfüllte?

Sie und Hartwig hatten sich erst wenige Tage zuvor ausgesprochen. Nun teilte sie ihm offen alles mit, was zwischen ihr und ihrem Vater gesprochen worden war. Serena war kein so modernes Mädchen, daß sie sich um ihres Vaters Wünsche und Befehle nicht gekümmert hätte. Aber es floß auch Blut aus dem freien Amerika in ihren Adern, und da sie ihren Vater zu gut kannte, um auf einen Umschwung der Gesinnung bei ihm zu hoffen, so sagte sie Hartwig einfach: »Wir müssen uns vorläufig fügen, aber es wird der Tag kommen, wo ich mündig bin, und dann kann niemand mich hindern, deine Frau zu werden! Willst du solange Geduld haben, Hartwig?«

Selbstverständlich war er bereit, auch zehn Jahre zu warten, aber es waren ja nur mehr drei bis zum Tag ihrer Mündigkeit.

Sie sahen einander von da an nur mehr selten. Wenn ein Zufall sie auf der Straße für Sekunden aneinander vorüber führte, oder sie sich im Theater von ferne sahen; ab und zu auch trafen sie unerwartet bei gesellschaftlichen Veranstaltungen zusammen, wo dann allerdings der Oberst nicht von Serenas Seite wich, wenn er nicht gleich wieder mit ihr verschwinden konnte, sobald der verhaßte Bewerber aus der Bildfläche erschien.

Von solchen Brosamen lebte ihre Liebe lange Zeit und wurde dabei nur tiefer und größer.

Inzwischen war es Lydia gelungen die Einwilligung ihrer Eltern zur Heirat mit Gerhard Holzmann zu erlangen. Auf ihrer Hochzeit trafen sich Serena und Hartwig endlich wieder für längere Zeit. Hartwig war Gerhards Beistand, Serena Lydias Kranz-

22

jungfrau. Das Glück dieser Stunden wäre beiden indes nie zuteil geworden, wenn der Oberst nicht gerade um diese Zeit an einer leichten Erkrankung zu Bett gelegen wäre oder geahnt hätte, daß Henter überhaupt an dieser Hochzeit teilnahm, ein Umstand, den die jungen Leute in stillschweigendem Einverständnis ihm gegenüber tot geschwiegen hatten.

Als er es nachträglich erfuhr, war er wütend und hätte sich beinahe mit seinem alten Freund Marchstätten überwarfen. Gespannt war das Verhältnis ohnehin schon durch Marchstättens Einwilligung zu Lydias Heirat geworden, die der Oberst ihm nicht verzeihen konnte.

Und da für die Zukunft zu befürchten stand, daß Frau Lydia Serenas Liebe nun erst recht Vorschub gewähren würde, so entschloß sich der Oberst kurzerhand seine Tochter allen weiteren Gefahren einfach zu entrücken, indem er mit ihr auf Reisen ging.

Gleich nach Lydias Hochzeit reiste Herr v. Eltz mit Serena nach Amerika, damit sie die Heimat ihrer Mutter und die dort lebenden Verwandten endlich kennen lerne. Von dort wollte man dann zurück nach Europa, um Paris, London, Berlin und andere große Städte zu besuchen ...

Zwei Jahre war man so unterwegs, und erst zwei Tage vor Gerhard Holzmanns Tod kehrte der Oberst mit seiner Tochter in sein Palais am Parkring zurück.

In diesen zwei Jahren hatten die Liebenden nichts voneinander gehört; denn Serena hatte beschlossen, ihren Vater nicht durch eine Korrespondenz, die seine Wachsamkeit doch früher oder später entdeckt hätte, zu reizen. Da ihr 21. Geburtstag immer näher rückte und dann die große Schlacht um das Glück geschlagen werden mußte, wollte sie vorher jeden Kleinkrieg vermeiden und sich ganz in kindlicher Liebe ihrem Vater anpassen.

Und sie meinte, daß es Hartwig genügen müsse, was sie ihm beim Abschied auf Lydias Hochzeit gesagt hatte: »Mein Körper geht in die Ferne, aber meine Seele bleibt bei dir, Hartwig! Vergiß nie, daß ich dein bin für Zeit und Ewigkeit und daß uns nichts trennen kann!«

Das Wort, so feierlich wie ein Schwur gesprochen, hatte lange weiter geklungen in Hartwigs Seele – klang immer noch zuweilen, aber nur wie die Glocken einer versunkenen Stadt.

Denn als Monat für Monat verging, als die Monate zu Jahren wurden, und Serena weder zurückkehrte noch auch nur das kleinste Lebenszeichen gab, da schwand in Hartwig Henter allmählich der Glaube an ihre Liebe. Sie hatte ihn vergessen, dem Oberst war es gelungen, sein Bild in ihr zu verlöschen, – es war alles aus ...

Der Gedanke setzte sich so fest in ihm, daß er nicht auszurotten war, umso mehr als selbst Lydia Holzmann, mit der er oft von Serena sprach, meinte, dies lange und absolute Schweigen könne nur Vergessen bedeuten.

So hatte Henter sich denn in die Arbeit gestürzt wie ein Rasender, instinktiv fühlend, daß er nur darin auf Stunden Ruhe finden könne.

Und dann wie ein plötzlich im Dunkel aufstrahlender Meteor dieser Brief heute! So kurz, so klar und selbstverständlich, als wäre nie etwas zwischen sie getreten, als wäre alles noch wie damals vor zwei Jahren ...

Es war also nicht aus? Oder doch ...? Wollte sie ihm vielleicht das sagen ...?

VII.

Schloß Ybbenburg war einst kaiserlicher Besitz gewesen, der nach dem Umsturz von der republikanischen Regierung beschlagnahmt und in ein Invalidenheim umgewandelt worden war. Der dazugehörige große Park war als öffentlicher Volkspark freigegeben worden, doch wurde er vom Volk seiner entlegenen Lage wegen nur wenig benützt.

Es ging auf sieben. Hartwig Henter schritt in ungeduldiger Erregung die Wege um das kleine Säulentempelchen herum auf und ab. Das Tempelchen lag auf einem kleinen Hügel, war rund und nach allen Seiten offen. Innen stand nach je zwei Säulen eine der neun Musen in Stein gehauen. Dazwischen gab es plumpe Steinbänke.

Es war dunkel und einsam ringsum. Nur vom Schloß, wo jetzt die Invaliden eben beim Abendbrot saßen, fiel ein Schein aus erleuchteten Fensterreihen herüber, der wenigstens die Umrisse der Dinge erkennen ließ. In diesem Dämmerschein sah Hartwig nun eine schlanke verschleierte Frauengestalt auf sich zu kommen.

Rasch ging er ihr entgegen.

»Serena?«

»Ja, ich bin's. Oh Hartwig ... so lange ...« Mit einem trockenen Aufschluchzen, das sie nicht zu unterdrücken vermochte, warf sich Serena Eltz an seine Brust. Er schlang die Arme um sie und drückte den schlanken Leib fest an sich, als wolle er ihn nie wieder freigeben. Einen Augenblick lang ruhten sie so stumm Brust an Brust, und alles, was sie bisher bedrückt hatte, ging unter in der Seligkeit des Wiedersehens.

»Du liebst mich also doch noch?« stammelte Hartwig überwältigt vom Glück dieser Erkenntnis.

»Wußtest du das nicht? Immer ... immer ... wie könnte ich anders?«

»Und hast mir kein Wort geschrieben! Zwei Jahre lang kein Zeichen dieser Liebe gegeben!«

»Hattest du nicht mein Wort? Fühltest du nicht jeden Tag, jede Stunde, jede Minute, daß meine Seele bei dir war? Ich glaubte es Papa schuldig zu sein, diese zwei Jahre äußerlich ihm ganz allein zu widmen, eben weil ich dann ja dir angehören will! Glaubst du, es war leicht? Aber nun ... am 6. Dezember werde ich mündig, dann ...«

Er verschloß ihr den Mund mit heißen Küssen. Wie unrecht hatte er ihr getan! Wie töricht erschien ihm jetzt jeder Zweifel an ihr!

Aber Serena machte sich plötzlich erschrocken von ihm los.

»Nicht deshalb, Liebster, bin ich gekommen; daß ich dich liebe, weißt du ja längst ... etwas anderes, Schreckliches führt mich her, und ich habe wenig Zeit. Papa glaubt mich bei Bekannten ... O, Hartwig, schon als ich nach unserer Heimkehr erfuhr, was mit Herrn Holzmann geschehen ist, packte mich solch innere Unruhe. Er war doch dein Freund, und ich stellte mir vor, wie furchtbar das alles für dich gewesen sein mußte, und dann ... wie Papa mir erzählte, daß ...«

Sie vermochte nicht weiter zu sprechen, aber Hartwig sah erstaunt, wie sie heftig an allen Gliedern zitterte, während ihr Gesichtchen, das der

eben aufgehende Mond mit hellem Schein überstrahlte, einen Ausdruck von Schreck und Verzweiflung angenommen hatte.

Unwillkürlich legte er den Arm stützend um sie.

»Was ist, mein Lieb? Warum sprichst du nicht weiter? Ja, Gerhards trauriges Ende hat mich furchtbar erschüttert, und ich werde lange brauchen, bis ich darüber hinweg komme. Aber was erregt dich dabei so sehr?«

Sie nahm sich zusammen.

»Ich will es dir sagen, darum bin ich ja gekommen ... die Leute sagen ... dein Name wird überall genannt ... man glaubt nicht an die Wahrheit von Holzmanns Aussage, ein Unbekannter habe auf ihn geschossen ... man behauptet ... lieber, lieber Hartwig, die Menschen sind so schlecht ... sieh, ich weiß doch ganz genau, daß all dies Wahnsinn ist ... aber ich hab solche Angst um dich! Heute mittag hat Papa, der ja Untersuchungsrichter Wasmut kennt ... die Nachricht heimgebracht, daß ... daß man ... daß auch die Behörde den bösen Klatsch kennt und dich ...«

Wieder übermannten sie Schmerz und Aufregung, so daß sie nicht weiter zu sprechen vermochte.

Hartwig sah sie unverwandt an – noch begriff er nicht ...

»Man glaubt Gerhard nicht? Und mein Name wird genannt? Warum? In welcher Beziehung? Ich versteh' dies alles nicht, Serena. Du mußt es mir schon deutlicher erklären!«

Sie nahm seine Hände in die ihren, sah ihm tief, angstvoll, wie beschwörend in die Augen und murmelte tonlos: »Ja, ich muß es dir sagen ... wer sonst sollte es wagen? Sie sagen, du hättest ein Liebesverhältnis mit Lydia gehabt, Gerhard hätte euch überrascht und da ... da hättest du ihn niedergeschossen! Alles andere wäre nachträglich erfunden worden ... von Gerhard ... um seine Frau zu schonen ...«

Nun war es heraus. Fast hätte der armen Serena zum dritten mal die Stimme versagt.

Hartwig Henter, der sehr bleich geworden war, stand unbeweglich da, als habe er einen Schlag auf den Kopf bekommen, der ihn aller Denkkraft beraube.

24

Und doch jagten die Gedanken wirr durch sein Hirn. Es war das erste mal, daß ein Wort von dem Gerede, das über ihn umging, an sein Ohr schlug, und doch wirkte dies Wort wie eine Hand, die einen Schleier zerriß ...

Das sagte man! Und darum also schienen so viele seiner Bekannten ihn in den letzten Wochen nicht zu kennen, wenn er sie grüßte. Darum grüßten seine eigenen Angestellten ihn mit eisiger Höflichkeit und verschwanden bei Büroschluß fluchtartig schnell. Darum hatte die Typmamsell ohne ersichtlichen Grund gekündigt. Darum erklärte heute morgen die Aufwartefrau mit scheuem Blick, sie könne morgen am nächsten Tage nicht mehr kommen, ihre Tochter sei krank ... Darum wandte ihm die Hausbesorgerin schon seit ein paar Tagen grußlos den Rücken, wenn er ihr im Stiegenflur begegnete ...

Sie alle wußten von dem Gerede und – glaubten ...

Während diese Bilder blitzartig an ihm vorüberglitten, färbte sich sein blasses Gesicht dunkelrot, preßten sich seine Lippen fest zusammen, und ein zorniges Funkeln trat in seinen Blick.

Seine Hände ballten sich unwillkürlich, als wollten sie alle die niederschlagen, die so Furchtbares von ihm dachten.

Plötzlich durchfuhr ihn ein neuer Schreck. Er nahm Serenas Kopf in seine Hände und starrte angstvoll in ihre Augen, die die ganze Zeit über nicht von ihm gewichen waren.

Glaubte auch sie vielleicht? ...

Aber nichts als innige, gläubige Liebe strahlte ihm daraus entgegen, und dann sagte sie, die alle Regungen in ihm bis auf die letzte mitempfunden hatte, das lockige Köpfchen schüttelnd, sanft: »Nein, Hartwig, das traust du mir ja doch im Ernst nicht zu! Aber sagen mußte ich es dir doch ... damit du es nicht unvorbereitet von andern erfährst ...«

»Ja, natürlich ... ich danke dir! Aber es ist entsetzlich! Ein solcher Verdacht, und ... wie soll ich mich wehren dagegen? Ich kann mich doch nicht auf die Straße stellen und meine Unschuld erklären! Ich kann auch niemand niederschlagen, der mich scheel ansieht! Kann's keinem übelnehmen, wenn er mich für einen Mörder hält ... er tut's ja im guten Glauben ... die Leute erzählen sich's ja allerorten! ... ›Die Leute‹, diese Hydra, die man nicht fassen, der man nicht beikommen kann ...«

Er war außer Rand und Band.

Da legte sich eine weiche kühle Mädchenhand beruhigend auf seine brennende Stirn.

»Du mußt es nicht so schwer nehmen, Liebster! Es tut mir weh, wenn ich dich leiden sehe. Was ist es denn weiter als haltloses Geschwätz, das kommt und wieder geht ... Laß uns lieber beraten, was zu tun ist! Papa erzählte mir, daß man dich wahrscheinlich eine Zeitlang beobachten wird ..., dem mußt du zuvorkommen. Ich dachte, es wäre am besten, du verreistest für eine Weile, bis sich die Gemüter hier beruhigt haben. Heute noch, Hartwig ... man kann ja nicht wissen ... wenn du z. B. nach Italien gingest ... nein, das geht nicht wegen der Paßgeschichten. Aber nach Tirol vielleicht ... in ein kleines stilles Bad ... wo du Ruhe hast und arbeiten kannst? Geld habe ich mitgebracht, du kannst es mir später einmal zurückgeben ... lieber Hartwig, bitte, tu es mir zuliebe!«

Er hatte sich kerzengerade aufgereckt.

»Unmöglich! Fliehen vor einem leeren Gerede? Wie kannst du mir das zumuten?«

»Nicht vor dem Gerede, vor einem Verdacht, dessen Auswirkungen unerträglich werden können ...«

»Nein! Nimmermehr! Bin ich nicht ein Mann, der sich wehren kann und wird, der überhaupt bloß seine Unschuld darzutun braucht? Außerdem, Serena, bedenke das: Fliehen hieße in diesem Falle doch, sich schuldig bekennen! Und ich bin doch an der ganzen Sache so unschuldig wie der Mond da oben am Himmel! Nein, nein, mache dir keine Sorgen meinetwegen! Es hat mich nur im ersten Moment niedergeworfen ... Du begreifst ... ein solcher Verdacht, daß man ihn überhaupt fassen konnte ... aber nun lache ich darüber und warte ruhig alles Weitere ab. Morgen, übermorgen, wenn man erst wieder zur Vernunft gekommen ist, lacht alle Welt darüber, du wirst schon sehen!«

»Und wenn nicht?«

»Dann kann's höchstens ein paar Tage länger dauern, und das werde ich ertragen. Glaub' mir, Liebstes, zu Besorgnissen ist wirklich kein Grund vorhanden ...«

25

Sie fuhren beide zusammen. Irgendwo im Schlagschattendunkel der Hainbuchenalleen, ganz in ihrer Nähe, hatte der Kies geknirscht, wie unter leisen vorsichtigen Tritten ...

Einer der Invaliden aus dem Schloß drüben, der hier einen Mondscheinspaziergang machte?

»Natürlich – wer sollte es sonst sein?« dachte Hartwig, aber sein Herz klopfte laut und schnell, und eine angstvolle Stimme in ihm setzte hinzu: »Wenn es aber jemand ist, der Serena gefolgt ist? Ihr Vater vielleicht ...?«

»Es ist spät, mein Herz,« sagte er dann scheinbar ruhig, »und du erwähntest, daß du nicht viel Zeit hast?«

»Ja, natürlich, ich muß fort. Gewiß ist es schon höchste Zeit! Laß uns gehen!«

»Wie bist du hergekommen? Mit der Straßenbahn?«

»Nein, ich nahm in der Stadt ein Auto. Es erwartet mich draußen am Parkeingang.«

Sie schritten diesem auf dem kürzesten Wege zu. Hartwig spähte verstohlen, um Serena nicht zu beunruhigen, aber scharf umher. Ein paarmal glaubte er auch tatsächlich einen Schatten zu sehen, der in gleicher Richtung mit ihnen hinglitt. Als sie aber das Parktor erreicht hatten, wo keine Bäume standen, sondern nur ein großer, mondbeleuchteter Kiesplatz sich ausbreitete, konnte er den Schatten nirgends mehr entdecken. Auch trug ja Serena einen weiten Staubmantel aus schwarzer Seide, der ihre Gestalt nicht erkennen ließ, und um den kleinen Seidenhut einen dichten dunklen Autoschleier, den sie wie beim Kommen auch jetzt herabgeschlagen hatte, so daß er Gesicht und Hals ganz unsichtbar machte. Kein Fremder konnte sie so erkennen. Freilich der Vater ...? Aber das würde der stolze Oberst ja doch nicht tun, daß er seiner Tochter heimlich nachspionierte ...

Hartwig beruhigte sich bei diesen Gedanken. Noch ein paar zärtliche geflüsterte Worte – dann half er ihr in das Auto hinein und blickte dem fortrollenden Wagen noch eine Weile nach, ehe er sich auch auf den Heimweg machte.

Dieser führte zunächst durch eine lange Kastanienallee, dann ein Stück Landstraße bis zur Endhaltestelle der Straßenbahn.

Während Hartwig nun langsam in der Allee dahinschritt, glaubte er mehrmals auf der andern Seite einen Menschen zu hören, der genau mit ihm Schritt hielt. Auf der Landstraße, wo es hell war, sah er ihn dann auch. Es war ein mittelgroßer Mann mit dunklem, steifem Hut, der weiter nichts Auffälliges an sich hatte. Er ging nun schneller, so daß er Hartwig ein Stück voran kam, blieb aber dann wieder stehen, um sich eine Zigarette anzuzünden. Damit verfuhr er so umständlich, daß er später wieder hinter Hartwig zu gehen kam.

Und da endlich durchfuhr es diesen wie ein Blitz: Dieser Mann war der Schatten aus dem Park, aber nicht Serena war er dorthin gefolgt, sondern ihm selbst!

Was Serena ihm als beabsichtigt mitgeteilt hatte, das war bereits Tatsache: Er, Hartwig Henter, wurde polizeilich überwacht!

Es traf ihn doch tiefer, als er gedacht hätte. Welche Schmach! Welche Schande, wenn es jemand bemerkte! Er überlegte hin und her, was er dagegen tun könnte. Sollte er vielleicht morgen zum Untersuchungsrichter gehen und klipp und klar fragen, was man gegen ihn habe? Nein, das könnte wie Schuldbewußtsein gedeutet werden. Je länger er überlegte, desto klarer wurde ihm, daß es am klügsten war, sich den Anschein zu geben, als merke er nichts. Mochten sie ihm nachspionieren, dabei würde sich am besten herausstellen, daß er nichts zu verbergen hatte.

Serena konnte unmöglich erkannt worden sein. Wenn man ihn fragen sollte, würde er einfach sagen, er habe sich mit einer fremden Dame unterhalten, die ihn im Park angesprochen habe, wo sie einen andern Mann erwartete, der nicht gekommen sei.

Er hatte inzwischen die Endstation erreicht, und es entging ihm nicht, daß sein Verfolger, während er selbst den ersten Wagen der Straßenbahn bestieg, sich auf den Beiwagen schwang.

Er fuhr bis zum Hauptplatz der Stadt. Als er dort ausstieg, stieg auch der Mann im Beiwagen aus. Er aß in einem Restaurant zu Abend. Als er das Lokal um zehn Uhr verließ, sah er seinen Verfolger auf der gegenüberliegenden Straßenseite sich eine Zigarette anzünden ...

Er kümmerte sich nun nicht weiter um den Menschen, ging nach seiner Wohnung, die im selben Hause wie das Büro lag, und legte sich sogleich zu Bett. Aber die Nacht verging, ohne daß er auch nur für eine Stunde Schlaf fand.

VIII.

Silas Hempel war, als er nach G. zugeteilt wurde, dort im Gasthof zur Sonne abgestiegen, wo er ein nettes freundliches Zimmer im ersten Stock bewohnte. Es war nicht teuer, bot auch nicht viel Komfort, denn die »Sonne« war III. Ranges und diente meist Landleuten als Absteigequartier, aber es war rein und sehr ruhig, denn seine zwei Fenster gingen nach dem Fluß hinaus, der unten in beschaulicher Ruhe dahinzog.

In diesem Zimmer sah Silas Hempel am Morgen des 30. Oktobers und schrieb sich die Adressen sämtlicher Hotels von G. aus dem Wohnungsanzeiger heraus.

Da all seine bisherigen Nachforschungen nach Holzmanns Mörder völlig ergebnislos geblieben waren – bis auf die Fußspuren und die auffallende Zigarettenmarke – wollte er es nun anders versuchen.

Er sagte sich: Der Mörder kam in der bestimmten Absicht, Holzmann zu töten, in den Schuppen, denn er hat dort eine halbe Stunde auf ihn gewartet. Warum tötet man einen Menschen? Aus Haß, Rachsucht, Habsucht oder Eifersucht, eventuell auch, wenn er einem irgendwie im Wege steht.

Habsucht und Eifersucht konnten im Fall Holzmann ausgeschaltet werden; denn obwohl sich Geld in der Lade von Holzmanns Arbeitstisch befand, war nichts geraubt worden. Sein Herz aber gehörte seit drei Jahren ausschließlich seiner Frau und vorher besaß er auch keine Liebschaft.

Auch im Wege gestanden konnte er wohl niemand sein in seiner selbständigen Stellung als Fabrikbesitzer. Blieben also nur Haß oder Rachsucht.

Nun hatten aber alle übereinstimmend erklärt, Holzmann habe durchaus keinen Feind besessen, und er selbst war gleichfalls dieser Überzeugung gewesen.

Nun hatte Hempel aber von Rosner erfahren, daß der junge Ingenieur nach Beendigung seiner Studien, ehe er als Teilhaber in die Fabrik seines Vaters eintrat, ein Jahr im Ausland geweilt hatte. Er war damals ein halbes Jahr in England gewesen, um weitere Studien im Maschinenbau zu betreiben, und dann in Paris, um Hoch- und Tiefbauunternehmungen zu studieren.

Wenn er also doch einen Feind besessen hatte – vielleicht einen, an den er selbst längst nicht mehr dachte, – so mußte er aus dieser Zeit stammen. Dann war der Mörder aus dem Ausland gekommen und mußte in einem hiesigen Hotel abgestiegen sein.

Darum wollte Hempel in allen einschlägigen Unternehmungen sich nach einem Ausländer erkundigen, der etwa zwischen dem 3. und 5. Oktober dort abgestiegen war.

Er sagte sich selbst, die ganze Annahme sei phantastisch und unwahrscheinlich, werde eine Riesenarbeit im Gefolge haben und wahrscheinlich gar kein Ergebnis zu Tage fördern.

Aber bei dem Mangel jedes andern Anhaltspunktes stellte sie jedenfalls wenigstens eine Möglichkeit dar und mußte daher auf ihre Stichhaltigkeit hin überprüft werden.

So war er eben ganz vertieft in die Anlegung seiner Liste, als es an die Tür klopfte und sein alter Freund, der Hauswart Rosner, eintrat.

Schon bei der Begrüßung merkte Hempel, daß der Alte stark erregt war.

»Nun, was gibt es denn, Herr Rosner, daß Sie mich eigens aufsuchen und noch dazu so früh am Morgen?«

»Etwas sehr Seltsames, Herr Hempel, ich dachte ich müsse es Ihnen gleich sagen kommen: Heute nacht wurde im Schuppen eingebrochen! Gottlob konnte ich den Kerl noch rechtzeitig verscheuchen.«

»Eingebrochen? Im Schuppen? Ah, das ist ja wirklich sehr interessant! Setzen Sie sich, lieber Rosner, und erzählen Sie mir alles möglichst ausführlich!«

»Es war kurz nach Mitternacht. Ich lag schon eine Weile wach, wie jetzt oft, weil mir das viele Denken und Grübeln keine rechte Ruhe läßt, da sah ich auf der Wand meinem Bett gegenüber ein Licht aufblit-

27

zen. Gerade wie damals ... Sie wissen ja, daß der Schuppen meiner Wohnung schnurgerade gegenüber liegt ...«

»Ja. Weiter!«

»Also ich sah den Lichtwiderschein wie damals. Aber er blieb nicht stehen, wie am 4. Oktober, sondern verschwand rasch, um dann nach ein paar Minuten wieder zu erscheinen. Es mußte jemand im Schuppen sein, vielleicht mit einer Blendlaterne oder einer elektrischen Taschenlampe. Es war mir sofort klar, daß es nur ein Einbrecher sein konnte. Ich stand also auf und kleidete mich rasch an. Es war gut, daß ich mir seit dem Unglück angewöhnt hatte, nachts stets den geladenen Revolver auf dem Nachttisch bereitzulegen. Mein Gott, ich bin jetzt so ganz allein und man konnte also nicht wissen ...

Inzwischen war das Licht drüben noch zweimal aufgeflammt. Ich nahm den Revolver, verließ das Haus ganz leise in Filzpatschen und schlich mich über den Kiesplatz an den Schuppen heran, den Türschlüssel in der Hand bereit; denn diesmal war die Türe zu. Gerade als ich ihn leise ins Schloß schieben wollte, blitzte das Licht im Innern wieder auf, und ich sah durchs Fenster, wie ein Mann vor des seligen Herrn Arbeitstisch, dessen Laden weit offen standen, nach vorn geneigt stand und in den Papieren kramte. Jetzt gab's kein Zaudern mehr. Rasch den Schlüssel ins Schloß gesteckt, aufgesperrt, den Revolver in der Rechten, und die Tür aufgerissen! Der Lichtschalter befindet sich gleich rechts von der Tür, wie Sie wissen, – ein Griff, und die Lichter flammten auf – taghell lag der ganze Raum vor mir. Aber all das ging doch nicht so rasch, als ich gedacht hatte, und als ich nun den Raum überblickte, sah ich gerade nur noch, wie der Mensch zum linken Seitenfenster – Sie wissen, das, welches in den kleinen Müllhof geht – hinaus verschwand. Ich nach, so rasch ich eben konnte – aber es war keine Spur mehr von ihm zu erblicken. Was sagen Sie nun dazu?«

Hempel fieberte vor Erregung.

»Zum linken Seitenfenster – wie damals! Aber diesmal haben Sie ihn doch gesehen, Rosner! Diesmal werden Sie ihn mir doch beschreiben können!?«

Der Hauswart kratzte sich verlegen hinter dem Ohr.

»Beschreiben? Das wird wohl schwer halten, ich hab' ihn doch kaum gesehen, so war er auch schon draußen verschwunden!«

»Aber vorher, als er am Arbeitstisch stand, durchs Fenster?«

»Stand er, mir den Rücken zugekehrt. Das Gesicht konnte ich nicht sehen, nur die Hände. Die waren sehr weiß mit langen schmalen Fingern. An der rechten blitzte ein großer Brillant.«

»Und die Gestalt?«

»Groß, schlank und bestimmt die eines noch jungen Mannes. Das drängte sich mir auch auf durch die raschen geschmeidigen Bewegungen, als er durchs Fenster verschwand.«

»Wie war er gekleidet?«

»Ganz schwarz und sehr elegant. Er trug einen Frackmantel und auf dem Kopf einen spiegelblanken Zylinder. Er machte mir den Eindruck eines vornehmen Herrn. Darum kann ich gar nicht begreifen, wie er dazu kam, in den Schuppen einzubrechen? Sollte es ein internationaler Gauner sein? Die sind, wie ich gehört habe, oft äußerlich wie große Herren ... Aber schließlich, warum gerade in den Schuppen? Dort werden doch keine Wertsachen aufbewahrt!«

Dasselbe fragte sich Silas Hempel.

Dann frug er: »Was befindet sich eigentlich in den Laden des Arbeitstisches?«

»Nur Pläne, Zeichnungen, Grundrisse und Geschäftsbriefe, vielleicht auch Privatkorrespondenz, die Herr Holzmann gelegentlich dort erledigte, ich weiß es nicht so genau. Bald nach dem Unglück war einmal der Untersuchungsrichter da und hielt Umschau in den Laden, da war ich dabei, weil ich den Schuppen aufsperren mußte. Alle Briefe hat er dann mitgenommen und den Schlüssel zu den Laden steckte er wieder zu sich, wie er ihn gebracht hatte. Bezüglich der andern Papiere meinte er, diese gingen ihn nichts an, sie gehörten in den Nachlaß und würden später von der Witwe wohl noch verwertet werden. Damit meinte er wahrscheinlich die Papiere, die sich auf Herrn Holzmanns Erfindungen beziehen.«

»Die befanden sich auch darin?«

»Ja. Es war ein besonderes Bündel, das der Untersuchungsrichter durchsah und dann wieder rückwärts in das Mittelfach legte, wo sie zuvor gewesen.«

»Sie haben das selbst gesehen?«

»Ja. Der Untersuchungsrichter erwähnte noch, daß es Erfindungen und Projekte seien, die vielleicht großen Wert hätten.«

»Vielleicht suchte der Einbrecher gerade danach? Haben Sie nachgesehen, ob das Bündel noch da ist?«

»Nein. Ich wollte Ihnen die Spuren nicht verderben, weil der Einbrecher doch gerade dort vor dem Tisch gestanden hatte.«

»Das war sehr klug von Ihnen. Wir wollen nun aber gleich gehen und uns die Sache näher ansehen. Sie haben den Schuppen doch wieder zugeschlossen und noch keine weitere Anzeige gemacht?«

»Selbstverständlich hab' ich den Schuppen verschlossen, und Anzeige machte ich nicht; denn ich dachte, es sei ja ebenso gut, wenn ich es Ihnen gleich mitteilte, Herr Hempel. Sie arbeiten ja an dem Fall, wie ich weiß, und werden dann schon das Nötige veranlassen.«

Der Detektiv nickte.

»Natürlich werde ich die Meldung erstatten, aber das hat Zeit. Zuerst muß ich selber sehen ...«

Nie war Silas ein Weg so lange erschienen, wie der jetzige vom Flußkai bis zur Fabrik Holzmann, obwohl er kaum 15 Minuten betrug. Der Alte neben ihm konnte kaum folgen.

Hempels Herz klopfte laut, als er den Schuppen aufschloß und Rosner bedeutete, er möge ihm nun nicht weiter folgen, aber in der Nähe bleiben, damit er ihm, wenn nötig, Fragen stellen könne.

Zwei Dinge vor allem beschäftigten den Detektiv: Ob er fremde Fußspuren finden würde oder die ihm bereits bekannten des Mörders, und ob die Papiere, die Holzmanns Erfindungen betrafen, da waren oder nicht.

Ersteres entschied über seine gleich anfangs gemutmaßte Theorie, daß der Mörder ein Mitglied der besitzenden Klasse sei, die zweite Frage würde eventuell das Motiv der Tat beleuchten.

Es wäre ja ganz gut denkbar, daß ein Mensch aus der Welt geschafft wurde, dessen Erfindungen sich ein anderer zu Nutzen machen wollte. Daran hatte der Detektiv allerdings bisher nicht gedacht, aber jetzt schien es ihm immerhin möglich.

Inzwischen hatte er den Schuppen bereits vorsichtig betreten und ließ seine Blicke erst einmal durch den Raum schweifen.

Durch die vorderen Fenster schien die Morgensonne, wodurch jede Kleinigkeit scharf beleuchtet wurde. Besonders der Fußboden, auf dem eine dicke Staubschicht lag, da der Raum seit dem Unglück nicht mehr gereinigt worden war.

Silas segnete diesen Umstand, denn er zeigte ihm schon von weitem die neuen Fußspuren mit größter Deutlichkeit. Sie führten vom Seitenfenster zum Arbeitstisch in der rechten Ecke, dessen drei Laden weit offen standen, und von dort wieder zurück an das Fenster. Aus den Abständen las der Detektiv, daß der Einbrecher erst langsam gekommen war, in ruhigen gleichmäßigen Schritten, sich aber dann auf dem Rückweg zum Fenster in Sprüngen, also offenbar in größter Eile, entfernt hatte.

Auch Rosners Filzpantoffelspur von der Tür zum Fenster und wieder zurück war deutlich zu sehen. Sie kreuzte sich in der Nähe des Fensters mehrmals mit der des Einbrechers und verwischte diese zuletzt vielfach.

Und die fremde Spur selbst? Silas frohlockte: Schon ihr Anblick verriet ihm, daß sie der des Mörders glich. Sorgfältig mit den Maßen und dem Papierausschnitt, den er besaß, nachgeprüft, ergab sich ihre haargenaue Übereinstimmung. Nicht der leiseste Zweifel konnte darüber bestehen, daß der Mann, der auf Holzmann geschossen, und der Einbrecher dieser Nacht ein und dieselbe Person waren.

Nachdem Hempel auch von der neuen Spur einen genauen Papierausschnitt angefertigt und einzelne besonders deutliche Fußabdrücke durch darüber gestellte Stühle gesichert hatte, trat er an den Arbeitstisch heran.

Dort war das erste, worauf sein Blick fiel, ein zusammengebundenes Bündel Papiere, das zwischen zahlreichen offenen Blättern in der Lade lag.

Er nahm es und trat damit in die Schuppentür, neben der Rosner auf einer Holzbank saß.

»Sind das die Papiere, Herr Rosner, die sich auf des Toten Erfindungen beziehen?«

Und er war fast enttäuscht, als der alte Hauswart eifrig nickend versicherte: »Ja, das sind sie. Herr Hempel! Sie waren früher nur auf einen Pack zusammengelegt, aber der Untersuchungsrichter band sie zu einem Bündel zusammen, wahrscheinlich damit nichts verloren gehe.«

Die Papiere waren da, also konnten nicht sie es sein, denen der Einbruch heute nacht galt! Da aber sonst erst recht nichts von Wert vorhanden gewesen war, so blieb der nächtliche Einbruch doppelt unbegreiflich.

Oder befand sich das, was der Mörder hier nachträglich gesucht, vielleicht unter den Privatpapieren, die der Untersuchungsrichter mit fortgenommen hatte?

Silas nahm sich vor, gleich nächster Tage Einsicht in diese Papiere zu nehmen.

Plötzlich kam ihm noch ein Gedanke. Wenn der Mörder nicht gefunden hatte, was er suchte, – möglicherweise nur nicht gefunden, weil Rosner ihn vorzeitig verscheuchte, – konnte er da nicht wiederkommen?

»Herr Rosner,« sagte er, »würden Sie etwas dagegen haben, wenn ich mich für die nächste Zeit bei Ihnen drüben einquartierte? Sie haben ja zwei Stuben, wie ich gesehen habe, und ich bin gern mit einem Lager auf dem Sofa zufrieden.«

»Das hätten Sie durchaus nicht nötig, denn ich trete Ihnen mein Bett mit Freuden ab. Mir wär' ja ein Stein vom Herzen, wenn ich nicht mehr so mutterseelenallein im Hause sein müßte. Ich bin ja gerade kein Feigling, aber seit heute nacht ist mir das Alleinsein wahrhaftig unheimlich geworden. So wäre ich zu Tode froh ... aber die gnädige Frau müßte ich doch erst fragen ...«

»Tun Sie es noch heute! Sie wird nichts dagegen haben, wenn ihr Haus doppelt bewacht wird, und abends komme ich dann. Außer gegen Frau Holzmann muß aber gegen jedermann reiner Mund gehalten werden!«

Der Alte beugte sich dicht an den Detektiv heran. »Meinen Sie denn, daß er noch einmal kommt?« flüsterte er ängstlich.

Silas zuckte die Achseln.

»Wie soll ich das wissen? Wir müssen's abwarten.«

IX.

Silas Hempel stand vor dem Kommissar Heidinger. Er hatte eben seinen Bericht beendet und die Maße der neuen Fußspur vorgewiesen zum Beweis, wie vollkommen sie mit den früheren übereinstimmten.

Er schloß: »Sie haben seinerzeit gelacht, Herr Kommissar, als ich die gefundenen Zigarettenreste als Beweis dafür anführte, daß der Mörder ein reicher, vornehmer Mann sein müsse, weil ein anderer solche Zigarettensorte gar nicht in die Hand bekommen könnte. Aber ich hoffe, Sie lachen nun nicht mehr. Ein Mann in Zylinder und Frackmantel, der einen wertvollen Brillant am Finger trägt, kann doch wohl kaum ein Straßenkehrer sein!«

»Gewiß nicht. Ich lache auch längst nicht mehr über Ihre Kombination in bezug auf die Zigaretten. Aber sagen Sie mir um's Himmels willen, warum kam der Mörder abermals in den Schuppen? Was wollte er dort? Warum hat er Holzmann überhaupt erschossen?«

»Wir werden es schon noch erfahren, Herr Kommissar, lassen Sie mir nur ein wenig Zeit es auszuforschen. Zwei Dinge stehen für mich fest: Erstens, der Mörder beging die Tat aus einem Grund, der Holzmann so unbekannt war wie der Mörder selbst; denn jener hatte nachher Zeit genug beides zu überdenken und fand doch nicht die leiseste Erklärung für die Tat. Zweitens war für den Mörder durch Holzmanns Tod der eigentliche Zweck noch nicht erreicht. Das bezeugt sein Einbruch heute nacht, der zugleich auch beweist, daß er selbst noch hier in der Stadt ist. So muß er also irgendwo wohnen und dies ›Wo‹ zu erforschen, muß unsere nächste Aufgabe sein.«

»Wenn er nicht jetzt nach dem Einbruch eilig das Weite gesucht hat!«

»Das glaube ich nicht. Gerade der Einbruch beweist, daß er sich sehr sicher fühlt und hier noch ein bestimmtes Ziel verfolgt. Man läßt das Ziel, um deswillen man einen Mord begangen hat, nicht fah-

30

ren, weil die Kriminalpolizei hinter einem her ist! Denn damit mußte man ja von Anfang an rechnen.«

»Auch wahr! Aber was soll ich nun in bezug auf den Untersuchungsrichter tun? Eigentlich müßte man ihn ja von den jüngsten Ereignissen und den sich daraus ergebenden Vermutungen in Kenntnis setzen. Aber er ist so verbissen in seine Überzeugung von Hartwig Henters Schuld, daß ich fürchte, er nennt uns dann nur Phantasten und macht uns womöglich noch Schwierigkeiten. Außerdem erklärte er mir, als ich ihm neulich einen meiner Leute zur Beobachtung Henters in Vorschlag brachte, er verlasse sich lieber auf seine eigenen Leute und werde fortan den Fall allein führen. Wir von der Kriminalpolizei seien zu zaghaft!«

In Silas Hempels Augen funkelte es vergnüglich.

»Aber dann sind Sie ja außer Obligo, Herr Kommissar! Lassen Sie ihn den Fall Holzmann allein weiter führen, und wir führen ihn eben ... auch allein weiter! Es müßte Ihnen doch zuletzt eine angenehme Genugtuung bereiten, wenn die ›zaghafte‹ Kriminalpolizei den Vogel abschießt, statt die Herren vom Untersuchungsgericht!«

»Das ist wahr. Ich werde mit dem Vorstand sprechen und ich hoffe, er wird unserer Meinung sein – besonders, da es sich in diesem Fall um Dr. Wasmut handelt, den er nicht leiden kann und einen ›blinden Draufgänger‹ nennt.«

»Darf ich noch fragen, was Dr. Wasmuts Vertrauensmann bisher bei Henter ausgekundschaftet hat? Wer übernahm übrigens die Beobachtung?«

»Kobler und Langmann – Sie kennen sie ja. Beide wechseln sich ab. Kobler soll übrigens, nach Wasmut, schon am ersten Tag Glück gehabt haben. Wasmut behauptet, er habe ein äußerst geheimnisvolles Stelldichein Hartwig Henters und Lydia Holzmanns im Ybbenburgerpark beobachtet. Beide erschienen einzeln im Park, küßten sich unzählige Male, waren furchtbar aufgeregt und verliebt, und zuletzt fuhr Frau Lydia tief verschleiert in einem Auto fort. Dr. Wasmut erklärt das als einen unanfechtbaren Beweis für seine Vermutung und meint, neben der Sehnsucht des Liebespaares, einander nach langer Trennung wiederzusehen, sei wohl auch die Notwendigkeit, sich über das beiderseitige Verhalten der Behörde gegenüber zu einigen, Zweck der Zusammenkunft gewesen.«

»Sehr interessant! Aber wie konnte Kobler Frau Holzmann denn erkennen, wenn sie so dicht verschleiert war?«

»Warf ich auch ein! Aber Freund Wasmut erklärte, dies sei gar nicht nötig gewesen, denn es könne gar niemand anders gewesen sein als Lydia Holzmann, nachdem er einwandfrei feststellen konnte, daß Henter durchaus keinen Verkehr mit andern Damen pflog. Seine freie Zeit verbrachte er ausschließlich bei und mit Holzmanns.«

»Na, möglich ist das ja, obwohl sich daraus allein noch lange nicht auf Liebesbeziehungen schließen läßt. Wie immer aber auch die Dinge liegen mögen, Holzmanns Mörder ist Hartwig Henter doch keinesfalls, und das werden wir eines Tages beweisen können, hoffe ich!«

Eine Stunde später verschaffte sich Silas Hempel mit Hilfe eines Gerichtsdieners, den er kannte, Einblick in die von Dr. Wasmut aus dem Schuppen mitgebrachten Briefe.

Er war sehr enttäuscht. Sämtliche Briefe waren aus dem letzten Halbjahr und ganz kurz. Einladungen von Bekannten, flüchtige Mitteilungen über belanglose Dinge, hie und da ein paar Zeilen von Hartwig Henter, die gemeinsame Verabredungen betrafen, usw. Kein Wort von irgendeiner Bedeutung darunter. Silas begriff nicht, wozu der Untersuchungsrichter das wertlose Zeug überhaupt mitgeschleppt hatte ...

Am Abend fand er sich in der Villa Holzmann bei Rosner ein, der ihn freudig begrüßte. Er war bei Frau Lydia gewesen, und sie hatte sofort eingewilligt, daß der Detektiv bei ihm wohne, denn nach all den schrecklichen Dingen, die vorgefallen, und nach dem, was Rosner neuerlich zu berichten gehabt, könne sie ja nur froh sein, wenn jemand von der Polizei ihr Haus in seinen Schutz nehme.

Im übrigen erzählte der Hauswart bekümmert, daß Frau Lydia schlecht aussehe und beunruhigend nervös sei. Alle Augenblicke, während sie mit ihm gesprochen habe, sei sie nervös zusammengefahren und habe entsetzt um sich geblickt, gerade als erwarte sie etwas Schreckliches vor sich auftauchen zu sehen.

»Ich glaube,« schloß Rosner kopfschüttelnd, »der armen Frau kommt jetzt erst zum Bewußtsein, was

31

geschehen ist, und sie kann all die Schreckbilder gar nicht loswerden. Wenn ich denke, wie fröhlich, lebenslustig und sorglos sie früher war ... so recht ein Sonnenschein im Haus, und nun – nicht zu glauben, sage ich Ihnen, Herr Hempel, wie ein Mensch sich so schrecklich verändern kann!«

Silas blickte nachdenklich vor sich hin. Die Mitteilungen des Hauswarts kamen ihm seltsam und unbegreiflich vor. Frau Lydia hatte ihm persönlich gar nicht den Eindruck gemacht, als sei sie besonders tief veranlagt, so tief, daß die Ereignisse, die sie zur Witwe machten, einen so völligen Wesensumschlag verständlich gemacht hätten.

Ein heiterer Schmetterling, der lachend durchs Leben gaukelt ... genau so war sie ihm erschienen.

Sonderbar, daß sie jetzt ...

Aber wovor fürchtete sie sich denn?

Ja, wenn sie schuldig gewesen wäre und das Gewissen sie drückte ... aber sie war doch nicht schuldig ...

»Vielleicht hat sie etwas von dem Gerede erfahren, das in der Stadt über sie und Henter umgeht?« sagte er zu Rosner. Aber dieser schüttelte den Kopf.

»Das dachte ich anfangs ja auch, aber ich sprach nachher auch mit ihrer Mutter, die mir ihr Leid klagte. Da erzählte die Frau Major, daß sie und ihr Mann ganz außer sich seien über diese gemeinen, aus der Luft gegriffenen Klatschereien. Man wage sich ja gar nicht mehr aus dem Haus und unter Menschen! Als wären sie Verbrecher, so begegneten ihnen jetzt die Leute – bloß Lydia nehme das nicht ernst. Frau v. Marchstätten sagte ganz verstört, sie hätten es der Tochter ja am liebsten ganz verschwiegen, aber das ließ sich nicht durchführen, so hätten sie endlich doch vorsichtig mit ihr darüber gesprochen und seien ganz erstaunt gewesen, wie leicht Frau Lydia das nahm. Ein Achselzucken, ein Lächeln habe sie bloß dafür gehabt und dann gesagt: ›Ach, das ist ja so dumm von den Leuten, Mama, und wirklich ganz nebensächlich. Wenn ich nichts anderes zu tragen hätte ... wie froh wäre ich!‹

›Dabei sah sie ganz verstört vor sich hin, und wir wagten nichts weiter zu sagen oder zu fragen, denn Lydia ist ja jetzt im Gegensatz zu früher so unheimlich verschlossen gegen uns, daß ich als Mutter sie gar nicht mehr verstehe! Ja, lieber Rosner, es ist ein Jammer jetzt bei uns ...!‹ schloß die Majorin, und dabei standen der armen Frau die Tränen in den Augen. Wo sie doch früher so stolz war, daß sie mit unsereinem kaum je ein Wort gesprochen hat, das nicht unbedingt nötig war. Ja, ja ich kann mir da wirklich keinen Vers drauf machen ... was nämlich die junge Frau betrifft!«

Silas Hempel konnte es auch nicht. Er grübelte noch eine Weile über das Gehörte nach, fand aber nichts, was ihm Lydias verändertes Wesen verständlich gemacht hätte.

Gegen zehn Uhr gingen dann beide Männer zu Bett. Rosner schlief im ersten Zimmer auf dem Diwan, und Hempel mußte dessen bisheriges Schlafzimmer beziehen, anders tat es der Alte nicht.

Die Nacht verlief ohne Störung.

Am andern Tag richtete Silas Hempel mit Rosners Hilfe einen Lichtsignalapparat vom Schuppen in sein Schlafzimmer ein, der ganz einfach war und tadellos arbeitete.

Betrat jemand den Schuppen durch das linke Seitenfenster, so mußte er unfehlbar auf einen der flachen, in den Dielen angebrachten Knöpfe treten, die darunter mit Leitungsdrähten in Verbindung standen. Dadurch flammte in Hempels derzeitigem Schlafraum die dort an einer Zinkblechscheibe angebrachte elektrische Birne auf. Durch den Blechreflektor vielfach verstärkt, wirkte das Licht so grell, daß ein Schlafender unbedingt erwachen mußte. Zur Sicherheit aber setzte der Apparat im Augenblick, wo er das Licht aufflammen ließ, auch einen kleinen Metallklöppel an der Blechscheibe in Bewegung.

Der Klöppel gab nur einen einzigen Schlag, ähnlich den Streckensignalen der Eisenbahn, und nicht lauter, als daß er im Zimmer gehört werden konnte.

Man machte mehrere Proben, die tadellos ausfielen, und Rosner sagte vergnügt: »So, nun können wir beruhigt schlafen; wenn der Herr wieder einbrechen will, meldet er sich deutlich genug an!«

X.

Hartwig Henter war tagsüber ganz in die Arbeit vertieft und vermied es so viel wie möglich, sein Büro zu verlassen. Der Gedanke, sobald er die Straße betrat, unablässig von einem Spion heimlich begleitet zu werden, war ihm unerträglich. Da ging er lieber gar nicht aus.

Aber auf die Dauer erwies sich dieser Entschluß doch als nicht durchführbar. Henter war gesund und kräftig, er bedurfte der Bewegung, und das anhaltende Sitzen raubte ihm bald Schlaf und Appetit. Kopfschmerzen quälten ihn, und er vermochte nicht mehr so zu arbeiten wie früher.

Sein Bahnprojekt war inzwischen fertiggestellt und eingereicht worden. Ehe er eine neue Arbeit begann, wollte er sich nun, um alle Unpäßlichkeiten loszuwerden, erst einmal gründlich auslaufen.

Er wählte dazu die späten Abendstunden, wo es überall wenig Menschen gab, und wanderte hinaus vor die Stadt, immer geradeaus der Landstraße nach. Hartwig kümmerte sich nicht darum, ob man ihm folgte oder nicht, er wollte es lieber gar nicht wissen.

Ringsum lag Schnee, denn es hatte in den letzten Tagen ausgiebig geschneit. Hartwigs Gedanken waren bei Serena, die er seit jener letzten Zusammenkunft im Ybbenburgerpark nicht mehr gesehen hatte. Wie es ihr wohl gehen mochte? Ob sie an ihn dachte und ob sie noch mit Lydia Holzmann verkehrte? Er hatte ganz vergessen, danach zu fragen ...

In seine Gedanken vertieft, war er bis an die zweite Bahnstation außerhalb der Stadt gekommen, denn die Straße lief immer neben der Eisenbahnlinie hin.

Unschlüssig blieb er stehen, gerade als in der kleinen Ortschaft hinter ihm die Kirchturmuhr Mitternacht schlug. Hartwig nahm es als Mahnung, umzukehren und den Heimweg anzutreten. Er war kaum fünf Minuten in der entgegengesetzten Richtung gegangen, als dicht vor ihm aus einem Seitenweg ein Auto in die Landstraße einbog. Es schien von einer seitwärts gelegenen Villa zu kommen, deren Erdgeschoßfenster trotz der späten Stunde noch erleuchtet waren.

Hartwig hätte nicht weiter darauf geachtet, wenn der Wagen nicht so rasch und knapp vor ihm in die Straße eingebogen wäre, daß er sich nur durch einen Sprung nach rückwärts vor dem Überfahrenwerden retten konnte.

Ärgerlich blickte er dem davonsausenden Auto nach, in dem, wie er sah, nur eine Dame allein saß. Dann setzte er seinen Weg nach der Stadt in beschleunigtem Tempo fort.

Eine halbe Stunde später, als er eben um eine Krümmung der Straße kam; sah er dasselbe Auto mitten auf der Straße stehen. Es schien eine Panne gehabt zu haben, denn der Wagenlenker hockte unter ausgekramten Werkzeugen davor und machte sich am rechten Vorderrad zu schaffen.

Die Dame war ausgestiegen und schritt an der rechten Straßenseite im tiefen Schatten des angrenzenden Waldes auf und ab, offenbar, um sich zu erwärmen, denn die Nacht war bitterkalt.

Ohne sie zu beachten, trat Hartwig an den Wagenlenker heran.

»Kann ich Ihnen behilflich sein? Ich verstehe mich auf Maschinen.«

»Danke, am Motor ist alles in Ordnung, nur eine Pneumatik ist geplatzt, aber ich werde es gleich wieder instand haben.«

Hartwig wollte noch etwas sagen, als eine bekannte Stimme hinter ihm, überrascht und erfreut, ausrief: »Hartwig, Sie? Ich habe Sie gleich an der Stimme erkannt! Welch unerwartetes Zusammentreffen!«

Maßlos erstaunt fuhr er herum.

»Lydia!?«

Aber war das wirklich Lydia Holzmann? Dieses krankhaft abgemagerte Wesen mit den übergroßen verstörten Augen und den nervös zuckenden Mundwinkeln?

Jugend und Schönheit schienen von ihr gewichen, seit er sie zum letztenmal kurz nach ihres Mannes Tod gesehen.

Unruhig und bestürzt starrte Hartwig die junge Witwe an.

»Lydia ... wie kommen Sie hierher um diese späte Stunde ...? Und – sind Sie denn krank gewesen?« drängte es sich unwillkürlich über seine Lippen.

»Warum? Weil ich schlecht aussehe?« antwortete sie mit schmerzlichem Lächeln. »Das ist doch so natürlich, Hartwig ...! Wo ich war? Bei Alwingens. Sie wohnen in der Villa ›Lotos‹, und Justa Alwingen ist, wie Sie sich erinnern werden, eine Freundin von mir.« Sie sagte es rasch und mechanisch, wie eine Lektion, her.

»Justa Alwingen? Ach ja, jetzt erinnere ich mich: Die junge Dame mit den zusammengewachsenen Augenbrauen und dem merkwürdigen Blick! Sie ist, glaube ich, Spiritistin oder so etwas Ähnliches? Sie nannten sie früher ein wenig verrückt und verkehrten nicht gern mit ihr. Hat sich das nun geändert?«

»Gänzlich! Ich bin jede Woche mehrmals in der Villa Lotos und verkehre überhaupt nur mehr dort.«

»Aber Sie beteiligen sich doch hoffentlich nicht an spiritistischen Sitzungen oder sonstigen Verrücktheiten, Lydia?«

Sie blickte an ihm vorüber ins Weite, und es fiel ihm auf, daß ihr Blick etwas Starres und zugleich Unheimliches hatte.

»Es sind keine Verrücktheiten,« sagte sie dabei, »nur Uneingeweihten erscheint es so ...«, sie machte eine abweisende Bewegung, »aber darüber darf ich nicht sprechen.«

Immer mehr befremdet und beunruhigt sah Hartwig die Sprecherin an, die ihm seltsam fremd erschien.

»Liebe Lydia, ich wundere mich, daß Sie sich Dingen zugewandt haben, die Sie früher abstoßend und lächerlich fanden! Auch ist es sicher nicht im Sinn unseres teuren Toten ... ich kann mir auch durchaus nicht vorstellen, daß Sie die Beschäftigung damit glücklich macht. Ihr Aussehen zeugt eher vom Gegenteil!«

»Das scheint nur so. Auch leben wir nicht des Glückes wegen.«

»Lydia!?«

»Nein, gewiß nicht! Das Leben weist uns höhere Ziele ... wir müssen uns unablässig bemühen, sie zu erfassen!«

Sie sprach wieder eintönig, als sage sie etwas Auswendiggelerntes her.

»Lydia – um's Himmels willen, ich verstehe Sie wirklich nicht! Ist es denn möglich, daß solche Dinge Macht über Ihren bisher so gesunden Sinn erlangen konnten? Warum tun Sie das?«

Etwas wie Erwachen zuckte in ihrem starren Blick auf, zugleich lief ein Schauer durch ihren Leib. Sie beugte sich dicht an Hartwig heran. Leise

und angstvoll flüsterte sie: »Ich habe auch einen irdischen Zweck dabei. Gerdy ist mir schon einmal erschienen ... er wird wiederkommen ... und mir dann sagen, wer sein Mörder ist!«

Hartwig starrte sie stumm und schmerzbewegt an.

War es nicht furchtbar, daß der Schicksalsschlag, der dieses arme junge Wesen getroffen, nicht bloß ihr Glück in Trümmer schlug, sondern nun auch ihren Verstand verwirrt hatte?

»Arme Lydia,« murmelte er unwillkürlich. Sie aber hatte es gehört, und wieder ließ ein Schauer ihren Leib erbeben.

»Ja, arm ... so arm,« flüsterte sie und plötzlich seine Hand mit krampfartigem Druck pressend: »Ich fürchte mich so wahnsinnig ... immer ... Tag und Nacht ... manchmal ist mir, als müsse ich sterben vor Angst ...!«

»Wovor fürchten Sie sich, Lydia?«

Sie blickte scheu um sich. Etwas Gehetztes lag jetzt in ihrem Blick.

»Vor der dunklen Macht, die mich umkrallt ... mehr, immer mehr ... ich will nicht! Nein, ich will nicht ... aber ich vermag sie nicht abzuschütteln ... sie ist so stark, so schwer, sie wird mich erdrücken ...«

Sie wußte also, daß Wahnsinn sie umschlich! Sie wehrte sich dagegen und fühlte doch, daß er wie ein unerbittliches Schicksal immer näher an sie heran kam ...

»Wissen Ihre Eltern, daß Sie jetzt so viel bei Justa Alwingen sind?«

Lydia schrak zusammen. »Justa Alwingen?« murmelte sie grübelnd, um dann hastig fortzufahren: »Nein, niemand darf es wissen ... o Gott, und nun hab' ich Ihnen ... Hartwig, um alles in der Welt, verraten Sie mich nicht! Schwören Sie mir, daß Sie niemand erzählen, was ich heute zu Ihnen gesprochen habe! Schwören Sie es!«

Er antwortete nicht. Wie konnte er angesichts dessen, was er soeben gehört, Schweigen geloben? Es hieße ja tatenlos zusehen, wie ein Menschenleben zugrunde ging!

Er selbst war zur Untätigkeit verdammt durch den elenden Verdacht, den alberne Menschen um Lydia und ihn gesponnen. Aber sie hatte doch ihre Eltern!

34

Die mußten gewarnt werden, auf daß sie alles in Bewegung setzten, das drohende Schicksal über Lydias Haupt zu beschwören. Auch Serena mußte davon in Kenntnis gesetzt werden. Ihr Vater hatte ihr zwar sicher jeden Verkehr mit Lydia Holzmann untersagt, aber wenn Serena erfuhr, wie es um ihre Freundin stand, würde sie sich nicht abhalten lassen, ihren Einfluß auf sie auszuüben.

Davon war Hartwig überzeugt, und auch daß Serenas Einfluß stark und heilsam sein würde, denn Lydia hatte immer große Stücke auf Serena Eltz gehalten.

Lydias Augen hingen in brennender Unruhe an ihm.

»Hartwig – schwören Sie! Oder geben Sie mir Ihr Ehrenwort, zu schweigen! Ich begreife ja kaum, daß ich mich so hinreißen ließ ... es hat mich wider Willen übermannt. Weil ich Sie so lange nicht gesehen hatte und weil Sie mir doch immer ein so guter, lieber, treuer Freund waren ...«

»Nun sehen Sie,« antwortete er, sich zu fröhlich leichtem Ton zwingend, »eben darum sollen Sie doch meinethalben gar nicht in Sorge sein! Ich bin es ja noch immer: Ihr guter, vielleicht bester Freund, der stets nur Ihr Bestes will! Nun beruhigen Sie sich vor allem und denken Sie gar nicht mehr an die Sache. Es wird gewiß alles wieder gut werden – besser, als Sie im Augenblick vielleicht denken. Ihr Auto ist, wie ich sehe, wieder in Ordnung, und so fahren Sie nun vor allem ruhig nach Hause, um endlich zu Bett zu kommen! Gute Nacht!«

»Fahren Sie denn nicht mit mir?«

»Nein, ich bin auf dem Heimweg von einem Spaziergang begriffen, und Bewegung ist mir notwendig.«

»Dann also gute Nacht!«

Hartwig half ihr noch in das Auto, dann gab er dem Fahrer ein Zeichen, loszufahren.

Erst jetzt dachte er daran, in welches Licht diese zufällige Begegnung mit Lydia zu nächtlicher Stunde von böswilligen Leuten etwa gerückt werden könnte, falls sie beobachtet worden war.

Aber er tröstete sich, daß ja keine Menschenseele Zeuge davon gewesen außer dem Wagenführer, der wohl weder ihn noch Lydia kannte. Von seinem »Beobachter« hatte er ja gottlob heute noch nichts gesehen. Der schlief wohl irgendwo, sicher gemacht durch die vorhergegangenen Tage, und ahnte nicht, daß er gerade heute ausgegangen war.

Indes wäre Hartwig kaum so beruhigt gewesen, wenn er geahnt hätte, daß sein »Schatten« durchaus nicht schlief, sondern, gedeckt durch die Bäume des Waldes, alles gesehen hatte. – – – – –

In seiner Wohnung angekommen, schrieb Hartwig noch zwei Briefe. Einen kurzen an den Major v. Marchstätten, den er um seinen Besuch im Büro bat, und einen langen an Serena v. Eltz, worin er ihr die Begegnung mit Lydia und seine daraus sich ergebenden Befürchtungen ausführlich schilderte und sie dringend bat, sich der Freundin anzunehmen.

Er schrieb diese Briefe auf seinem Schreibtisch im Büro und ließ sie auch verschlossen und frankiert dort liegen, damit er sie morgens früh gleich zur Post schicken konnte.

Während er Briefpapier, Marken, Siegel und Petschaft aus den Fächern nahm, fiel ihm auf, daß die sonst dort herrschende peinliche Ordnung irgendwie gestört schien. Briefe lagen durcheinander und einzelne Gegenstände befanden sich nicht am gewohnten Ort.

Hartwig achtete nicht weiter darauf. Als er sich dann aber in seine am andern Ende des Flurs gelegene Privatwohnung begab, durchfuhr es ihn plötzlich wie eine verspätete, jetzt erst ins Bewußtsein tretende Erkenntnis: Die Unordnung drüben in seinem Schreibtisch konnte nur eine fremde Hand während seiner Abwesenheit hervorgerufen haben! Kein Dieb, ganz sicher kein Dieb, aber ...

Das Blut schoß ihm jäh zu Kopf, schoß ebenso jäh zurück zum Herzen: Man beobachtete ihn nicht nur, sondern man durchsuchte auch heimlich seine Schränke! Hatte vielleicht die Waffe gesucht, mit der er angeblich den Freund erschossen haben sollte ...?

Oder Liebesbriefe der unglücklichen Lydia, die er eben geistesgestört wiedergesehen hatte?

Ein nie gekannter Ekel würgte ihm die Kehle. So weit war es gekommen?

Dann in plötzlichem Umschlag ein verächtliches Lächeln, ein wegwerfendes Achselzucken.

Mochten sie doch suchen und hinter ihm her spionieren! Er hatte wahrlich nichts zu verbergen!

XI.

Serena hatte Hartwigs Brief erhalten und, nachdem sie ihn gelesen, den Entschluß gefaßt, Lydia Holzmann sofort aufzusuchen.

Hastig hatte sie sich angekleidet und wollte eben ihr Zimmer verlassen, als ihr Vater eintrat.

Oberst v. Eltz war eine große, stattliche Erscheinung mit regelmäßigen Zügen, klaren grauen Augen und noch sehr üppigem dunklem Haar. Etwas vornehm Gebieterisches drückte seinem Wesen den Stempel auf und verlieh diesem in Verein mit großer Redegewandtheit eine beherrschende Macht.

Man sah es auf den ersten Blick: Das war ein Mann, gewohnt zu befehlen und eisern auf seinen Befehlen zu bestehen. Das hatte seine Frau gewußt und es hatte ihr grenzenlos imponiert, das wußte auch die Dienerschaft des Hauses, die den Herrn nicht liebte, aber unbedingt respektierte und nie gewagt hätte, seinen Zorn herauszufordern. Das wußte auch Serena ...

Und doch hatte dieser herrische Mann eine weiche, verwundbare Stelle in seinem Innern, die ihm seine unbeugsame Strenge zur eigenen Qual machte: Die Liebe zu der Tochter! Ihr wehe tun zu müssen, quälte ihn oft namenlos. Aber davon ahnte niemand etwas – am wenigsten Serena selbst.

Serena hatte wenig von ihrer eigenen Mutter, aber fast alles von ihrer Großmutter, des Obersten Mutter, der sie auch äußerlich außerordentlich glich.

An dieser Mutter, die voll hinreißendem Liebreiz, voll Güte, Weichheit und unvergleichlicher Zartheit der Empfindungen gewesen war, hatte der Oberst sehr gehangen. In Serena fand er all das wieder, was er an seiner Mutter so sehr liebte, aber auch den stillen festen Willen, der sich nur dann beugen ließ, wenn er sich im Unrecht wußte.

Und gerade dies großmütterliche Erbteil führte, seit Serena Hartwig Henter liebte, öfter zu Reibungen und Zusammenstößen zwischen Vater und Tochter. Serena beugte sich nicht, weil sie sich im Recht wußte, und der stille, feste Wille, mit dem sie an ihrer Liebe festhielt, war wie eine Mauer, an der

des Obersten Wille und Beredsamkeit abglitten ohne den geringsten Erfolg.

Aber immer wieder hoffte er, daß es seinen Bemühungen doch endlich gelingen werde, Serena auf andere, vernünftigere Gedanken zu bringen.

Diese Hoffnung begleitete ihn auch jetzt, als er sie in ihrem Zimmer aufsuchte, um ihr einen Vorschlag zu machen, von dem er sich viel versprach.

»Ach, du willst ausgehen, Liebling,« sagte er, »und ich wollte dich gerade auffordern mit mir einen Besuch bei lieben Freunden zu machen. Hast du es sehr eilig oder kann ich auf deine Begleitung zählen?«

»Wenn du Wert darauf legst, Papa, gewiß. Ich wollte eben auch einen Besuch machen, aber das kann auch nachmittags geschehen. Wohin willst du denn?«

»Rate! Es ist nämlich eine Überraschung dabei! Aber ich will dich nicht zappeln lassen. Denke dir, wer heute morgens angekommen ist?«

»Nun?«

»Mrs. Camptree und ihr Sohn Cecil, du weißt, die wir drüben bei deinem Onkel kennen lernten und nachher in Paris wieder trafen, wo wir so vergnügte Wochen mit ihnen verbrachten.«

Serenas Gesicht nahm einen Ausdruck an, der nicht gerade nach freudiger Überraschung aussah.

»So?« sagte sie gedehnt, »die Camptrees sind hier?«

»Ja. Freust du dich nicht darüber?«

»Offen gestanden – nein, Papa!«

Der Oberst betrachtete aufmerksam seine Fingernägel.

»Das tut mir sehr leid, mein liebes Kind, um so mehr, als wir natürlich in der nächsten Zeit gezwungen sein werden, viel Zeit mit Camptrees zu verbringen!«

»Gezwungen ...?«

»Nun ja, du mußt dies doch selbst einsehen! Camptrees sind unsertwegen – ausschließlich unsertwegen hierher gekommen ...«

»Aber dafür können wir doch nichts, Papa! Wir haben die Leute doch nicht gebeten zu kommen! Sie

36

haben es ganz allein auf ihre eigene Verantwortung hin getan!«

Eine leichte Verlegenheit spiegelte sich in Herrn v. Eltz' Zügen, während er, immer noch seine Fingernägel betrachtend, sagte: »Vielleicht doch nicht so ganz, liebe Serena! Du wirst dich erinnern, daß seinerzeit in Paris die Rede davon war, wir würden gemeinsam Rom besuchen ...«

»Wobei ich dir dann aber auch gleich sehr deutlich erklärte, daß ich selbst diese Reise in Mrs. und Mr. Camptrees Gesellschaft niemals mitmachen würde! Ich hatte schon in Paris ganz genug von dem Beisammensein mit ihnen. Außerdem habe ich für lange Zeit vom Reisen genug!«

»Schade! Mrs. Camptree kam nämlich eben darum nach G., um uns zur Reise nach Italien abzuholen, und ich gestehe dir ganz offen, daß ich sie sehr gerne in ihrer Gesellschaft mitgemacht hätte. Die Leute sind mir außerordentlich sympathisch!«

»Mir gar nicht!«

»Das wundert mich wirklich! Der junge Camptree ist ein geistig sehr bedeutender Mann, bewandert auf allen praktischen und schöngeistigen Gebieten und, wie man drüben überall hören konnte, wahrscheinlich noch zu großen Dingen bestimmt! Auch hat er sich wirklich alle erdenkliche Mühe gegeben, Gnade vor deinen Augen zu finden, und ich muß sagen, daß ich diesen Bewerbungen sehr sympathisch gegenüberstehe!«

»Das würde mir leid tun, denn du hättest dir gleich anfangs sagen müssen, daß sie völlig aussichtslos sind!«

»Du wirst dir das immerhin erst noch zehnmal überlegen, liebe Serena! Mr. Cecil Camptree wäre ganz der Mann, den ich mir als Schwiegersohn wünschen und der auch dich glücklich machen würde!«

»Ausgeschlossen! Übrigens wundere ich mich sehr über dich, Papa! Als ich dir erklärte, daß ich Hartwig Henter zum Gatten nehmen würde, begründetest du deine Ablehnung damit, daß Hartwig nicht vom Adel sei und für eine Eltz darum nicht in Betracht kommen könne. Und jetzt – Cecil Camptree ist doch auch nicht von Adel!«

»Allerdings, aber er würde dir trotzdem die hervorragende Stellung geben können, die ich für meine Tochter vor allem wünsche! Camptree gilt politisch drüben so viel, daß er allen Ernstes als künftiger Präsidentschafts-Kandidat genannt wird. Bedenke, welche Stellung das für dich bedeuten würde!«

»Es tut mir leid, dir darauf sagen zu müssen, lieber Papa, daß du mich sehr wenig kennst, wenn du annehmen kannst, daß ich mich durch solche Dinge verlocken lassen könnte, ja daß sie überhaupt eine Verlockung für mich bilden! Das einfache stille Glück des Herzens an der Seite eines Mannes, der mich liebt und versteht, ist alles, was ich im Leben anstrebe, und es ist zugleich das Höchste, was ich erreichen will!«

Der Oberst runzelte finster die Stirn.

»Und dabei denkst du wohl immer noch an diesen Habenichts und Mitgiftjäger ...«

»Das ist Hartwig Henter nicht! Er verdient genug, um mich erhalten zu können, und er rechnet nicht im entferntesten mit dem Geld, das mir einmal zufallen könnte. Im Gegenteil, ihm ist der bloße Gedanke daran schon peinlich, und er würde mich am liebsten nehmen, wenn ich arm wie eine Kirchenmaus wäre! Wir verstehen uns auch darin so gut, Papa, denn auch ich mache mir gar nichts aus Geld. Behalte es nur, verschenke es, vermache es, wem du willst, nur denke nie, daß es für Hartwig und mich irgendwie in Betracht kommt! Es würde unsere Liebe nur beschmutzen.«

»Es ist jedenfalls sehr klug von ihm, dir dies einzureden,« sagte der Oberst hohnvoll, »er versteht, wie man mit kleinen dummen Mädchen verfahren muß. Aber ich bin kein solches. Es handelt sich jetzt auch gar nicht mehr darum, sondern bloß um die Tatsache, daß dieser Mensch heute unter einem häßlichen, gemeinen Verdacht steht, daß ihn die Öffentlichkeit so gut wie gerichtet hat, er also als Bewerber um deine Hand gar nicht mehr in Frage kommen kann! Es tut mir sehr leid, daß du dir das alles nicht selbst schon gesagt hast, Serena! Ich hoffte wirklich, daß du dir die Sache längst aus dem Kopf geschlagen hast, denn unmöglich konnte ich annehmen, du würdest auch jetzt noch festhalten an einem Mann, der einer andern Geliebter war und um ihretwillen zum Mörder wurde!«

»Das ist doch alles nur elende Verleumdung, Papa! Hartwig war nie Lydias Geliebter und hat mit

37

dem Mord an dem armen Holzmann so wenig zu schaffen wie du oder ich!«

»So! Sagt er? Nun, wir brauchen darüber ja nicht zu streiten. Wenn du mir nicht glauben willst, wird dich ja die Zukunft belehren. Nach dem, was ich aus sehr guter Quelle weiß, wird Hartwig Henter nicht mehr lange auf freiem Fuß bleiben. Dann wird man ja weiter sehen. Lassen wir also dieses Thema. Wie ist's nun mit unserem Besuch bei Camptrees?«

»Ich bin bereit, wenn du meine Begleitung wünschest. Selbstverständlich werde ich es gegen die Herrschaften nicht an äußerer Höflichkeit fehlen lassen, bitte mir aber aus, daß du daraus weder Schlüsse ziehst noch Hoffnungen schöpfst, die sich niemals erfüllen würden!«

Der Oberst verbeugte sich schweigend. Während Serena nach ihrem Pelz griff, fragte er gleichgültig: »Wen wolltest du denn eigentlich vorhin besuchen, als ich eintrat, um dich zu Camptrees zu begleiten?«

Eines Atemzuges Länge zögerte Serena mit der Antwort. Dann aber sagte sie sich, daß Wahrheit immer besser sei als Lüge, und antwortete ruhig: »Ich wollte Lydia Holzmann aufsuchen, da ich gehört habe, daß sie krank ist.«

Der Oberst, der schon die Türe zum Fortgehen geöffnet hatte, schloß diese wieder und wandte sich rasch um.

»Habe ich recht gehört? Zu Lydia Holzmann wolltest du, obwohl du weißt, daß ich diesen Verkehr durchaus nicht mehr wünsche?«

»Ja, Papa. Ich habe deinen Wunsch, obwohl er ungerecht ist, dennoch respektiert, weil es sich eben um einen Wunsch meines Vaters handelt. Aber jetzt, wo Lydia krank ist und mich braucht, kann ich nicht länger Rücksicht darauf nehmen.«

»So! Und das hast du den Mut mir so offen ins Gesicht zu sagen?«

»Wäre es dir lieber, wenn ich eine Lüge sagte?«

In des Obersten Gesicht wetterleuchtete es. Nur mit größter Mühe bezwang er sich noch.

»Woher weißt du überhaupt, daß Lydia Holzmann krank ist und gerade dich braucht?«

»Von Hartwig Henter. Er hat es mir geschrieben.«

»Wie,« – jetzt schüttelte der Zorn den Obersten plötzlich so, daß er schwankte und instinktiv nach

der nächsten Stuhllehne griff. »Wie – du stehst mit dem Menschen im Briefwechsel? Und das ... das erfahre ich da so nebenbei?«

Ein hartes, kaltes Leuchten brach aus seinen Augen, und die zierliche geschnitzte Stuhllehne, nach der er vorhin wie nach einem Beruhigungsmittel gegriffen hatte, brach unter seiner Hand splitternd in Stücke. Mit einem Stoß schleuderte er den mißhandelten Stuhl in eine Ecke, wo dieser beinahe die Stehlampe und ein Tischchen mit Porzellanfiguren umgerissen hätte.

Serena, die solche Ausbrüche nicht zum erstenmal erlebte, war wohl bleich geworden, blieb aber ganz ruhig.

»Lieber Papa, du irrst. Der Brief, den mir Hartwig in dieser Angelegenheit schrieb, ist der erste und einzige, den ich vom ihm erhielt. Er selbst kann Lydia, die an einem Gemütsleiden erkrankt zu sein scheint, nicht aufsuchen wegen des elenden Klatsches, der über beiden schwebt, darum bat er mich, ich solle mich ihrer annehmen. Und dies ist doch so natürlich und selbstverständlich!«

Sie hatte, wie überhaupt bisher, mit der ihr eigenen unwiderstehlichen Sanftmut und Ruhe gesprochen, die ihre Wirkung auf den Vater selten verfehlte und auch jetzt nicht ohne Eindruck blieb. Trotzdem sagte der Oberst: »Und wenn ich dir nun allen Ernstes verbiete, den Verkehr mit dieser übel beleumdeten Frau wieder aufzunehmen?«

»Das wirst du nicht tun, lieber Papa; denn erstens bin ich kein Kind mehr, dem man einfach befehlen kann, und zweitens weißt du ganz genau, daß es sich für mich hier um eine Herzenspflicht handelt, der ich auch gegen deinen Befehl nachkommen würde. Zwinge mich also lieber erst gar nicht zum Ungehorsam.«

Einen Augenblick lang sah der Oberst seine Tochter schweigend an. Zorn und Schmerz stritten in seinem Blick. Dann wandte er sich zum Gehen.

Serena machte ein paar Schritte auf ihn zu.

»Wie ist es nun, Papa, wollen wir jetzt den Besuch bei Camptree's machen?«

»Nein! Geh, wohin du willst ... mir ist die Lust, Besuche zu machen, vergangen!« kam es grollend zurück.

38

Eine Sekunde später war sie allein. Und jetzt erst spiegelte sich in dem sanften keuschen Schneeglöckchengesicht Serenas der Schmerz und die Trauer wider, die diese Unterredung in ihrem Innern aufgewühlt hatte.

XII.

Silas Hempel wohnte nun schon über zwei Wochen beim Hauswart Rosner in der Villa Holzmann, ohne daß sich irgend etwas Neues im Schuppen ereignet hatte.

Nacht für Nacht verging in ungestörter Ruhe, und je länger diese Ruhe andauerte, desto nervöser wurde der Detektiv, weil er sie sich nicht erklären konnte.

Hatte der Mörder das, wonach er suchte, damals am Ende doch gefunden, weil er nicht wiederkam, oder hatte er die Suche danach, als zu gefährlich, aufgegeben?

War er überhaupt noch hier oder hatte er bereits das Weite gesucht?

Fragen, mit denen sich Silas Hempel unablässig abquälte, ohne eine Antwort zu finden. Auch seine Nachforschungen in Hotels, Gasthöfen und Pensionen waren vollkommen ergebnislos geblieben. Nirgends war um die fragliche Zeit ein eleganter junger Mann, der vermutlich aus dem Ausland kam, einen auffallend wertvollen Brillantring trug und eine besondere Zigarettensorte rauchte, abgestiegen.

Freilich – eine Personenbeschreibung konnte Hempel nicht geben, und so lag es vielleicht an dem, daß alle Nachforschungen ergebnislos blieben.

Silas fieberte vor Ungeduld. Warum geschah nichts, das weitere Anhaltspunkte gegeben, neue Möglichkeiten erschlossen hätte? War er selbst denn so ungeschickt, daß er wie ein Blinder den Weg verloren hatte und nun im Dunkeln herumtappte?

Er dachte an seine Kollegen, die längst nach Wien zurückgekehrt waren, dachte beschämt an seine Unterredungen mit Polizeikommissar Heidinger, dem er gar nicht mehr unter die Augen zu treten wagen würde, wenn es ihm wirklich nicht gelang, den Fall Holzmann aufzuklären.

Von solchen Gedanken gequält, lag er eines Nachts wieder schlaflos im Bett und überging in Gedanken noch einmal Punkt für Punkt alle bisher festgestellten Tatsachen und seine darauf aufgebauten Schlüsse.

War ein Fehler darin? Hatte er falsch kalkuliert? Nein! Immer wieder kam er zu denselben Schlüssen. Und doch mußte etwas nicht stimmen! Denn auf Grund dieser Schlüsse hatte er ja bestimmt angenommen, daß der Mörder noch einmal kommen werde, dasjenige zu holen, was er schon einmal vergeblich gesucht und um deswillen wahrscheinlich der Mord begangen worden war.

Aber der Mörder war nicht wiedergekommen, – also mußte die ganze Kombination falsch ...

Silas Hempels Gedanken stockten jäh. Irgend etwas ... ein ganz leises, kaum hörbares Geräusch von außen hatte sie unterbrochen ...

Er lag völlig bewegungslos, das Gehör aufs äußerste angespannt, und – glaubte, sich getäuscht zu haben. Denn nichts regte sich. Totenstill und dunkel stand draußen die Nacht, während hier im Zimmer nur zwei Geräusche die Stille unterbrachen: Das Ticken der Standuhr und die regelmäßigen Atemzüge des schlafenden Rosner im Nebenzimmer, dessen Tür, wie gewöhnlich, offen stand.

Was war es gewesen?

›Nichts, deine erregten Nerven‹, sagte sich Silas und hielt die wachen Augen doch immer erwartungsvoll auf den Fleck geheftet, wo der Signalapparat angebracht war.

Aber kein Licht flammte auf, kein Signal ertönte, kein Laut ...

Halt – da war es wieder! Diesmal deutlicher. Ein leise klirrendes Geräusch, wie wenn vorsichtig ein Schlüssel im Schloß gedreht würde. Außer Haus? Im Haus? Das konnte Silas nicht unterscheiden. Wieder Stille. Wieder ein Geräusch. Diesmal, wie wenn eine Türe behutsam geöffnet würde, und jetzt war der Detektiv ganz sicher, daß es innen im Haus selbst war.

Da er der Vorsicht wegen, um jederzeit gleich bereit zu sein, stets nur die Oberkleider ablegte, brauchte er nur diese überzuwerfen. Er schob den Revolver in die Tasche, griff nach der Blendlaterne, die stets vorbereitet auf dem Tisch stand, und ging in den Strümpfen nach dem Nebenzimmer, um Rosner zu wecken.

»Herr Rosner, wachen Sie auf, es ist jemand im Haus! Kommen Sie mir nach, aber ohne Schuhe und völlig lautlos, bitte! Revolver nicht vergessen!«

Der Hauswart war sofort munter. Mit einem erschreckten Blick sprang er aus dem Bett und begann hastig seine Kleider überzuwerfen.

Inzwischen öffnete Silas bereits geräuschlos die Tür nach dem Hausflur und verschwand.

Dunkelheit und ein scharfer kalter Luftzug, der von rückwärts zu kommen schien, empfingen ihn im Flur. Aber von oben, wo die Treppe in den Flur des ersten Stockwerks mündete, fiel Lichtschein. Silas wußte, daß sich auf diesem Flur der Eingang zur Holzmannschen Wohnung befand.

Während er leise die Treppe hinanstieg, hörte er abermals eine Tür gehen, diesmal oben im Flur. Gleichzeitig erstarb der Lichtschein. Der nächtliche Eindringling mußte also die Wohnung oben betreten haben, die durch eine besondere Tür abgeschlossen war. Diese Türe besaß zwei Schlösser, ein gewöhnliches und ein sehr kompliziertes, eine Erfindung Holzmanns, mit eigens konstruiertem Schlüssel.

Beide waren, wie Hempel wußte, versperrt, und das von dem toten Hausherrn für seine Privatwohnung konstruierte Schloß konnte unbedingt nur durch den dafür verfertigten Schlüssel geöffnet werden. Er wußte auch von Rosner, daß nur zwei Schlüssel angefertigt worden waren: Einen besaß Frau Lydia, der andere war an Rosners Schlüsselbund, den er immer bei sich trug, befestigt.

Wieso konnte der Eindringling nun so ohne weiteres die Tür öffnen?

Der Hauswart war indessen mit anerkennenswerter Geräuschlosigkeit nachgekommen, und sie hatten beide die oberste Treppenstufe erreicht.

Silas ließ einen ganz kurzen Strahl aus seiner Blendlaterne über den Stiegenflurabsatz und die Wohnungstür gleiten.

Sie stand sperrangelweit offen! Der dahinter liegende Vorraum zur Wohnung war dunkel, aber von rechts fiel durch eine gleichfalls sperrangelweit offenstehende Zimmertür ein schwacher Lichtschein in den Vorraum. Indes schien dieser aus einem dahinter gelegenen Zimmer zu kommen.

Hempel und Rosner folgten diesem schwachen Schein in das Wohnzimmer, aus dem er kam.

Aus diesem führte eine Tür nach dem ehemaligen gemeinsamen Schlafzimmer des Ehepaares. Auch diese Türe stand offen, und der Anblick, der sich den beiden Männern durch sie bot, war ein so unerwarteter und seltsamer, daß beide nur mit Mühe einen Laut der Überraschung unterdrückten.

Denn der vermeintliche Einbrecher, dem sie mit so großer Vorsicht gefolgt waren, war kein Mann, sondern eine Frau, und zwar niemand anders als Frau Lydia selbst! In der Ecke des ziemlich großen Gemaches stand ein hohes schmales Ladenkästchen von altertümlicher Form. Vor diesem stand Frau Lydia in ihren schwarzen Trauerkleidern, vom Witwenschleier umwallt, und kramte in den Laden, die alle sechs aufgezogen waren. Das elektrische Licht im Zimmer war aufgedreht, und außerdem stand eine brennende Kerze auf einem Nebentischchen, ohne Leuchter, einfach in eine leere Blumenvase gesteckt.

Was aber Silas Hempel auf den ersten Blick am seltsamsten berührte, war das Gebaren der jungen Witwe. Ihre Bewegungen hatten etwas Automatenhaftes, ihr Blick etwas Starres, Abwesendes, das gar nicht zu ihrem Tun paßte.

Sie schien nach etwas zu suchen, das sich offenbar nicht finden ließ, denn zuweilen seufzte sie tief auf, und ihre Züge wurden immer unruhiger. Zuletzt lehnte sie sich wie erschöpft an das Schränkchen, wobei ihr Gesicht einen gequälten, verzweifelten Ausdruck annahm.

Ein paar Minuten später schob sie die Laden zu, sperrte sie ab und ließ den Schlüssel in ihr Täschchen gleiten. Dann griff sie nach der Kerze.

Die beiden Männer hatten von der Tür aus Frau Lydias Gebaren verwundert beobachtet. Jetzt, wo sie sich zum Gehen wandte, wollte Rosner auf sie zugehen, um sie zu begrüßen. Aber ein gebieterischer Blick Hempels gebot ihm Schweigen, während der Detektiv ihn gleichzeitig hastig in den Flur hinauszog, wo sie im Schatten eines Schrankes stehen blieben.

Lydia schritt, die Kerze in der Hand, der Türe zu. Sie ging langsam, in gemessenem Schritt, die Augen

40

weit geöffnet, doch starr und blicklos. An der Tür blieb sie stehen und drehte das Licht aus.

Diesen Augenblick benützte Hempel, um mit Rosner die Wohnung zu verlassen und die Treppe hinabzueilen. Unten im Hausflur suchten sie Deckung hinter einer Blattpflanzengruppe, die rechts vom Treppenaufgang stand. Man konnte von hier aus die Treppe überblicken, aber von ihr aus nicht leicht gesehen werden.

»Warum sind wir nicht oben geblieben?« fragte Rosner den Detektiv leise. »Um weiter zu beobachten, was ...«

»Es gibt nichts weiter zu beobachten. Aber wir wären bei längerem Verweilen eingeschlossen worden.«

Wie zur Bestätigung von Hempels Worten erschien nun oben an der Wohnungstür Frau Lydia mit der Kerze in der Hand und schloß die Tür, sie dann von außen versperrend.

Sie tat dies sehr vorsichtig, sichtlich bemüht, dabei jedes Geräusch zu vermeiden.

Hempel beugte sich dicht an den Hauswart heran. Nur wie ein Hauch drangen die Worte in Rosners Ohr: »Haben Sie je bemerkt, daß Frau Holzmann nachtwandelt?«

»Nein, niemals!« kam es ebenso hauchartig zurück.

Inzwischen stieg Lydia die Treppe herab, abermals langsam, gemessen, automatenhaft. Mit der brennenden Kerze in der Hand, den schwarzen Gewändern, die lautlos über die weißen Marmorstufen glitten, und dem starren, völlig farblosen Gesicht bot sie einen unheimlichen, gespensterhaften Anblick.

Je näher sie den beiden Männern kam, desto deutlicher wurde Hempel das Unnatürliche ihres Ausdrucks. Er bemerkte, daß kleine Schweißperlen auf Lydias Stirn standen, und der verzweifelte Ausdruck ihres Gesichtes hatte etwas gleichsam Versteinertes.

Am Fuß der Treppe angelangt, wandte sie sich nach links, woher immer noch ein kalter Luftzug fühlbar war.

Hempel gab Rosner ein Zeichen, hierzubleiben, während er selbst Lydia lautlos folgte. Sie schritt der Rückseite des Hauses zu, wo es ein kleines Pförtchen nach dem zur Villa gehörigen Garten gab. Dieses stand weit offen, so daß der kalte Luftzug im Hausflur verständlich wurde.

Durch dieses Pförtchen, das sie von außen hinter sich verschloß, verließ Lydia das Haus.

Hempel hatte dies vorausgesehen und auch, daß er ihr auf diesem Wege nicht folgen konnte. So hatte er schon, als sie auf die kleine Pforte zuschritt, kehrtgemacht und war an die vordere Haustür zurückgeeilt. In dieser ließ man über Nacht stets den Schlüssel innen stecken. Die Haustür öffnen und um das Haus herum eilen war beinahe eins. Der Garten war hier gegen den Kiesplatz und die Straße zu durch einen Gitterzaun abgegrenzt. An seinem rückwärtigen Ende befand sich eine eiserne Gittertür, durch die man auf die Straße gelangen konnte. Sie war stets versperrt und wurde nur geöffnet, wenn Gartenarbeiten vorgenommen wurden, damit die dabei beschäftigten Arbeiter beim Kommen und Gehen das Haus nicht betreten mußten.

Es schien Silas klar, daß Frau Lydia nur durch diese Gittertür gekommen sein konnte und sie wieder zum Fortgehen benützen würde.

Er wandte sich also gar nicht nach dem Garten, der ganz verschneit war und in den ihn Frau Lydia schließlich noch eingesperrt hätte, sondern eilte auf die Straße hinaus und am Gitterzaun entlang, um sie außerhalb des Gartenausgangs zu erwarten.

Indes mußte er diese Absicht aufgeben. Denn als er die Längsseite des Zaunes entlang gegangen war und eben um die Ecke biegen wollte, da der Ausgang inmitten der Schmalseite des Gartens lag – fuhr er erschrocken zurück und drückte sich eilig in den Schatten des gemauerten Eckpfeilers, der den Gitterseiten als verbindende Stütze diente.

Dicht vor der Gartentüre stand nämlich ein Auto mit geschlossener Karosserie und abgeblendeten Lichtern, so daß man bei der herrschenden Dunkelheit der mondlosen Nacht die Nummer nicht erkennen konnte. In seinem Schatten aber stand unbeweglich eine schwarze Gestalt.

Dieser Anblick hatte Silas natürlich im ersten Augenblick jäh zurückgescheucht und vor allem Deckung suchen lassen.

Im nächsten aber wagte er sich vorsichtig wieder vor, um am Eckpfeiler vorüber nach der schwarzen

Gestalt zu spähen, die hier doch offenbar auf die zurückkehrende Frau Lydia wartete. Es war sehr finster ringsum, denn die nächsten Straßenlaternen standen weit entfernt, ebenso die Häuser, da die Straße noch nicht ausgebaut war.

Immerhin, das Auge gewöhnt sich an die Dunkelheit, und so hatte Silas doch feststellen können, daß die schwarze Gestalt ein Mann war. Im selben Augenblick wurde die Gittertür geöffnet und Lydia trat heraus, immer noch die brennende Kerze in der Hand, nach der indes der wartende Mann nun hastig griff und sie ausblies.

Eine einzige Sekunde lang war dabei ihr Schein auf den Mann gefallen, der sie auslöschte. Aber sie hatte genügt, um Silas Hempel zwei Dinge in voller Klarheit zu zeigen: Ein sonnengebräuntes Gesicht, glatt rasiert, mit markanten Zügen und einer scharfen Hakennase, aus dem zwei helle Augen merkwürdig scharf in die Dunkelheit leuchteten, und ein kurzes blendendes Auffunkeln an der Hand, die nach der Kerze griff. Es ging, wie Silas genau sah, von einem Brillantring aus, der sich an dieser Hand befand. Schon in der nächsten Sekunde versank alles wie ein Spuk in der Dunkelheit. Die Tür der Karosserie klappte zu und das Auto fuhr in weitem Bogen wendend auf der nach der Stadt führenden Straße davon.

Hempel aber stand wie angewurzelt und starrte ihm in ungeheurer Erregung nach. Was hatte er gesehen?! Kaum wagte er die sich daraus ergebenden Zusammenhänge und Möglichkeiten zu überblicken und doch arbeitete sein Gehirn bereits fieberhaft.

Der Mann, den er gesehen, war der Mörder Holzmanns selbst, daran zweifelte Silas keine Sekunde. Das war das Gesicht, das »man nie vergessen konnte, wenn man es einmal erblickt hatte,« – das Gesicht mit den hellen Augen, deren Blicke funkelten wie scharfe Dolchspitzen ... Und er hatte es ja immer gewußt: Der Mörder, das war derselbe Mann mit dem kostbaren Brillantring am Finger, den Rosner im Schuppen überrascht hatte.

Und nun war auch Hempels Vermutung, daß er dort etwas gesucht, aber nicht gefunden hatte, klar als richtig erwiesen.

Nur, daß er diesmal nicht selbst gegangen war, sondern Frau Lydia geschickt hatte, und zwar ins Haus, weil sich das Gesuchte offenbar dort und nicht im Schuppen befand, wie er anfangs vermutet hatte.

Silas hatte ganz vergessen, daß er die Villa in bloßen Strümpfen verlassen und nun schon eine Weile im Schnee stand. Aber die Eiskälte, die ihn plötzlich schüttelte, erinnerte ihn nun jäh daran, und er beeilte sich, ins Haus zurückzukommen.

XIII.

Rosner erwartete den Detektiv schon ungeduldig.

»Nun?« fragte er, als Hempel kaum das Haustor abgeschlossen und mit ihm in die Stube kam. »Sie sind ihr nach – wohin ist die gnädige Frau gegangen? Denn, nicht wahr, Sie haben sie doch angesprochen und gefragt, was sie hier mitten in der Nacht gewollt hat und warum ...?«

»Nein, ich habe sie nicht angesprochen,« unterbrach ihn Silas trocken, »denn sie wurde am hinteren Gartenpförtchen von einem Herrn und einem Auto erwartet.«

»Erwartet? Ja, von wem denn um's Himmels willen?«

»Von dem Mörder ihres Gatten, in dessen Auftrag sie in so ungewöhnlicher Weise ihr eigenes Haus betrat, um dort zu holen, was er selbst neulich vergeblich im Schuppen suchte.«

Rosner starrte den Sprecher an, als habe dieser chinesisch gesprochen. Erst nach einer Weile stammelte er beinahe ängstlich: »Bitte, sagen Sie das noch einmal! Ich muß nicht gut gehört haben!«

Silas wiederholte seine Worte. Dann schloß er: »Ich werde Ihnen nachher alles ausführlich erzählen, aber erst muß ich was Warmes in den Leib bekommen, mir klappern die Knochen vor Kälte. Könnten Sie mir nicht rasch einen Grog brauen?«

»Selbstverständlich, Herr Hempel! Sofort! Setzen Sie sich einstweilen aufs Sofa und wickeln Sie die Decke um die Beine.«

Er holte seinen Spirituskocher, setzte Wasser auf und brachte eine große Rumflasche aus einem Wandschrank. Dabei schüttelte er beständig den Kopf und starrte tiefsinnig vor sich hin. Er konnte sich in dem Gehörten durchaus nicht zurechtfinden.

Silas hatte sich inzwischen vorläufig Rum in ein Gläschen gegossen und dieses auf einen Zug geleert. Danach fühlte er seine Lebensgeister wieder erwachen und begann nun dem Hauswart ausführlich zu erzählen, was er beobachtet hatte.

Rosner schüttelte nur immerzu den Kopf. Begreifen konnte er es nicht.

»Unsere gnädige Frau und – der Mörder! Ja, kennt sie ihn denn überhaupt?« sagte er.

»Vermutlich doch! Sonst ließe sie sich doch keine Aufträge von ihm erteilen.«

»Aber was suchte sie denn eigentlich?«

»Wenn wir das wüßten, wüßten wir wahrscheinlich alles; aber leider haben wir bisher noch keine Ahnung davon! Besinnen Sie sich einmal, Rosner, Sie sind ja so lange im Haus: Wem gehört eigentlich das Schränkchen oben und wozu wurde es benützt?«

»Zu gar nichts. Es stammt von Herrn Holzmanns Urgroßvater, und nur aus Pietät und weil Herr Holzmann alte Stücke liebte, ließ er es seinerzeit in das Schlafzimmer stellen.«

»Vielleicht bewahrte er Dokumente oder sonstige Sachen von Wert darin auf?«

»Das müßte erst in der allerletzten Zeit geschehen sein, denn früher, das weiß ich bestimmt, wurde der Schrank vom jungen Herrn nie benützt. Er war stets angefüllt mit altem Kram, Erinnerungsgegenständen, Briefen, Bildern u. dgl., und Herr Holzmann hat öfter, wenn seine Frau vorschlug, den Schrank doch auszuräumen und zu benützen, gemeint, es solle alles so beisammen bleiben, wie es aus Urgroßvaterszeiten stamme. – Übrigens hat die gnädige Frau doch offenbar nicht gefunden, was sie suchte, denn wir sahen ja, wie enttäuscht sie fortging.«

»Nein, sie hat es nicht gefunden ...« murmelte der Detektiv grübelnd.

Auch Rosner versank ins Grübeln.

»Und wie seltsam sie war! Nie habe ich Frau Lydia so gesehen. Es war, als ob sie nicht bei vollem Verstand sei oder schlafe ... obwohl sie die Augen ja offen hatte. Aber es war kein Blick drin in diesen Augen ...«

»Mondsüchtige oder Schlafwandler haben solche Augen, aber ich glaube nicht, daß Frau Holzmann zu den einen oder anderen gehört. Ich glaube vielmehr ...«

»Was? Was glauben Sie, Herr Hempel?«

»Daß sie hypnotisiert wurde und alles im hypnotischen Schlaf tat.«

Rosner starrte den Sprecher mit offenem Mund an.

»Was meinen Sie damit, Herr Hempel? Ist das eine Krankheit?«

»Nein. Haben Sie denn noch nie von Hypnose gehört?«

»Nie. D. h., ich glaube, es stand einmal etwas darüber in der Zeitung, aber ich habe es nicht verstanden.«

»Passen Sie auf. Ich will versuchen, es Ihnen zu erklären. Stellen Sie sich einen Menschen mit sehr starker Willenskraft vor, der seine Gedanken ausschließlich auf einen einzigen Gegenstand konzentrieren kann. Und denken Sie sich einen zweiten Menschen dazu von schwacher Willenskraft. Die starke Kraft kann nun die schwache unterjochen und beherrschen, und zwar geschieht das in erster Linie gewöhnlich durch den Blick. Der starke Mensch konzentriert seine ganze Willenskraft in seinem Blick, dem die schwache Willenskraft des andern nicht zu widerstehen vermag. Genügt der Blick allein nicht, so helfen bestimmte Striche, die magnetisch wirken, nach, die schwache Willenskraft der starken zu unterwerfen. Allmählich tritt nun bei dem Unterworfenen ein schlafähnlicher Zustand ein. Man nennt das hypnotischen Schlaf und denjenigen, der einen andern in diesen Schlaf versetzen konnte, Hypnotiseur. Haben Sie das verstanden?«

»Ja, wenn ich bisher auch nicht wußte, daß solche Dinge möglich sind und wirklich vorkommen.«

»Sie sind wissenschaftlich erwiesen, werden von Ärzten bei Nervenbehandlungen häufig mit Erfolg zu Heilzwecken angewendet und bilden, leider auch von Verbrechern mißbraucht, eine enorme Gefahr für die Menschheit! Man muß sich nur die Tragweite der Hypnose klarmachen, indem man bedenkt, daß bei einem Hypnotisierten die eigene Willenskraft und Urteilsfähigkeit ganz ausgeschaltet ist und daß er völlig wehrlos dem Einfluß der Person preisgegeben ist, die ihn in hypnotischen Schlaf versetzt hat. Alles, was ihr im magnetischen Schlaf von dieser Person aufgetragen wird, muß sie zur bestimmten Stunde und genau in der aufgetragenen Weise ausführen, auch wenn Tage oder Wochen zwischen Befehl und Ausführung liegen. Wieder in normalen Wachzustand versetzt, weiß die Person nichts von dem, was man ihr zu tun befohlen hat. Aber wenn die Zeit der Ausführung da ist, verfällt sie von selbst in magnetischen Schlaf und führt die gegebenen Aufträge mechanisch aus. Und hat man ihr bei deren Erteilung befohlen: »Vergiß nachher alles!« oder »Du darfst nachher durchaus niemand verraten, daß du das getan hast oder daß dir dies befohlen wurde!«, so wird die betreffende Person tatsächlich unbedingt schweigen, weil sie sich selbst nicht mehr daran erinnern kann. Befehl und Ausführung sind eben unter die Bewußtseinsschwelle gesunken.«

Der Hauswart bekreuzigte sich.

»Gott bewahre einen! Das klingt ja wie Zauber und Hexerei! Und Sie sagen, daß dies alles wirklich möglich ist?«

»Zahlreiche von berühmten Ärzten vorgenommene Versuche haben es bestätigt, und es ist nur ein Glück, daß nicht jedermann die Fähigkeit besitzt, zu hypnotisieren oder hypnotisiert werden zu können. Denn bestimmte Voraussetzungen im Nervensystem der betreffenden Personen müssen gegeben sein.«

»Und Sie glauben nun, Herr Hempel, daß unsere gnädige Frau im Auftrag einer andern Person ... des Mörders ... gehandelt hat, heute nacht?«

»Ich kann mir wenigstens ihr Gebaren anders nicht erklären! Daß sie heute nacht nicht normal, sondern in einem magnetischen Schlafzustand war, davon war ich vom ersten Augenblick an, als wir sie erblickten, überzeugt. Hätte sie solche Zustände schon früher gehabt, würden Sie oder die Dienerschaft es zweifellos haben bemerken müssen. Also handelt es sich wohl nicht um gewöhnliches Nachtwandeln, sondern um einen durch fremden Einfluß herbeigeführten Zustand. Sie suchte etwas. Suchte sie es für sich selbst, so wäre sie wohl einfach bei Tag gekommen, weil dies das Natürliche gewesen wäre. Aber sie kam mitten in der Nacht, in dasselbe Haus, das ihr seit dem Unglück so viel Grauen einflößte, daß sie nicht einmal inmitten einer zahlreichen Dienerschaft darin wohnen wollte. Das scheint mir so unnatürlich, daß ich mir nicht denken kann, sie hätte es freiwillig getan.«

»Das ist wahr. Sie war immer ein wenig furchtsam und ängstlich ...«

»Sehen Sie! Dann weiter: Sie gab sich alle Mühe, so leise als möglich zu sein und kein Geräusch zu machen. Das ist ihr offenbar eingeschärft worden. Denn aus eigenem hätte sie in ihrem Hause doch keine Veranlassung dazu gehabt!«

»Auch das ist wahr.«

»Denken Sie weiter, Rosner: Der Mörder suchte etwas im Schuppen, fand es nicht und wurde von Ihnen verscheucht. Er vermutet es nun im Hause, wagt aber nicht, selbst in dasselbe einzudringen, weil ihm die Örtlichkeiten fremd sind. So schickt er Frau Lydia, was im Fall der Entdeckung immerhin harmloser aussieht.«

Rosner fuhr sich über die Stirn.

»Ja – Sie können gewiß recht haben, Herr Hempel, aber ich bin ein alter, einfacher Mann, dem diese neuen Dinge nicht in den Kopf wollen. Mir ist schon ganz wirr davon ...«

Hempel lächelte nachsichtig.

»Gut, wir brauchen ja auch nicht weiter darüber zu sprechen. Die Hauptsache ist, daß sie mir klar sind und ich die Konsequenzen daraus ziehe.«

»Was werden Sie nun tun?«

»Den Weg gehen, der klar vorgezeichnet vor mir liegt: Morgen zu dem Major v. Marchstätten gehen, ihm die ganze Sache erzählen und Auskunft über den Mörder verlangen. Schließlich muß der Vater doch wissen, mit wem seine Tochter in letzter Zeit verkehrte, muß also den Mörder kennen, wenn er auch bisher vielleicht noch keine Ahnung davon hatte, daß dieser der Mörder seines Schwiegersohnes ist.«

»Ja, tun Sie das! Der Major ist ein Ehrenmann und wird Ihnen in allem helfen. So wird dann endlich Licht in diese verdammte Geschichte kommen, die so viel Unheil stiftete.«

Draußen graute der Morgen. Keiner der beiden Männer verspürte nach dieser aufregenden Nacht noch Schlaf. Hempel, den diverse Gläser Grog wieder angenehm erwärmt hatten, fiel plötzlich ein, daß er etwas Wichtiges versäumt hatte: die Fußspuren an der Gartentür festzustellen. Erschrocken sprang er auf, zog seine Stiefel an und eilte hinaus. Die

Ausschnitte der Spuren im Schuppen trug er bei sich, ebenso einen kleinen Zollstab.

Gottlob, die Spuren waren noch unversehrt, wohl weil kein eigentlicher Weg an der rückwärtigen Gartentür vorüber führte. Es gab dort nur ein jetzt verschneites Rasendreieck, seitwärts von zwei schräg zusammenlaufenden Straßen begrenzt, die an dessen Spitze in eine einzige zusammenliefen. Die obere Breitseite begrenzte das Gartengitter.

Silas holte den nächsten Wachposten herbei, um in Gegenwart dieses Zeugen die Spuren festzustellen. Die mitgebrachten Ausschnitte paßten, wie er erwartet hatte, genau auf die neue Spur. Er notierte sich noch Namen und Nummer des Postens, um ihn nötigenfalls als Zeugen heranziehen zu können, und begab sich dann in ein nahes Kaffeehaus, dessen Tor eben geöffnet wurde.

Während er auf den bestellten Kaffee, der erst zubereitet werden mußte, wartete, überdachte er noch einmal die Erlebnisse dieser Nacht und legte sich die Reihenfolge der nun gebotenen Schritte zurecht.

Zuerst wollte er Kommissar Heidinger Bericht erstatten, dann den Major v. Marchstätten aufsuchen.

XIV.

Major v. Marchstätten kam in übler Laune von seinem gewohnten Morgenspaziergang heim. Eigentlich war er jetzt immer in übler Laune, denn die Sache mit seiner Tochter ging ihm beständig im Kopf herum, seit er Hartwig Henter auf dessen Brief hin aufgesucht und so seltsame Dinge über Lydia von ihm hatte anhören müssen.

Henter wollte Lydia nach Mitternacht auf der Landstraße getroffen und den Eindruck gewonnen haben, daß ihr Nervensystem auf das schwerste erschüttert sei, ja daß ihre Reden geradezu an Geistesstörungen grenzten.

Sie sollte bei Alwingens verkehren, sich mit Okkultismus beschäftigen und auf diesem Wege ihres Mannes Mörder zu entdecken suchen. Henter hatte ihn beschworen, Lydia den Verkehr mit Justa Alwingen zu verbieten und ehestens einen Nervenarzt zu konsultieren.

Der Major war wie vor den Kopf geschlagen heimgekehrt, aber was ihn am meisten aufregte, war nicht das gewesen, was Henter erzählt hatte, – denn das erschien dem Major unwahrscheinlich und lächerlich, – sondern daß Lydia mit Henter überhaupt zusammengetroffen war, noch dazu nachts und auf offener Landstraße! Wenn die Kriminalbehörde davon erführe! Wo ohnehin schon das Gerede über sie und Henter umging ...

Allmählich beruhigte sich der Major über diesen Punkt, um so mehr als Henter ihm ja versichert hatte, daß weit und breit kein Mensch zu erblicken gewesen sei während dieser Unterredung.

Als er nach Hause gekommen war, schlief Lydia, wie man ihm sagte, und es fiel dem Major nun zum erstenmal auf, daß seine Tochter in letzter Zeit bei Tag sehr viel schlief ...

Er hatte also zunächst seine Frau zu sich bescheiden lassen. Die Majorin, eine blasse, zarte Dame, die zeitlebens unter dem strammen Hausregiment des Gatten gelitten hatte, kam sofort, erschrak aber nicht wenig, als sie die senkrechte Falte auf der Stirn des Majors erblickte, denn das deutete allemal auf Sturm.

Der Sturm war denn auch wirklich gleich losgebrochen, indem der Major seine Frau beschuldigte, eine schlechte, nachlässige Mutter zu sein, die sich nie genug um die Tochter gekümmert habe, sonst wären Vorkommnisse wie die in letzter Zeit unmöglich gewesen. Oder könne sie etwa leugnen, schon seinerzeit Lydias Liebe für Holzmann toleriert und auch ihn selbst so lange bearbeitet zu haben, daß er schließlich zu allem ja und amen sagte, obwohl er immer gegen diese Heirat gewesen. Jetzt hätte man die Folgen: Lydia sei Witwe, und die Welt zöge ihre Ehre in den Kot! Aber nicht genug damit, auch jetzt kümmere sie sich nicht um das Tun und Treiben der Tochter, so daß diese nachts auf der Landstraße spazierenfahren, mit Henter zusammentreffen und ihm Unsinn vorschwatzen könne! Und nun war der Major endlich so weit, daß er seiner Frau erzählte, was Henter ihm mitgeteilt ...

Die arme Majorin, die von dem allem keine Ahnung gehabt, aber gewohnt war, bei allen unangenehmen Vorkommnissen der Sündenbock zu sein, erschrak heftig und sah ihr Heil nur in entrüsteter Abwehr, das heißt, sie stellte sich auf den Standpunkt, was sie nicht erklären konnte, einfach als lächerliche Erfindung hinzustellen. Wenn Henter sich die ganze Sache nicht zusammen phantasiert habe, dann sei er eben betrunken gewesen oder eine Ähnlichkeit habe ihn getäuscht. Daß Lydia jemals nachts heimlich das Haus verlassen oder solch dummes Zeug von Geistern und dgl. geredet habe, sei völlig ausgeschlossen, übrigens brauche man sie ja nur selbst zu fragen ...

Diese Auffassung seiner Frau überraschte zwar den Major, aber er fand sie immerhin möglich, ja gar nicht so dumm. Konnte Henter nicht wirklich betrunken gewesen sein oder eine andere Frau für Lydia gehalten haben?

Eigentlich sah ja die ganze Sache Lydia wirklich gar nicht ähnlich, und er hatte sie auch von Anfang an mit Mißtrauen betrachtet.

Wenigstens bildete er sich dies jetzt ein ...

Man wartete also, bis Lydia erwachte, und fragte sie dann: 1. Ob sie je nachts das Haus verlassen habe? 2. Ob sie mit Alwingens verkehre? – was ihr doch seinerzeit verboten worden sei. Und 3. ob sie sich vielleicht mit Geistersehen, Spiritismus oder ähnlichem Schwindel befasse?

Lydia stutzte zuerst, blickte einen Augenblick verloren und grübelnd vor sich hin, schüttelte dann aber sehr bestimmt den Kopf und verneinte alle drei Fragen.

»Ich wußte es ja!« atmete die Majorin erleichtert auf. Auch der Major atmete auf und war beruhigt. Gottlob, so war alles nur dummes Geschwätz von Henter gewesen!

Am Nachmittag desselben Tages war dann Serena v. Eltz gekommen. Marchstättens wunderten sich darüber, denn der Verkehr mit dem Hause Eltz hatte ja ganz aufgehört, und der Major konnte sich auch denken warum ...

Serena war entsetzt über der Freundin schlechtes Aussehen und fand sie auch sonst sehr verändert, still, zerstreut, schweigsam und grüblerisch, wie sie früher nie gewesen. Aber sie konnte durchaus nichts bemerken von »zerrütteten Nerven« oder »beunruhigender Geistesverfassung«. Hartwig mußte sich getäuscht haben. Denn daß Lydia nicht mehr strahlend lebenslustig sein konnte wie früher, daß sie als Witwe still und traurig geworden war und darüber

nachgrübelte, wer ihren Mann getötet habe, das war ja alles nur zu natürlich.

Und sie schrieb noch am Abend ein paar Zeilen in diesem Sinn an Hartwig.

Der Major aber konnte die Sache doch nicht los werden. Jeden Morgen, wenn er seinen einsamen Morgenspaziergang auf den Schloßberg machte, grübelte er darüber nach, und manches kam ihm in den Sinn, das er früher nicht beachtet hatte. Vor allem das Wechselnde in Lydias Wesen. Bald war sie matt und apathisch, dann wieder von grenzenloser Unruhe erfüllt, verstört, ängstlich oder schreckhaft. Er hatte bisher alles auf ihre Trauer geschoben. Jetzt kam ihm manchmal vor, als sei damit doch nicht alles erklärt, als ginge vielleicht noch etwas anderes in ihr vor, das sie vor den Eltern verbarg. Ja, er ertappte sich auf dem Gedanken, daß Lydia, wenn sie gewollt, sehr leicht nachts hätte fortgehen können, ohne daß irgend jemand im Haus es gemerkt haben würde.

Ihr Zimmer, das einen eigenen Flurausgang besaß, lag durch mehrere Räume vom Schlafzimmer der Eltern getrennt. Da man im eigenen Hause wohnte, gab es sonst keine Mitbewohner. Sämtliche Dienstboten schliefen oben in den Mansardenzimmern. Der Hauswart und seine Frau wohnten wohl unten, nahe dem Hauseingang, aber der Raum, in dem sie schliefen, lag gartenseitig. Lydia besaß seit jeher ihre eigenen Schlüssel zu Tor und Wohnungstür ...

Wohin verirrten sich seine Gedanken? Der Major, der eben vom Morgenspaziergang heimgekehrt war, warf ärgerlich seine Handschuhe auf den Tisch und stellte den Stock in den Ständer. Während er Hut und Mantel ablegte, dachte er noch: »Wenn ich wenigstens mit offenen Karten spielen könnte und sie offen fragen dürfte, ob sie Henter in der letzten Zeit überhaupt gesehen hat? Aber daß ich seinen Namen ihr gegenüber gar nicht erwähne, darauf hat er mir ja das Ehrenwort abgenommen!«

Er warf sich in einen Stuhl und fuhr sich mit der Hand über die Stirn.

»Welch ein Narr bin ich!« murmelte er. »Als ob es nicht genügte, daß Lydia alles andere in Abrede stellte – sie, die nie gelogen hat!«

In diesem Augenblick klopfte es an die Tür und der eintretende Diener überbrachte dem Major eine Karte.

»Der Herr ersucht um eine Unterredung mit dem Herrn Major.«

Marchstätten las: »Silas Hempel, Beamter der Kriminalpolizei in Wien.«

Ein jäher Schreck durchfuhr den Major, so daß ihm für Sekunden schwarz vor den Augen wurde.

War es doch wahr und hatte die Kriminalpolizei von der nächtlichen Zusammenkunft erfahren? Kamen sie, um Lydia zu holen?

Im nächsten Augenblick hatte er sich wieder gefaßt.

»Ich lasse bitten,« sagte er ruhig.

Hempel trat ein. Der Major bot ihm Platz an und fragte höflich, womit er dienen könne?

Der Detektiv antwortete: »Ich komme, eine Auskunft von Ihnen zu erbitten, und möchte, um Ihnen deren Wichtigkeit verständlich zu machen, einiges vorausschicken, was Ihnen bisher sicher unbekannt blieb. Doch kann ich Ihnen diese Mitteilungen erst machen, wenn ich Ihrer Verschwiegenheit sicher bin; denn sie müssen vorläufig strengstes Geheimnis bleiben.«

»Sprechen Sie ruhig,« erwiderte Marchstätten, »ich bin keine Klatschbase und gebe mein Wort, was Sie mir sagen, bei mir zu behalten!«

»Es handelt sich um den Mörder Ihres Schwiegersohnes, mit dessen Ausforschung ich mich unabhängig vom Untersuchungsgericht seit Wochen befasse ...«

»Unabhängig vom Untersuchungsgericht,« unterbrach ihn der Major rasch, »soll das heißen ...«

Hempel nickte.

»Ja, das soll heißen, daß ich den dort gehegten Verdacht nie geteilt habe und daher bei meinen Nachforschungen andere Wege einschlug.«

»Gott sei gelobt! So gibt es doch wenigstens einen Menschen, der in meiner Tochter keine Mitschuldige an dem Verbrechen sieht!«

»Nein, die sehe ich bis jetzt allerdings nicht in ihr und hoffe, daß sich diese Meinung aufrechterhalten und späterhin auch beweisen lassen wird, obwohl ich gerade durch Ihre Tochter die Person des Mörders feststellen konnte.«

Der Major prallte zurück.

»Durch meine Tochter? Was hat meine Tochter mit dem Mörder zu schaffen?«

»Beruhigen Sie sich, Herr Major, Sie werden alles begreifen, wenn ich Ihnen von Anfang an erzähle, was ich bisher Schritt für Schritt einwandfrei feststellen konnte.«

Und er berichtete nun mit übersichtlicher Deutlichkeit alles, von den ersten Fußspuren des Mörders im Schuppen an bis zu den Ergebnissen der letzten Nacht, die ihm den Mörder von Angesicht zu Angesicht gezeigt und den Beweis erbracht hatte, daß er ein Bekannter Frau Holzmanns sei.

Im Anschluß daran versuchte Silas, dem Major seine eigene Überzeugung zu erklären, daß Frau Holzmann nämlich wahrscheinlich selbst keine Ahnung davon habe, in einem Abhängigkeitsverhältnis zu dem Mörder ihres Gatten zu stehen, und sicher gar nicht wisse, daß ihr Bekannter überhaupt der Mörder sei. Er wollte zum Beweis, wie möglich dies sei, verschiedene Versuche anführen, die Professor Charcot an der Klinik in Nancy seinerzeit mit Personen, die er hypnotisierte, vorgenommen hatte.

Aber hier unterbrach ihn der Major, der bis dahin mit größter Spannung zugehört hatte, ungeduldig.

»Bleiben wir bei der Wirklichkeit, den nackten Tatsachen, Herr Hempel! Alles, was Sie mir da erzählt haben, scheint mir logisch und klar, und ich bin überzeugt, daß der Mann, den Sie heute nacht neben dem Auto hinter der Holzmannschen Villa gesehen haben, tatsächlich der lang gesuchte Mörder ist. Nur bin ich ebenso fest überzeugt, daß Sie in der Annahme irren, meine Tochter habe irgend etwas mit der Sache zu tun. Die Frau, welche heute nacht in die Villa eindrang und dort etwas suchte, ist jedenfalls eine Komplizin des Mörders und sieht meiner Tochter vielleicht ähnlich, so daß der Irrtum entstand, sie sei es selber!«

»Aber ich versichere auf das bestimmteste, Herr Major, daß ein Irrtum ganz ausgeschlossen ist! Der Hauswart, der Frau Holzmann doch sehr genau kennt, kann Ihnen bezeugen, daß sie selbst es war, die wir beobachteten! Auch nicht der leiseste Zweifel kann darüber bestehen!«

47

»Ich zweifle durchaus nicht daran, daß Sie und Rosner davon überzeugt sind. Trotzdem haben Sie sich eben getäuscht, denn es ist einfach unmöglich! Nacht und künstliche Beleuchtung täuschen sehr leicht, außerdem sagen Sie selbst, daß das Gebaren jener Frau Sie befremdete und Ihnen unnatürlich erschien. Darin liegt ja eigentlich schon die Erklärung: Es war eine andere, und darum erschienen Ihnen eben Blick und Bewegungen anders als bei meiner Tochter!«

»Durchaus nicht, beides war nur gebunden durch den hypnotischen Schlaf, in dem sich Frau Holzmann befand.«

»Hypnose! Unsinn! Das ist auch so ein moderner Schwindel wie Spiritismus und Geisterbeschwören! Ich wundere mich, daß ein Kriminalist ernsthaft solche Dinge in Betracht zieht, um etwas zu erklären, was sich durch den gesunden Menschenverstand überhaupt nicht erklären läßt!«

»Verzeihen Sie, Herr Major, Hypnose ist kein ›moderner Schwindel‹, sondern eine ärztlicherseits festgestellte Tatsache. Sie haben sich wahrscheinlich bisher nicht dafür interessiert und darum ...«

»Nein, ich habe mich nie dafür interessiert und habe auch jetzt nicht das leiseste Interesse für diesen Gegenstand. Bleiben wir also bei den Tatsachen. Da kann ich Ihnen auch eine mitteilen, die als Beweis für meine Behauptung, daß es sich um eine Verwechslung handelt, dienen kann. Vor wenigen Tagen wurde mir von einem Bekannten, der Lydia ebenso genau kennt wie Rosner, auf das bestimmteste mitgeteilt, er habe meine Tochter nachts auf der Landstraße neben einem beschädigten Auto angetroffen und kurze Zeit mit ihr gesprochen. Sie habe ihm einen seltsam verstörten und gegen früher stark veränderten Eindruck gemacht. Lydia habe ihm auch erzählt, daß sie aus einer nahen Villa komme, die Bekannten gehört, mit denen sie jetzt häufig verkehre.«

Hempel horchte auf. Was er da hörte, interessierte ihn mehr, als er merken lassen wollte.

Der Major fuhr fort: »Ich hatte die Mitteilung gleich mit einem gewissen Mißtrauen vernommen, und es stellte sich nachher heraus, wie gerechtfertigt das war. Denn als ich Lydia deshalb befragte, stellte sie alles auf das entschiedenste in Abrede. Nun hat meine Tochter niemals gelogen, und wenn sie es bei dieser Gelegenheit vielleicht hätte versuchen wollen, so würden meine Frau und ich es gewiß sofort an einer gewissen Unsicherheit gemerkt haben. Aber Lydia verneinte mit vollster Unbefangenheit. Es kann sich damals also nur um eine Verwechslung gehandelt haben, woraus sich ergibt, daß meine Tochter eine Doppelgängerin haben muß. Diese Doppelgängerin kommt jedenfalls auch für die heutige Nacht in Betracht.«

»Und die Schlüssel? Woher sollte die Doppelgängerin die Schlüssel haben für sämtliche Schlösser, die sie öffnete?«

»Schlüssel können gestohlen oder nachgemacht werden! Aber ich sehe, daß Sie noch immer nicht überzeugt sind, Herr Hempel! Soll ich meine Tochter rufen? Wollen Sie sie selbst befragen?«

»Danke, ich verzichte darauf; denn ich bin überzeugt, daß es kein Resultat hätte. Da sie nach meiner Überzeugung im hypnotischen Schlaf handelte und man ihr sicher Schweigen anbefohlen hat, würde sie im Wachzustand doch nicht mehr wissen, was sie heute nacht tat, und daher vollkommen unbefangen alles in Abrede stellen.«

»Sie halten also immer noch an der Fiktion dieser märchenhaften ›Hypnose‹ fest?« sagte der Major, unruhig auf seinem Stuhl herumrückend.

»Es ist nichts Märchenhaftes dabei. Ich werde mir erlauben, Ihnen ein Buch über diesen Gegenstand zu schicken, das Sie über die Tatsächlichkeit meiner Annahme vielleicht anders denken läßt. Im übrigen handelt es sich gar nicht um Meinungsverschiedenheiten darüber zwischen uns, sondern um die Person des Mörders. Über ihn will ich Auskunft von Ihnen erbitten!«

»Aber ich habe doch keine Ahnung ...«

»Das ist unmöglich! Da Ihre Tochter ihn kennt, und zwar wahrscheinlich sehr gut, – denn sonst hätte er wohl nie Gelegenheit gefunden, ihr Befehle zu erteilen, – so muß er notwendigerweise zu Ihrem Bekanntenkreis gehören. Besinnen Sie sich genau, Herr Major, ich werde Ihnen noch einmal ein genaues Bild seiner Person geben ...« und er schilderte den Mörder, wie er ihn heute nacht gesehen hatte. »Nun – erinnern Sie sich jetzt, Herr Major?«

48

»Nein! Ich gebe Ihnen mein Ehrenwort, daß ich einen Mann, der Ihrer Beschreibung entspricht, weder kenne noch je gesehen habe!«

Hempel blickte lange stumm vor sich hin. Er zweifelte keinen Augenblick, daß der Major die Wahrheit sprach. Aber dann? Wie war es zu erklären? Stimmte doch etwas nicht in seinen Annahmen?

XV.

Der Major ergriff abermals das Wort angesichts der Unsicherheit, die er in den Zügen des Detektivs las.

»Nehmen Sie doch Vernunft an, Herr Hempel, und begreifen Sie, daß meine Erklärung allein schon die Unmöglichkeit Ihrer Annahme erweist. Ich habe stets, auch während der Zeit ihrer Ehe, alle Menschen gekannt, mit denen Lydia verkehrte. Der Mörder, den Sie beschreiben, ist bestimmt nicht darunter. Nach Holzmanns Tod aber und den sich daran knüpfenden häßlichen Gerüchten haben wir sozusagen allen Verkehr mit der Außenwelt abgebrochen. Es kommt niemand mehr zu uns und wir suchen niemand auf. Den Besuch öffentlicher Vergnügungslokale, welcher Art immer, verbietet schon die Trauer. Wo also sollte meine Tochter Gelegenheit gehabt haben, neue Bekanntschaften – ich meine die ›Ihres‹ Mörders – überhaupt zu machen? Noch dazu ohne unser Wissen? Auf der Straße, wenn sie ausgeht, um Besorgungen zu machen oder eine Kirche zu besuchen? Ich halte das für ganz ausgeschlossen, denn meine Tochter ist viel zu gut erzogen, um Straßenbekanntschaften zu machen!«

Silas zuckte die Achseln. Er wußte nichts mehr zu sagen. Aber dann, schon im Begriff sich zu verabschieden, fiel ihm ein, was der Major vorhin erzählt hatte, und er sagte:

»Darf ich Sie um den Namen der Villa bitten, in der Ihre Tochter neulich nachts angeblich gewesen sein soll?«

»Gewiß! Es ist die Villa ›Lotos‹ bei Judendorf.«

»Und die Familie, der sie gehört, und die Ihre Tochter besucht haben soll?«

»Ist die Familie Alwingen, die wir kennen, mit der wir jedoch allen Verkehr längst einschlafen ließen. Warum fragen Sie? Wollen Sie dort anfragen?«

»Ja. Der Faden, den ich in der Hand zu haben glaubte, ist mir entglitten, vielleicht finde ich dort einen anderen. Jedenfalls muß ich alle Möglichkeiten im Auge behalten.«

Der Major dachte einen Augenblick nach, dann sagte er plötzlich: »Würden Sie es als Aufdringlichkeit auffassen, wenn ich Sie bäte, mich nach der Villa ›Lotos‹ mitzunehmen?«

»Keineswegs! Ihre Begleitung wird mir nur angenehm sein und ist in bezug auf Ihre Tochter entschieden von Vorteil.«

»Wieso?«

»Nun, wenn Sie die nötigen Fragen stellen und ich nur als Begleitperson erscheine, so bekommt der Besuch bei Ihren Bekannten einen ganz anderen Charakter. Er erscheint dann nicht als polizeiliche Anfrage, sondern lediglich als Schritt eines besorgten Vaters.«

»Daran dachte ich nicht, aber es ist gut so.«

»Ich wundere mich übrigens, Herr Major, daß Sie mitkommen wollen, da Sie doch gar nicht glauben, daß Ihre Tochter damals in der Nacht bei der Familie Alwingen war?«

Der Major schwieg.

Silas aber fuhr fort: »Es ist vielleicht besser, wenn ich ganz offen bin, Herr Major. Ihre Mitteilung vorhin über das nächtliche Zusammentreffen Ihrer Tochter mit einem Bekannten scheint mir von hoher Wichtigkeit, und ich meinerseits bin schon jetzt überzeugt, daß damals so wenig eine Verwechslung vorlag wie ... heute nacht. Meine Nachforschungen in der Villa ›Lotos‹ müssen also um so eingehender sein, als Sie die Person des Mörders nicht zu kennen erklärt haben, ich also anderswo nach ihm zu suchen habe. Sie haben gesagt, daß Sie keinerlei Verkehr pflegten in der letzten Zeit ...«

»Das ist nur die reine Wahrheit, die jedermann in meinem Hause Ihnen bestätigen wird.«

»Ich zweifle nicht an Ihren Worten, Herr Major. Wenn nun aber Ihre Tochter ohne Ihr Wissen in der Villa Lotos verkehrt hätte, dann wäre doch die Möglichkeit vorhanden, daß sie dort den Mörder, der so verhängnisvollen Einfluß auf sie gewann, kennen lernte, und dort weiterhin mit ihm zusammentrifft!«

»Wenn! Dieses Wenn aber scheint mir vorläufig ganz ausgeschlossen! Eben darum will ich mit Ihnen hinaus, um mir Klarheit zu verschaffen!«

»Sie zweifeln also doch schon!«

Der Major machte eine ungeduldige Bewegung. »Nein,« sagte er erregt, »ich zweifle nicht an der unbedingten Wahrheitsliebe meiner Tochter, darum glaube ich immer noch an eine Personenverwechslung. Aber ich bin ein alter Soldat, für den es immer nur den geraden Weg gegeben hat. Und ich leugne nicht, daß die Hartnäckigkeit, mit der Sie an Ihren Schlußfolgerungen festhalten – trotz allem, was ich Ihnen gesagt habe –, nicht ohne Eindruck auf mich bleibt. Es ist nun eine Unruhe in mir, die ich nur dann wieder loswerden kann, wenn Alwingens mir klipp und klar erklären, daß meine Tochter die Villa ›Lotos‹ in der letzten Zeit tatsächlich nicht betreten hat. Sie sehen, auch ich bin ganz offen Ihnen gegenüber!«

»Gut, dann wollen wir also morgen abend zusammen hinausfahren. Ich hole Sie hier ab, Herr Major.«

»Warum erst am Abend?«

»Etwas in mir sagt mir, daß es die beste Zeit ist für unser Vorhaben. Auch treffen wir die Herrschaften da wohl am sichersten zu Hause. Aus wieviel Mitgliedern besteht die Familie?«

»Nur aus drei, den Eltern und einer Tochter. Otto Alwingen ist Oberstleutnant im Ruhestand. Die Leute sind in sehr guten Verhältnissen, und die Tochter Justa war früher sehr befreundet mit Lydia. Indes sind alle Alwingens überspannt und verkehren zuweilen mit nicht ganz einwandfreien Leuten. Darum ließen wir den Verkehr auch einschlafen.«

»Gut. Ich hole Sie also gegen Abend etwa um 6 Uhr ab, wenn es Ihnen so paßt.«

»Vollkommen. Ich werde bereit sein.«

Noch am Abend desselben Tages nahm der Major seine Tochter vor und befragte sie unter vier Augen, ob sie in der letzten Nacht vielleicht ausgegangen und in ihrer Villa gewesen sei? Er redete ihr sehr eindringlich zu, sich genau zu besinnen und nur die volle Wahrheit zu sagen.

Aber Lydia schüttelte verwundert den Kopf und meinte, sie könne gar nicht begreifen, wie Papa auf diesen Einfall komme. Natürlich sei sie nicht ausgegangen, sondern in ihrem Bett gelegen und habe geschlafen. »Wenn ich in die Villa gehen wollte,« schloß sie, »so würde ich es doch am Tage tun und nicht in der Nacht! Du weißt doch sehr gut, Papa, was für ein Hasenfuß ich bin! Schon bei Tag ist mir die Villa unheimlich seit dem Unglück!«

Der Major atmete auf. Es schien ihm unmöglich, daß seine Tochter so unbefangen lügen könnte.

Dann aber fiel ihm noch etwas ein. Er fragte Lydia, ob sie in ihrem Bekanntenkreis einen Herrn kenne, der so und so aussähe, und beschrieb ihr den Mörder, wie Hempel ihn ihm geschildert hatte.

Die Frage machte einen unerwarteten Eindruck auf die junge Witwe. Lydia begann zu zittern, ihre Augen öffneten sich weit, und ein aus Angst und Schreck gemischter Ausdruck breitete sich über ihr bleich gewordenes Gesicht.

Dabei erhoben sich ihre Hände in unwillkürlicher Abwehr.

»Nicht ... nicht ...« stammelte sie leise. Als aber der Major erschrocken fragte: »Du kennst also einen solchen Mann, Lydia?« zuckte sie zusammen und antwortete ohne Zögern: »Nein ... nein ... nein!«

Er frug noch einmal, eindringlich, drängend; aber Lydia, die jetzt ganz ruhig schien, blieb bei ihrem Nein.

Der Major wußte wirklich nicht, was er denken sollte; wieder fühlte er eine Unruhe in sich aufsteigen, die er vergebens zu bannen suchte.

Eine halbe Stunde später überbrachte ein Bote ein kleines Paket für den Major. Als er es öffnete, fand er ein Buch darin: »Der Hypnotismus und die verwandten Zustände vom Standpunkt der gerichtlichen Medizin von Dr. Gilles de la Tourette, mit einem Vorwort von Prof. Charcot.« Ein paar Zeilen von Silas Hempel lagen bei.

An diesem Abend las der Major gegen seine sonstige Gewohnheit bis tief in die Nacht hinein. Und als er lange nach Mitternacht endlich das Licht abdrehte, war ihm, als habe sich eine Welt vor ihm erschlossen, von der er bisher keine Ahnung gehabt ...

Als Silas Hempel am nächsten Tag den Major zur Fahrt nach der Villa Lotos abholen kam, fand er den

50

alten Herrn in großer Erregung. Marchstätten legte dem Detektiv einen zerknüllten und sorgfältig wieder geplätteten Zettel vor.

»Da – das fand ich heute bei einer gründlichen Durchsuchung von Lydias Sachen in einer Schrankecke! Das Papier war zerknüllt und offenbar achtlos weggeworfen. Dennoch ... es ist so seltsam ... lesen Sie selbst ...«

Silas las die wenigen mit der Schreibmaschine geschriebenen Zeilen ohne Aufschrift.

»Wenn Sie wissen wollen, wer Ihren Gatten ermordete, so begeben Sie sich nach der Alwingenschen Villa ›Lotos‹. Man erwartet Sie dort um 9 Uhr abends. Strengste Geheimhaltung dieser Zeilen und Ihres Besuches in der Villa ist unerläßliche Vorbedingung.

Ein unbekannter Freund.«

»Nun – was sagen Sie dazu?« fragte der Major unruhig und verstört.

»Daß wir alle Ursache haben, baldmöglichst die Bekanntschaft dieses unbekannten ›Freundes‹ zu machen! Sie zweifeln jetzt doch nicht mehr daran, daß Ihre Tochter tatsächlich in der Villa Lotos gewesen ist?«

»Nach diesem Fund kann ich allerdings nicht mehr hoffen, daß eine Verwechslung vorliegt, obwohl ich mir nicht erklären kann ...«

»Wir werden die Erklärung hoffentlich in der Villa Lotos selbst finden. Mein Auto wartet unten. Sind Sie bereit, Herr Major?«

»Ja. Gehen wir.«

Das Auto, das Hempel gemietet hatte, nahm die beiden Fahrgäste auf und trug sie in schneller Fahrt ihrem Ziel zu.

Unterwegs sprachen die beiden Herren über das Buch, das Silas dem Major geschickt und das diesen nicht nur aufs höchste interessiert, sondern auch so weit aufgeklärt hatte, daß er Hempels Vermutungen über etwa durch Hypnose erteilte Aufträge mindestens im Prinzip als möglich anerkannte.

Endlich war das Ziel erreicht.

Die Villa »Lotos« lag ein Stück abseits der Landstraße unter hohen alten Bäumen, die ihr auch am hellen Tag ein düsteres Gepräge verleihen mußten. Jetzt im Dunkel sah sie mit ihrem düstergrauen An-

strich, der geschlossenen Haustür und den bis auf zwei nicht erhellten Fenstern geradezu unheimlich aus.

Man hatte das Auto mit dem Wagenführer auf der Landstraße warten lassen und legte den kurzen, von Fichtenhecken flankierten Zugangsweg zu Fuß zurück.

Wie schon erwähnt, fiel aus den zwei Fenstern rechts und links vom Eingang Lichtschein, doch konnte man, obwohl sie einem auffallend niederen Erdgeschoß angehörten, durch sie nicht in die dahinter liegenden Räume sehen, denn dichte Vorhänge aus gelber Seide, die innen glatt über die ganzen Fensteröffnungen fielen, machten jeden Einblick unmöglich.

Die Haustür war aus schweren Eichenbalken mit hübscher Schnitzerei verziert. Ein schmiedeeiserner Türklopfer ersetzte die Glocke.

Als Silas Hempel ihn in Bewegung setzte, erlosch der Lichtschein rechts von der Tür.

Silas, der das Haus und seine Umgebung aufmerksam betrachtete, fragte den Major, ob er selbst schon einmal hier gewesen sei.

»Nein,« lautete die Antwort, »nur meine Frau und Tochter waren früher zuweilen bei Alwingens. Ein- oder zweimal auch zum Tee geladen, so viel ich mich erinnere.«

»Es wundert mich, daß man in einem so einsam gelegenen Besitz keinen Hund hält!«

»Das ist wahr; aber ich weiß, daß Alwingens früher einen Schäferhund hatten, der in der Umgebung berüchtigt war wegen seiner Wildheit und Bösartigkeit. Meine Frau fürchtete sich sehr vor ihm, obwohl er den Freunden des Hauses nie etwas tat. Wahrscheinlich haben sie ihn dann verkauft oder er ging ein.«

Inzwischen hörte man innen schlurfende Schritte sich der Tür nähern, und diese wurde geöffnet.

Eine Negerin stand grinsend vor den erstaunten Besuchern. Denn eine solche war in dieser Gegend etwas sehr Seltenes, und der Major konnte sich durchaus nicht erinnern, daß seine Damen je etwas von einer Schwarzen bei Alwingens erwähnt hatten.

Indes sagte er nun zu ihr, daß sie gekommen seien, um Herrn und Frau v. Alwingen zu sprechen und angemeldet zu werden wünschten. Dabei übergab er ihr seine Karte.

Aber die Alte grinste ihn verständnislos an, schüttelte den schwarzwolligen Wuschelkopf und sagte: »Nix da sein ... nix da sein Massa Alwingen! Hier bloß sein Missis Foster und Massa Charlie ... aber Massa Charlie sein ausgegangen.«

Der Major und Hempel sahen einander verblüfft an. Dann sagte dieser: »Gut, so melden Sie uns bei Mrs. Foster an.«

Die Negerin schüttelte immer noch grinsend den Kopf.

»Missis Foster kein fremde Mensch empfangen. Missis Foster sein Französin und nix können deutsch reden mit Leute, wie Sally kann.«

Damit wollte sie die Türe einfach zumachen. Aber Hempel setzte rasch seinen Fuß dazwischen.

»Hollah, so geht das nicht, Miß Sally! Wir müssen Mrs. Foster unbedingt sprechen und lassen uns nicht abweisen! Sagen Sie das Ihrer Herrin und auch, daß wir sehr gerne französisch mit ihr sprechen werden, wenn sie nicht deutsch sprechen kann.«

Dabei hatte er mit unwiderstehlicher Gewalt den Türflügel zurückgedrängt und war mit dem Major in den Hausflur getreten.

War es nun dies oder der ernste bestimmte Ton, in dem Hempel gesprochen, der Sally eingeschüchtert hatte, genug, das Grinsen verschwand von ihrem Gesicht, und sie entfernte sich nach links, wo sie hinter einer Tür verschwand, nicht ohne vorher noch einen bitterbös funkelnden Blick nach den Zurückbleibenden zu werfen.

Silas beugte sich dicht an den Major heran: »Lassen Sie mich den Sprecher machen und verraten Sie ja nicht, daß ich von der Polizei bin! Die Sache kann ganz harmlos sein, aber wir müssen unbedingt erfahren, was für Leute hier statt Alwingens wohnen und wie dieser Personenwechsel zustande kam.«

In diesem Augenblick erschien die Negerin wieder.

»Missis Foster lassen bitten.«

XVI.

Der Major und Silas wurden durch einen schmalen dunklen Vorraum, in dem die Schwarze erst im Durchschreiten das elektrische Licht aufdrehte, in einen kleinen eleganten Empfangsraum geführt, der ganz in moosgrüner Seide gehalten war.

Ein ebensolcher Perserteppich bedeckte den Boden, moosgrüne Polstermöbel standen um ein kleines schwarzes, mit Silber eingelegtes Tischchen und grüne Seidenvorhänge fielen zu beiden Seiten des Fensters herab. Auch die Beleuchtungskörper waren mit moosgrünen Seidenschirmchen abgeblendet, und da nur ein einziger davon – eine Stehlampe neben dem Tischchen – erhellt war, so herrschte in dem Raum nur ein schwaches grünes Dämmerlicht, an das sich das Auge erst gewöhnen mußte, ehe es die einzelnen Gegenstände deutlich erkennen konnte. Indes ließ sich nicht leugnen, daß eben durch diese diskrete Beleuchtung und die Einheitlichkeit der Farbe der ganze Raum sehr vornehm und stimmungsvoll wirkte.

In einer Sofaecke links von der Stehlampe saß eine ältliche Dame, ganz in schwarzen Samt gekleidet, mit einer Spitzencoiffüre auf dem silbergrauen Haar. Sie begrüßte die Eingetretenen mit deutlicher Zurückhaltung und fragte verwundert, was ihr die Ehre dieses Besuches verschaffe, da sie sich durchaus nicht erinnern könne, je im Leben die Bekanntschaft eines Majors von Marchstätten gemacht zu haben. Sie sprach rasch, kühl, aber höflich, nachdem sie zuvor gebeten hatte, die Herren möchten Platz nehmen.

Silas Hempel, der nach dem Eintritt, sich vorstellend, einen vollkommen undeutlich ausgesprochenen Namen, der wie Glaskopf oder so ähnlich klang, genannt hatte, nahm sogleich das Wort.

Er erklärte, daß sie eigentlich gekommen seien, den Besitzer der Villa »Lotos« in einer dringenden Angelegenheit zu sprechen, und sehr erstaunt seien, daß Herr Alwingen und seine Familie, wie man ihnen gesagt habe, nicht mehr hier wohnten. Da die betreffende Angelegenheit sehr wichtig sei, hätten sie sich nicht abweisen lassen, weil sie hofften, Madame würde ihnen erklären können, wie all dies zugegangen sei und wo man nun Herrn Alwingen finden könne.

Silas Hempel beherrschte die französische Sprache vollkommen und flocht in seinen Wortschwall so viel liebenswürdige Phrasen ein, daß Mrs. Foster nicht umhin konnte ein paarmal beifällig zu lächeln. Ihre Antwort klang denn auch nicht mehr so kühl abweisend wie zu Anfang.

»Ich verstehe,« sagte sie. »Sie sind enttäuscht, statt Ihrer Freunde hier eine wildfremde Person vorzufinden, und doch erklärt sich dies ganz einfach dadurch, daß ich die Villa hier gemietet habe, als Herr Alwingen mit seiner Familie ins Ausland ging.«

»O – Alwingens gingen ins Ausland? Wann denn?«

»Schon im September, und ich wundere mich, daß Sie als seine Freunde dies nicht wissen!?« lautete die höhnisch erteilte Antwort.

Silas biß sich auf die Lippen, sagte aber rasch mit großer Unbefangenheit: »Auch dies erklärt sich sehr einfach dadurch, daß der Herr Major und ich erst vor kurzem von einer größeren Reise zurückkamen. Madame werden begreifen, daß wir deshalb über die Sache nicht orientiert sein konnten. Darf ich fragen, wo sich Oberstleutnant v. Alwingen mit seiner Familie aufhält?«

»Soviel ich weiß, wollten sie für ein Jahr nach Paris gehen. Ihre dortige Adresse aber ist mir unbekannt. Ich glaube auch nicht, daß sie mein Sohn weiß, denn die Mietung der Villa vollzog sich durch ein Büro.«

»Wie schade – ich meine für uns. Denn nun wissen wir nicht, wohin wir uns wenden sollen ...«

Er schien nachzudenken. Dann sagte er teilnehmend: »Und gnädige Frau werden die ganze Zeit über, während Alwingens fort sind, hier in der Villa bleiben?«

»O, das weiß ich natürlich noch nicht. Es wird ganz von meinem Sohn abhängen. Er ist Arzt, übt aber seinen Beruf eigentlich nicht aus, denn er beschäftigt sich nur mit wissenschaftlichen Arbeiten und Versuchen. Dazu braucht er völlige Ruhe und darum sind wir nach Europa gegangen.«

»Ich dachte, Sie seien Französin?«

»Ja, ich bin in Paris geboren, habe dann aber nach Amerika hinüber geheiratet. Mein Mann war Bergwerksbesitzer, wir wohnten in New York, aber Charlie – ich meine meinen Sohn – studierte in Paris. Als Foster vor ein paar Jahren starb, übersiedelte ich zu meinem Sohn, der damals in Wien Vorlesungen über Gynäkologie hörte ... aber Verzeihung ..., das kann Sie wirklich nicht interessieren!«

»Im Gegenteil, jedermann wird Ihnen mit Interesse und Bewunderung zuhören, gnädige Frau. Ihre Stimme ist wie Musik, und die Art, wie Sie plaudern, entzückend!«

»Bah, man macht doch einer alten Frau keine Komplimente, Herr ..., pardon, wie war Ihr Name?«

»Glasrotter. Übrigens, wie können Sie vom Alter reden, eine so reizende Frau ...«

»Aber sehen Sie denn meine grauen Haare nicht?« lachte Frau Foster.

Hempel beugte sich etwas vor, wie um besser zu sehen. Nichts als strahlende Bewunderung lag in seinem Blick.

»Grau? Nicht möglich, meine Gnädigste! Ich hielt sie für blond! Und wenn man diese schönen Augen, die das Feuer der Jugend ausstrahlen, und diese weiche junge Stimme dazunimmt ...«

Frau Foster gab sich einen Ruck, der sie noch tiefer in die Sofaecke brachte, wo kein Strahl der grünbeschirmten Lampe sie mehr zu erreichen vermochte, und lachte rauh auf.

»Genug, genug, Herr Glasrotter,« sagte Mrs. Foster ärgerlich, »sprechen wir von anderem. Wo waren wir doch gleich stehengeblieben?«

»Als Sie nach Wien zu Ihrem Sohn gingen,« entgegnete Silas.

»Ja, richtig. Und so kamen wir von dort aus dann nach G. Mein Sohn brauchte Ruhe zur Arbeit – wir lasen in der Zeitung eine Anzeige, daß eine stille Villa für ein Jahr vermietet werde – Charlie fuhr her, um mit dem Besitzer zu verhandeln ...«

»D. h. mit dem Büro, von dem Sie sagten, daß es die Vermietung vermittelte. Oder habe ich falsch verstanden? Mietete Dr. Foster direkt von Herrn Alwingen? Dann würde er ihn doch persönlich kennen und wüßte vielleicht ...«

»Nein, ich glaube nicht. Er hat mir gesagt, es war ein Büro ...« sie machte eine halb ärgerliche, halb ungeduldige Handbewegung und schloß: »Nein, ich weiß es wirklich nicht mehr! Es ist ja auch ganz gleichgültig!«

Der Major saß daneben und fieberte förmlich vor Ärger und Ungeduld.

Was sollte das alberne Gewäsch zwischen Hempel und dieser alten Französin bedeuten? War der Detektiv etwa hergekommen, um ihr den Hof zu machen? Das, was man wissen wollte, konnte man hier nicht erfahren – oder vielmehr war durch Alwingens schon vor zwei Monaten erfolgte Abreise doch der Beweis erbracht, daß Lydia nicht hier gewesen sein konnte. Warum also ging man nicht?

Da sagte Silas Hempel zu des Majors größtem Erstaunen: »Sie haben recht, gnädige Frau, es ist wirklich gleichgültig! Dagegen kam mir eben zum Bewußtsein, daß wir Freund Alwingens Adresse ja gar nicht zu wissen brauchen, weil er uns in der Angelegenheit, die uns herführte, gar keine Auskunft geben könnte. Nur wenn er noch hier wohnen würde, wäre dies vielleicht möglich gewesen, und eben wegen der Lage seiner Villa wollten wir uns an ihn wenden.«

Hempel machte eine kleine Pause, als erwarte er eine Frage; aber Mrs. Foster stellte keine. Da fuhr der Detektiv, als käme ihm der Einfall eben jetzt erst plötzlich, fort:

»Aber eigentlich könnten ja auch Sie, gnädige Frau, uns vielleicht Auskunft geben? Daß ich nicht gleich daran dachte! Denn obwohl wir Fremde sind und unsere Angelegenheit naturgemäß kein Interesse in Ihnen erwecken kann, so bin ich doch überzeugt, daß Ihre gütige Frauenseele auch Fremden gegenüber gern bereit ist zu helfen, wenn sie kann. Oder irre ich?«

»Ich denke nicht ... natürlich bin ich bereit, jedermann zu helfen, wenn ... aber, was wollen Sie eigentlich wissen?«

Es klang weder Neugier noch besondere Bereitwilligkeit aus Mrs. Fosters Ton, eher ein leiser Ärger, zu dieser Erklärung gedrängt worden zu sein.

Indes schien Hempel diesen Unterton gar nicht zu hören und fuhr lebhaft fort: »Sie werden es sich sogleich selbst sagen, wenn ich Ihnen meine Lage erkläre. Eine junge Verwandte von mir zeigte in der letzten Zeit Spuren von Geistesgestörtheit, die sich unter anderem auch darin äußern, daß sie oft plötz-

lich verschwindet – meist abends oder in der Nacht –, ohne daß man bisher feststellen konnte, wohin sie sich begibt.«

»Ja, haben Sie sie denn nicht danach gefragt?« sagte die Französin rasch.

»Doch, aber sie will oder kann sich nachher nie daran erinnern, wo sie gewesen – ja, daß sie überhaupt fortgewesen ist!«

Mrs. Foster saß unbeweglich da. Ob ihr Gesicht Interesse oder Langweile ausdrückte, konnte man nicht sehen, denn es lag ganz im Schatten des grünen Lampenschirmes.

Nach einer kleinen Pause klang aus diesem Schatten heraus die Frage: »Und wie kamen Sie auf den Einfall, sich bei Alwingens danach zu erkundigen? Vermuten Sie, daß Ihre Verwandte bei ihren geheimnisvollen Ausflügen hier in die Villa ›Lotos‹ kam?«

»Durchaus nicht! Was sollte sie hier gewollt haben, selbst wenn Alwingens noch hier wären – da sie die Alwingenschen Damen nie mochte und keinen Verkehr mit ihnen pflog? Nein, darum handelt es sich keinesfalls. Aber ich erhielt kürzlich einen Brief von unbekannter Hand, worin mir mitgeteilt wurde, daß meine Verwandte wiederholt nachts in dieser Gegend gesehen worden sei und allem Anschein nach in einer der hier verstreut liegenden Villen verkehre. Darunter sei eine, die der Schreiber nicht nennen wolle, von der er aber wisse, daß man sich darin viel mit Spiritismus beschäftige, oft die ganzen Nächte hindurch. Ich solle nur nachforschen, dann werde mir vielleicht klar werden, wo die Ursache der geistigen Störungen bei meiner Verwandten zu suchen sei ...«

»Spiritismus? Was ist das?« unterbrach Mrs. Foster Silas Hempels Bericht.

Er blickte erstaunt auf.

»Sie wissen das nicht, gnädige Frau. Ich dachte, gerade in Amerika und auch in Paris würde dieser Humbug viel betrieben?«

»Ich habe nie davon gehört! Aber erzählen Sie weiter. Sie haben also Nachforschungen angestellt ...«

»Nein, denn jede Möglichkeit dazu fehlt mir. Ich weiß nur aus der Generalstabskarte, daß sich auf dem fraglichen Territorium etwa zehn bis zwölf einzeln stehende Villen teils rechts, teils links von der

Reichsstraße, teils näher, teils entfernter befinden, aber ich kenne keinen einzigen der Besitzer – außer den Oberstleutnant v. Alwingen. Zu diesem wollte ich daher, um nähere Auskunft zu erbitten. Ich dachte, wenn er hier wohnt, würde er die Besitzer der andern Villen sicher kennen und gewiß auch über ihr Treiben etwas gehört oder selbst beobachtet haben. – Sie fragten, was Spiritismus ist? Ich kann Ihnen darauf nur antworten, gnädige Frau, daß ich selbst alles damit Zusammenhängende für aufgelegten Schwindel halte und mich weiter nie darum bekümmert habe. Man soll dabei Geister beschwören und durch ein Medium allerlei Auskünfte von ihnen begehren. So ist es immerhin denkbar, daß ein junges Wesen durch solche Dinge Schaden an seiner geistigen Gesundheit leidet.«

»Gewiß wird solche Möglichkeit vorhanden sein. Aber wenn Sie nun von mir irgendwelche Auskünfte über das Leben und Treiben unserer Nachbarn erhoffen, so fürchte ich, Sie enttäuschen zu müssen. Denn ich weiß gar nichts darüber, wirklich gar nichts! Ich bin eine alte Frau, die die Ruhe liebt, das Haus nur verläßt, um im rückwärts liegenden Garten etwas Bewegung zu machen, und keine Ahnung von den Mitbewohnern dieser Gegend oder ihrem Leben und Treiben hat.«

»Aber Ihr Herr Sohn? Er ist doch jung und muß, ohne es zu wollen, doch manches gesehen oder beobachtet haben ... z. B. daß in dieser oder jener Villa nachts länger Licht brennt ... daß Leute gehen oder kommen ...«

»Mein Sohn ist ein Gelehrter, der sich erst recht nicht um die Welt kümmert und ganz in seine Studien versunken ist. Er geht wenig aus ... aber warten Sie, mir fällt eben etwas ein. Einmal erwähnte mein Sohn, daß in einer der Villen drüben am Waldsaum oft die ganze Nacht Licht brenne. Aber in welcher Villa es ist, erwähnte er nicht weiter, und ich fragte auch nicht danach. Ich vermute, er hat es nur bemerkt, weil sein Studierzimmer rechts vom Hauseingang nach vorne zu liegt, also die Villen am Walde gerade gegenüber liegen.«

›Rechts vom Hauseingang,‹ dachte Silas, ›das ist das Fenster, wo das Licht erlosch ...‹

Laut sagte er: »Und glauben Sie, daß Ihr Sohn bereit wäre, mir diese Villa näher zu bezeichnen?«

»Gewiß – wenn er zu Hause ist!« Sie drückte auf eine elektrische Klingel, deren Taster sich an der Wand neben dem Sofa befand.

Sally erschien.

»Sally, ich lasse meinen Sohn einen Augenblick zu mir bitten!«

Aber Sally schüttelte sogleich den schwarzen Wuschelkopf.

»Massa Charlie nix sein zu Hause. Massa Charlie schon sein fortgegangen vor –« sie zählte an den Fingern ab, »eins – zwei – drei Stunden.«

Mrs. Foster zuckte bedauernd die Achseln.

»Ich fürchtete es beinahe. Denn gerade gegen Abend, wenn er nicht mehr bei Tageslicht arbeiten kann, unternimmt mein Sohn gewöhnlich einen Spaziergang, um sich Bewegung zu verschaffen. Davon kehrt er meist erst spät wieder heim.«

Hempel erhob sich, und der Major folgte diesem Beispiel in sichtlicher Erleichterung.

»Ich danke Ihnen auf das wärmste für Ihr außerordentlich freundliches Entgegenkommen, gnädige Frau!« sagte der Detektiv. »Darf ich nun noch mit Ihrer gütigen Erlaubnis ein paar Fragen an Ihr Dienstpersonal stellen? Vielleicht hat da jemand ...«

»Fragen Sie, wen und so viel Sie wollen, Herr Glasrotter, nur fürchte ich auch da, daß Sie enttäuscht sein werden, denn unser ganzes Dienstpersonal besteht aus Sally und einem jungen Knecht, der die groben Arbeiten verrichtet, und dieser ist leider taubstumm. Sally,« wandte sie sich an die noch an der Tür stehende Negerin, »rufe Jakob.«

Jakob kam und machte den Eindruck eines Halbkretins. Auf seinem runden roten Gesicht lag das stereotype Lächeln eines Menschen, dessen Zufriedenheit davon abhängt, ob er gut und viel zu essen bekommt, was hier der Fall schien.

Er reagierte auf nichts, was man zu ihm sagte, schien also tatsächlich taubstumm zu sein. Sally's Antwort auf jede Frage, die Hempel an sie stellte, war ein grinsendes »Ich nix wissen«.

Hempel bedankte sich bei der alten Dame noch einmal für ihre »große Liebenswürdigkeit« und entschuldigte sich und seinen Begleiter wegen der Störung, die man verursacht habe, dann entfernte er sich, von dem Major gefolgt.

XVII.

Als beide ihr wartendes Auto erreicht hatten, sagte der Major ärgerlich: »Nun erklären Sie mir um's Himmels willen, warum wir so viel Zeit bei der alten Person verlieren mußten? Es war doch gleich nach den ersten Erklärungen zu sehen, daß für unsere Zwecke hier nichts zu erfahren war ..., was mich eigentlich freut! Denn das ist nun immerhin erwiesen, daß meine Tochter nicht hier gewesen sein kann, da Alwingens schon seit zwei Monaten abwesend sind.«

»Halten Sie aus diesem Umstand den Beweis wirklich für erbracht?« sagte Silas, sich neben seinem Begleiter im Auto zurechtsetzend und das Zeichen zum Losfahren gebend.

Der Major fuhr auf.

»Na, erlauben Sie! ... Ich kann wirklich nicht verstehen, wie Sie noch daran zweifeln könnten?! Es ist doch klar ...«

»Klar ist nur, daß Ihre Tochter nicht bei Alwingens gewesen sein kann, da diese seit September verreist sind. Aber sie kann doch ganz gut bei Fosters gewesen sein!«

»Bei wildfremden Leuten?«

»Sie vergessen den Zettel, den Sie selbst gefunden haben. Darin wurde Frau Holzmann doch von einem heimlichen Freund in die Villa Lotos eingeladen. Warum könnte dieser ›Freund‹ nicht Dr. Foster sein und dieser der Mörder? Alles, was wir soeben gehört und gesehen haben, bestätigt doch nur diese naheliegende Annahme!«

Der Major sah seinen Begleiter an, als zweifle er an dessen Verstand. Aber Silas schüttelte lächelnd den Kopf.

»Nein, nein, ich bin nicht übergeschnappt, Herr Major! Aber sagen Sie – ist Ihnen selbst denn gar nichts aufgefallen während unseres Besuches in der Villa Lotos?«

»Mir? Nein! Was sollte mir denn aufgefallen sein?«

»Denken Sie einmal nach: Als wir uns der Villa näherten, sahen wir da nicht zwei erleuchtete Fenster, aus denen trotz herabgelassener Vorhänge heller Lichtschein fiel?«

»Allerdings, aber daran ist doch nichts Auffallendes.«

»Daran nicht. Aber wir sahen, daß im Fenster rechts das Licht erlosch, als wir den Türklopfer in Bewegung setzten. Später erfuhren wir, daß das Fenster rechts zu der Studierstube Dr. Fosters gehört, der aber das Haus, wie man uns sagte, bereits mehrere Stunden früher verlassen habe.«

»Ja, es ist wahr ..., jetzt, wo Sie es sagen, fällt es mir auf.«

»Und das andere – das Fenster links? Sie hatten doch auch den Eindruck, daß der daraus fallende Schein auf ein dahinter liegendes, sehr hellerleuchtetes Zimmer schließen ließ?«

»Unbedingt! Es müssen nach meiner Schätzung 5-6 elektrische Lichter angedreht gewesen sein.«

»So vermutete ich auch. Aber dann, als man uns in dasselbe Gemach eintreten ließ, brannte eine einzige Lampe unter einem dichten Seidenschirm. Halten Sie es für möglich, daß dieses später den Raum füllende Dämmerlicht draußen einen hellen Schein verbreiten konnte?«

»Ganz ausgeschlossen! Man muß vor unserem Eintritt mehrere Lichter ausgedreht und das einzige noch helle durch den Schirm abgeblendet haben!«

»So ist es bestimmt geschehen. Nur daß man sonst gerade das Umgekehrte tut. Man liest, schreibt oder arbeitet, wenn man allein ist, bei einem Licht, erhellt aber den Raum, wenn man Besuch bekommt. In unserem Fall aber hat man gerade das Gegenteil getan: Man verdunkelte den Raum, ehe man uns empfing!«

»Aber warum das?«

»Ich kann es mir nur auf eine Art erklären: Man wollte es uns unmöglich machen, diese Mrs. Foster genauer sehen und beobachten zu können, und daraus ergibt sich als logischer Schluß, daß sie etwas zu verbergen hat!«

»Allerdings muß man dies glauben, ... aber, was kann es sein? Eitelkeit? Diese Französinnen sind meist eitel, indes war sie doch schon alt ...«

»Gerade das bezweifle ich, ebenso, daß sie Französin oder amerikanische Staatsbürgerin ist!«

56

»Wie – Sie halten sie nicht für alt? Haben Sie ihr darum Schmeicheleien gesagt?«

»Nicht darum. Sondern weil ich sie erst länger reden hören und ihr dann zu verstehen geben wollte, daß ich nicht so auf den Kopf gefallen bin, wie sie wohl annahm. Aber sie ist sehr gerieben – sie fiel keinen Augenblick aus der Rolle, was auf Übung schließen läßt. Trotzdem bin ich meiner Sache ganz sicher: Augen, Bewegungen und Stimme sind die einer jungen Person, das andere ist geschickte Theatermache, deren Zweck ich noch nicht durchschaue.«

»Und warum glauben Sie, daß sie keine Französin ist?«

»Warum glauben Sie, daß ich just den Namen ›Glasrotter‹ wählte?« fragte Silas mit feinem Lächeln dagegen.

»Nun?«

»Sie erraten es nicht? Dann will ich anders fragen: Glauben Sie, daß eine Französin gleich auf das erste mal gerade diesen Namen nachsprechen kann? Ich nicht! Sie hat es ohne Schwierigkeit mehrmals getan und sogar mit der richtigen deutschen Betonung. Und weil sie dies so leicht konnte und uns erklären ließ, daß sie nicht deutsch könne, so halte ich sie justament gerade für eine Deutsche!«

»Und warum nicht für eine Amerikanerin?«

»Ich kann es nicht genau erklären, habe es mehr im Gefühl ... Amerikanerinnen sind nicht so geschmeidig im Wesen, sondern mehr bestimmt und selbstbewußt. Indes glaube ich gern, daß sie drüben war – vielleicht sogar längere Zeit, auch die Negerin spricht dafür.«

»Schade, daß wir den Sohn nicht zu Gesicht bekamen!«

»Ich dachte mir gleich, als sie von ihm zu reden begann, daß er sich keinesfalls blicken lassen werde und sicher schwerwiegende Gründe dafür hat. Man wählt sich nicht umsonst eine so abgelegene Villa und einen Taubstummen als Diener. Natürlich sind die ›wissenschaftlichen Studien‹ nur Schwindel – die hätte der gute Mann doch auch irgendwo in Amerika betreiben können! Noch etwas fiel mir auf, und das war eigentlich ein dummer Schachzug von Mrs. Foster: Daß sie noch nie etwas von Spiritismus gehört haben wollte!«

»Das schien auch mir fast unglaublich! Heute, wo so viel darüber gesprochen und geschrieben wird, ist es ja kaum denkbar, daß ein Mensch noch nie davon gehört hätte!«

»Sicher! Eben weil sie noch nie etwas davon gehört haben will, wird sie um so vertrauter mit der Sache sein. Da sich aber Spiritisten erfahrungsgemäß auch viel mit Hypnose befassen, so wollte Frau Foster die Unwissende spielen. Gerade dadurch aber hat sie mir verraten, daß sie über den wahren Zweck unseres Besuches nicht so unorientiert ist, als sie sich stellte.«

Der Major geriet in große Erregung. »Herr Hempel ...! Wollen Sie etwa behaupten, daß meine arme Tochter in ... diesem Hause ..., daß diese Frau Foster ... oder ihr Sohn die Hand im Spiel hatten ..., als man Lydia ihres Willens beraubte und ihr Aufträge gab?«

Er konnte die Worte kaum hervorbringen vor Aufregung. Silas legte beruhigend die Hand auf seinen Arm.

»Regen Sie sich nicht auf, Herr Major! Von Behauptungen kann gar keine Rede sein, höchstens von Vermutungen oder Möglichkeiten. Da mir bei unserem Besuch in der Villa Lotos eben manches verdächtig erscheint, halte ich die Möglichkeit nicht für ausgeschlossen, daß wir tatsächlich vor die rechte Schmiede kamen.«

»Wenn Ihre Voraussetzungen stimmen ... und daran zweifle ich nicht mehr ..., dann wäre also dieser Foster der Mann, dessen Willen meine Tochter unterworfen wurde ..., der Mann, der Holzmanns Mörder ist!«

»Die Möglichkeit besteht zweifellos, ja sogar die Wahrscheinlichkeit, aber die Gewißheit müssen wir uns erst verschaffen. Möglichkeiten ohne Beweise haben keinen Wert. Ich werde morgen zuerst die von Frau Foster über sich und ihren Sohn gemachten Angaben auf ihre Richtigkeit hin prüfen und dann ...«

Er brach ab, denn der Wagen, in dem sie fuhren, verminderte plötzlich seine Schnelligkeit und fuhr ganz langsam. Der Major beugte sich aus dem offenen Wagen, um zu sehen, was es gäbe, und Silas Hempel sah an ihm vorüber gleichfalls hinaus.

Man war an einer sanften Kurve, und ein anderes Auto mit geschlossener Karosserie kam ihnen entgegen, und zwar nicht ganz in der vorgeschriebenen Fahrlinie. Das veranlaßte den Autolenker offenbar zu vorsichtigerem Tempo, da man ja nicht wissen konnte, ob der Lenker des andern Autos etwa betrunken war, da er sich nicht an die Vorschriften hielt.

»Es ist nichts,« sagte der Detektiv, »nur ein anderes Auto ...«

Im selben Augenblick fuhren beide Wagen hart aneinander vorüber. Die Scheinwerfer des offenen Autos, in dem der Major mit seinem Begleiter saß, tauchten sekundenlang die Karosserie des andern Autos in blendendes Licht, so daß man jede Einzelheit desselben haarscharf erkennen konnte.

Fast zugleich stieß der Major einen Schrei aus.

»Lydia!«

Dann rief er ohne Besinnen in den Schalltrichter nach dem Führersitz: »Wenden! Dem andern Wagen nach!«

Langsam wendete das Auto und fuhr hinter dem andern drein.

Silas hatte Lydia Holzmann ebenfalls erkannt, und auch ihm war ein Laut der Überraschung entfahren.

Jetzt sahen beide Männer einander wortlos an.

Der Major war leichenblaß, zitterte am ganzen Leib, und sein Atem ging beinahe keuchend vor Aufregung.

Dann fuhr er sich über die Stirn.

»Es war doch Lydia ...?« stammelte er angstvoll.

»Ja, sie war es ..., wenn Sie nicht wieder an eine Verwechslung glauben wollen!«

Der Major schüttelte stumm den Kopf. Hempel hatte sich bereits gefaßt.

»Herr Major,« sagte er. »Sie dürfen sich jetzt durchaus nicht zu Torheiten hinreißen lassen, sonst kann alles verdorben sein. Weder Ihre Tochter noch die in der Villa ›Lotos‹ dürfen ahnen, daß wir Frau Holzmann gefolgt sind. Und wir selbst müssen uns darauf beschränken, festzustellen, wohin sie geht.«

Der Major antwortete nicht. Silas schrie in den Schalltrichter: »Lichter aus! Dann nur so weit heranfahren, daß wir sehen, aber nicht gesehen werden können!«

Seine Befehle wurden ausgeführt. Das Auto fuhr ohne Licht, sein Tempo genau dem vorderen Wagen anpassend. Nach einer Weile verlangsamte es die Fahrt und blieb dann stehen.

Hempel und der Major konnten gerade noch deutlich den ein Stück weiter voraus stehenden Wagen erkennen. Er hielt gerade an der Stelle, wo der Zugang zur Villa Lotos abzweigte. Lydia Holzmann, die sie indes nur an den Umrissen erkannten, stieg aus und schritt dem Hauseingang zu. Sie ging langsam, zögernd und schwerfällig, als trüge sie eine Last oder kämpfte gegen einen unsichtbaren Widerstand.

»Wenden!« sprach Silas diesmal gedämpft in den Schalltrichter. »Zur Stadt zurück!«

Und er legte dabei die Hand beruhigend, aber fest auf des Majors Arm, der durchaus nicht mit dieser Anordnung einverstanden war. »Es muß sein! Es ist keine Gefahr für Ihre Tochter dabei, denn sie ist nicht zum erstenmal dort. Aber es wäre zwecklos, ihr in das Haus zu folgen, denn wir würden sie unter keinen Umständen zu Gesicht bekommen. Der Mann würde sie eher töten, als sein Spiel verraten.«

XVIII.

Schweigend fuhren sie heim. In dem Major war eine leise Hoffnung aufgekeimt: Konnte es nicht doch eine Verwechslung sein? Wenn nun Lydia daheim ruhig auf ihn warten würde?

Aber diese Hoffnung hielt nicht lange an. Als der Major, nachdem er sich von Hempel getrennt, seine Wohnung betrat, fand er im Wohnzimmer nur die Majorin, die ihn bereits voll Ungeduld erwartete, vor.

»Wo ist Lydia?« fragte er angstvoll.

»Lydia? Sie schläft wohl schon! Vor etwa anderthalb Stunden ging sie zu Bett. Das arme Kind war schrecklich erregt; du mußt nämlich wissen, daß, gleich nachdem du fortgegangen warst, ein Gerichtsbote kam, der ihr eine Vorladung für morgen neun Uhr früh zum Untersuchungsrichter brachte. Das hat sie entsetzlich aufgeregt und ...«

Der Major wartete das Ende dieser Mitteilung gar nicht ab, sondern schritt durch die dazwischenliegenden Räume geradenwegs auf die Tür zu seiner Tochter Schlafzimmer zu, wo er laut anklopfte.

Keine Antwort. Die Tür war versperrt. Auch die zweite vom Flur aus erwies sich als abgesperrt. Aber zu dieser besaß man gottlob einen zweiten Schlüssel, so daß sie bald geöffnet war.

Lydias Zimmer war leer, das Bett unberührt. Mit einem Stöhnen sank der Major auf den nächsten Stuhl und blickte verstört vor sich hin.

Es war also Wahrheit ..., alles Wahrheit, was er, seinen eigenen Augen mißtrauend, mit einem letzten Restchen von Hoffnung immer noch bezweifelt hatte ...

Aber wenn die Majorin geglaubt hatte, jetzt eine Erklärung all dieser seltsamen, unbegreiflichen Dinge zu bekommen, so sah sie sich enttäuscht.

Der Major erklärte nichts, sprach überhaupt nicht. Wortlos begab er sich nach seinem Zimmer, nachdem er eine Aufforderung seiner Frau, nun das Abendbrot einzunehmen, mit einer ungeduldig abwehrenden Bewegung zurückgewiesen hatte.

Drin hörte man ihn rastlos auf und ab gehen. Auch der armen Majorin waren Appetit und Schlaf gründlich vergangen. Still und gedrückt räumte sie den gedeckten Tisch wieder ab und setzte sich in ihren Sorgenstuhl am Fenstertritt, wo sie gewöhnt war, Kränkungen und Kümmernisse schweigend mit sich auszukämpfen.

Und sie grübelte angestrengt nach, was geschehen sein könnte, das ihren Mann so seltsam verändert hatte. Und wohin nur Lydia gegangen sein mochte, wo sie doch ausdrücklich erklärt hatte, sie fühle sich so müde und erschöpft, daß sie gleich zu Bett gehen wolle?!

Nach ungefähr zwei Stunden erschien der Major wieder im Wohnzimmer und fragte seine Frau, ob Lydia bereits da sei.

»Nein ..., oder vielmehr, ich weiß es nicht genau, denn kommen gehört habe ich sie nicht, und als ich vor einer Weile drüben war, war sie noch nicht daheim ...«

Und dann die Gelegenheit benützend, fügte sie angstvoll hinzu: »Lieber Franz, ich bin so schreck-

lich in Sorge, willst du mir nicht sagen, was all dies zu bedeuten hat?«

Und gegen ihre Erwartung fuhr der Major nicht auf, sondern nahm ganz sanft ihre Hand in die seine und antwortete mit bebender Stimme: »Noch kann ich es nicht, Alfredine. Es würde zu lange dauern, und ich bin selbst viel zu erregt, um dir alles erklären zu können. Habe also noch Geduld ..., und nun laß uns nachsehen, ob Lydia endlich da ist?«

Sie war da. Sie saß auf dem Stuhl neben ihrem Bett, noch vollständig angekleidet, bis an Hut und Mantel, die sie abgelegt hatte, und starrte erschöpft vor sich hin.

»Guten Abend, Lydia,« sagte der Major.

Da raffte sie sich auf, nicht erschreckt oder verlegen, sondern mit freundlichem Lächeln.

»Guten Abend, Papa! Wünschest du noch etwas von mir?«

»Ja, ich möchte sehen, wie es dir geht ..., und dann ..., willst du mir nicht sagen, liebe Lydia, wo du so spät noch warst? Wolltest du nicht schon vor Stunden zu Bett gehen?«

»Ja ..., allerdings ..., ich war so furchtbar müde und wollte mich gleich niederlegen.«

»Warum bist du denn noch ausgegangen?«

»Ausgegangen ...? Ich? Aber ich war doch nicht fort, Papa!« antwortete sie erstaunt.

»Du hast dich gegen sieben in dein Zimmer zurückgezogen und nun ist es 10 Uhr vorüber!«

»Wirklich, so spät schon? Da muß ich wohl vor Müdigkeit hier auf dem Stuhl eingeschlafen sein ..., wie komisch! Und geträumt muß ich auch haben ...«

»Was hast du geträumt?« fragte der Major rasch.

Lydia legte die Hand auf die Stirn, ein gequälter suchender Ausdruck trat in ihr bleiches Gesicht.

»Ich weiß es nicht mehr ..., aber geträumt ..., schwer geträumt habe ich bestimmt! Ich fühle es noch ...

»Kannst du dich gar nicht mehr besinnen?«

Der suchende Ausdruck ihres Gesichtes vertiefte sich.

»Mir ist,« sagte sie mit abwesendem Blick, »als wäre ich gefahren ... nein, geflogen ..., eine Landstraße ..., Bäume ..., das Haus ..., dunkel ...,« wieder legte sie die Hand an die Stirn, um zuletzt verzweifelt den Kopf zu schütteln. »Ich kann mich nicht besinnen ..., aber es war ein schwerer, ... schwerer ..., böser Traum ...

Im nächsten Augenblick schloß sie erschöpft die Augen und sank schwer gegen die Rücklehne des Stuhles. Ihr Atem ging tief und regelmäßig, sie war eingeschlafen.

»Kleide sie aus, wir wollen sie zu Bett bringen,« sagte der Major tonlos und trat ans Fenster. »Aber sollte sie erwachen, kein Wort, keine Frage mehr! Sie ist krank und braucht Ruhe.«

Die erschreckte Mutter wagte keine Frage mehr. Hastig befreite sie ihr Kind von den Kleidern und legte es mit Hilfe des Majors in sein Bett, Decke und Federbett sorgsam darüber legend, daß nur der Kopf frei blieb. Dann entfernten sich beide schweigend.

Aber obwohl der Major ganz darüber beruhigt war, daß Lydia heute nacht das Haus nicht mehr verlassen werde, tat er selbst doch so wenig wie seine Frau in dieser Nacht ein Auge zu.

Lydia schlief noch tief und fest, als die Majorin ihr am nächsten Morgen Punkt acht Uhr das Frühstück ans Bett brachte. Schweren Herzens weckte sie die Tochter.

»Ich würde dich so gerne noch länger schlafen gelassen haben,« sagte sie entschuldigend, »aber es ist wegen der Vorladung. Du weißt, mein Herz, daß du um neun Uhr beim Untersuchungsrichter sein mußt.«

Lydia war sogleich wach.

»Ja, ich weiß, Mama.«

Sie blickte noch eine Weile nachdenklich vor sich hin, dann stand sie auf und begann sich hastig zu waschen und anzukleiden.

Die Majorin, die im Zimmer blieb, wunderte sich, wie ruhig Lydia heute im Vergleich zu gestern war, wo sie die Vorladung in so große Erregung versetzt hatte.

»Das ist recht,« sagte sie, »daß du die Vorladung nicht tragisch nimmst, mein Kind. Schließlich ist es ja nur eine Formsache ..., man wird dich um dasselbe fragen, was man schon einmal fragte, und da du nichts weißt, ist die Sache doch einfach!«

Lydia, die sich eben sorgfältig das Haar aufgesteckt hatte und nun mit großer Behendigkeit ihr Kleid anzog, sagte darauf mit vollkommener Ruhe:

»Ja, es wird alles ganz einfach sein, denn ich weiß nun alles und auch wer Gerdy erschossen hat.«

»Lydia!« schrie der eben eintretende Major auf, und beide Eltern starrten sie fassungslos an. Dann bestürmten sie die Tochter mit Fragen.

»Du weißt es? Ja, hast du uns denn bisher nicht die Wahrheit gesagt? Wer ist es?«

Da aber legte Lydia den Finger an die Lippen.

»Still, fragt mich nicht! Ich darf es erst dem Untersuchungsrichter sagen ..., hat Gerdy befohlen.«

Alles weitere Fragen und Drängen war umsonst, denn Lydia blieb bei ihrer Erklärung.

Der Major begleitete sie in das Landgerichtsgebäude. Doch man ersuchte ihn dort höflich, aber bestimmt, im Vorraum auf seine Tochter zu warten. Beim Verhör selbst dürfe niemand dabei sein.

Resigniert setzte sich der Major auf eine der im Vorraum stehenden Holzbänke.

Von innen, aus dem Büro des Untersuchungsrichters, drang kein Laut heraus, und Viertelstunde um Viertelstunde – für den Major Ewigkeiten – verging, ohne daß Lydia wieder erschien.

Dann wurde plötzlich die Bürotür hastig geöffnet, aber nicht Lydia, sondern der Untersuchungsrichter, Dr. Wasmut, erschien im Rahmen derselben.

»Herr Major, darf ich bitten. Ihre Tochter hat einen kleinen Ohnmachtsanfall. Nach dem Arzt habe ich bereits geschickt.«

Marchstätten flog ins Büro, wo er seine Tochter ohne Bewußtsein auf einem Rohrsofa vorfand. Man hatte ihr in der Not ein paar Aktenbündel unter den Kopf geschoben, da kein Polster zur Hand war. Der Untersuchungsrichter, dem die Sache sehr peinlich war, meinte teilnahmsvoll: »Ich kann gar nicht begreifen, wie das so rasch und plötzlich kam. Frau Holzmann schien doch so vernünftig vorher! Ruhig und sicher, ohne mit einer Wimper zu zucken, machte sie ihre Aussage und hörte die Verlesung des Protokolls an. Auch unterschrieben hat sie es mit fester Hand. Dann müssen sie die Kräfte ganz jäh verlassen haben, und so schnell kam das, daß sie unfehlbar auf den Boden hingeschlagen wäre, wenn

60

ich nicht zufällig ganz nahe neben ihr gestanden hätte, so daß ich sie noch rechtzeitig auffangen konnte.«

»Ist das Ergebnis Ihrer Unterredung mit meiner Tochter Amtsgeheimnis, Herr Untersuchungsrichter, oder darf ich erfahren; was sie aussagte?« fragte der Major.

»In diesem Fall ja, denn es wird morgen ja in allen Zeitungen stehen. Frau Holzmann hat endlich die Wahrheit gesagt, sie bezeichnete Hartwig Henter als den Mörder ihres Gatten und gab zu, daß der Mord ihretwegen geschah. Die Sache hat sich ungefähr so zugetragen, wie ich ja gleich anfangs vermutete: Henter befand sich bei Frau Holzmann in deren Zimmer und machte ihr gerade eine Liebeserklärung, als Gerhard Holzmann unvermutet eintrat. Was dann zwischen den zwei Männern gesprochen wurde, darauf kann sich Frau Holzmann nicht mehr besinnen, denn naturgemäß befand sie sich damals in größter Aufregung. Daß aber beide Revolver zogen und Henter zuerst schoß, das hat sie ganz genau gesehen. Sie selbst ist übrigens nie die Geliebte des Ingenieurs Henter gewesen. Er verfolgte sie bloß beständig mit Liebesanträgen. Sie verlor dann nach dem Schuß vorübergehend das Bewußtsein und kam erst durch den Gongschlag des Hauswarts wieder zu sich. Inzwischen hatte Henter das Weite gesucht und Herr Holzmann die Komödie eingeleitet, die seine Ehre vor der Welt rein erhalten sollte.«

Der Untersuchungsrichter schwieg. Franz v. Marchstätten war bis in die Lippen hinein weiß geworden. Entsetzen lag in diesem totenbleichen Gesicht, dessen Lippen sich vergeblich bemühten, Worte zu formen.

In diesem Augenblick trat der Arzt ein und begann sich sofort mit Lydia zu beschäftigen, indem er den Amtsdiener nach Wasser schickte und den Puls der Ohnmächtigen untersuchte.

Der Major war endlich Herr seiner ungeheuren Erregung geworden und dicht an den Untersuchungsrichter herangetreten.

»Herr Untersuchungsrichter, was meine Tochter Ihnen da erzählt hat, ist von A-Z erfunden! Kein wahres Wort ist daran, ich schwöre es Ihnen! Sie war doch gar nicht dabei, als der Schuß fiel ...«

»Waren Sie selbst dabei, Herr Major, daß Sie dies so bestimmt behaupten?«

»Nein, natürlich nicht. Trotzdem weiß ich bestimmt, daß alles, was Lydia heute da vor Ihnen aussagte, Lüge ist. Keine absichtliche, denn wahrscheinlich glaubt das arme Kind ja nun selbst daran. Trotzdem ist es Lüge! Ihr eingeredet, ihr suggeriert im hypnotischen Schlaf vom Mörder selbst, um so den Verdacht von sich selbst abzulenken! O glauben Sie mir doch, Herr Untersuchungsrichter! Ich weiß es ja so bestimmt und ich werde Ihnen die Beweise schaffen.«

Lydia war erwacht, der Arzt zum Untersuchungsrichter getreten, mit dem er leise sprach.

»Was wird nun mit meiner Tochter geschehen?« fragte der Major endlich, da er seine Unruhe nicht länger bezwingen konnte.

Der Untersuchungsrichter, noch ganz unter dem befriedigenden Eindruck der Einvernahme stehend, antwortete sehr liebenswürdig:

»Herr Dr. Schwarz sagt mir soeben, daß Ihre Tochter dringend der Ruhe bedarf, denn ihr Nervensystem ist sehr angegriffen. Und da nach ihren befriedigenden Erklärungen durchaus kein Grund vorliegt, sie länger hier zurückzuhalten, so steht ihrer Entfernung nichts im Wege. In häuslicher Pflege wird sie sich hoffentlich bald ganz erholen. Dr. Schwarz rät Ihnen übrigens sehr, einen Nervenarzt zu Rate zu ziehen, und empfiehlt dazu Herrn Professor Königshofen, der ein berühmter Psychiater ist.«

So war Lydia also frei, und Marchstätten konnte sein armes Kind wieder mit sich heim nehmen.

XIX.

Um die Mittagsstunde des Tages, an dem Lydia Holzmann im Büro Dr. Wasmuts, wo sie verhört worden war, in Ohnmacht fiel, wurde der Zivilingenieur Hartwig Henter in seinem Büro als Mörder Holzmanns in Untersuchungshaft genommen.

Noch ehe die Nachricht in die Zeitungen kam, erfuhr sie Oberst v. Eltz vom Untersuchungsrichter selbst, den er zufällig traf, als dieser von seinem Büro nach dem Hotel Elefant ging, wo Dr. Wasmut gewöhnlich zu Mittag speiste.

Der Oberst war weder kleinlich noch boshaft, wie ihm unedle Regungen überhaupt fern lagen. Wenn er diesmal die eben erfahrene Nachricht trotzdem mit einer gewissen freudigen Genugtuung nach Hause trug, so war es nur, weil er eben einerseits seit langem überzeugt war, in Henter wirklich den Schuldigen zu erblicken, anderseits dieser nun durch Lydias Geständnisse bei Serena endgültig ausgespielt hatte.

Denn so zäh seine Tochter sonst auch an einmal gefaßten Überzeugungen und Entschlüssen festzuhalten pflegte, diesmal mußte es nun doch aus sein damit.

Der Mann, der ihre Freundin nach deren eigener Aussage mit Liebesanträgen verfolgt hatte, während er zugleich auch ihr Liebe heuchelte, konnte in Serenas Herzen keinen Platz mehr haben. Es würde ein bitteres Erwachen, aber darum doch ein Erwachen für immer sein.

Aber wieder einmal kam es, wie schon öfter in dieser Sache, ganz anders, als der Oberst erwartet hatte.

Denn als Serena aus seinem Munde das Geschehene erfuhr, brach sie durchaus nicht zusammen, wie der Oberst angenommen hatte.

Wohl wurde sie blaß bis in die Lippen hinein und ihre sonnigen Augen bekamen einen trüben Schein, während sie erschrocken ausrief: »Verhaftet! ... Wirklich verhaftet? Armer Hartwig, wie schwer und entsetzlich wird ihn, den Unschuldigen, das treffen!« Indes lag gerade in dem Ton, wie sie es sagte, ein so tiefer absoluter Glaube an Henters Unschuld, daß der Oberst sie ganz fassungslos anstarrte.

»Serena – ist es möglich ..., ja, hast du denn nicht verstanden, was ich dir mitteilte? Deine Freundin selbst hat doch zu Protokoll gegeben, daß Henter sie liebte, und sie war doch Zeugin der Tat!«

Seine Tochter machte eine geringschätzige Handbewegung.

»Lydias Aussage hat doch gar keine Bedeutung, Papa, denn sie ist ja leider geistig erkrankt, du weißt doch, daß ich sie eben deshalb neulich aufsuchte!«

»Ja, ich weiß und daß es auf Henters Veranlassung geschah. Er allein hat bisher diese Behauptung aufgestellt ..., aber, liebe Serena, ich weiß doch auch, daß du damals sehr beruhigt von dem Besuch bei Marchstättens heimkehrtest. Und auf meine Frage nach dem Befinden deiner Freundin sagtest du, daß sie sich offenbar schon beruhigt habe, denn du habest in ihrem Benehmen nichts Auffälliges bemerken können, obwohl sie schlecht aussehe und ernst und schweigsam geworden sei. Aber das erklärtest du selbst als natürlich nach dem, was sie durchgemacht habe!«

»Ja, so sagte ich. Aber es war ein kurzer Besuch, und natürlich vermied ich jedes tiefere Gespräch, besonders jedes Wort, das auf den Mord Bezug haben könnte. Hartwigs Name wurde ebenfalls nicht genannt. Aber ich bin nun erst recht von Hartwigs Behauptung überzeugt, die arme Lydia leide an Wahnvorstellungen. Ihre Angaben vor Gericht sind einzig und allein darauf zurückzuführen. Sei versichert, daß man das auch dort bald erkennen wird!«

»Nun, vorläufig ist man dort felsenfest von ihrer Richtigkeit überzeugt. Der Untersuchungsrichter, dem ich meine Nachrichten verdanke, sagte mir ausdrücklich, er habe gestaunt, mit welcher ruhigen Sicherheit Frau Holzmann ihre Angaben machte. ›Bewundernswert klar und bestimmt‹, sagte er.«

»Es ist ja möglich, daß Geisteskranke ihre Wahnvorstellungen als klares Bild vor sich sehen und ihre Aussagen danach den Eindruck von wirklich Erlebtem machen,« sagte Serena achselzuckend. »Ich kann das nicht beurteilen. Aber sicher werden doch auch Sachverständige zu Rate gezogen werden?«

»Gewiß. Dr. Wasmut sagte mir, daß der Gerichtsarzt Dr. Schwarz Major v. Marchstätten riet, den Professor Königshofen, der einen großen Ruf als Psychiater hat, bei Frau Holzmann, deren Nervensystem arg mitgenommen scheine, zu Rate zu ziehen. Marchstätten wird dies sicher auch tun, schon um Lydias willen, deren Zurechnungsfähigkeit wahrscheinlich von gegnerischer Seite angefochten wird. Ich wette, Henters Verteidiger wird sein Heil nur darin sehen, die Anklage durch die Behauptung von Lydias Unzurechnungsfähigkeit zu entkräften. Etwas anderes bleibt ihm ja kaum übrig, auch ist das jetzt sehr modern.«

»Es würde vor allem wahr sein, Papa!«

»Du bist verblendet, mein armes Kind, sonst würdest du die Wahrheit ganz anderswo erblicken! Sie ist so klar: Als Henter merkte, daß es ihm an den

Kragen gehen sollte, schrieb er dir von Lydias ›Geisteskrankheit‹. Dadurch wollte er von vornherein ihre Aussage entkräften; denn daß sie früher oder später doch die Wahrheit sagen würde, damit mußte er rechnen. Nun, und ...« schloß der Oberst mit Bitterkeit, »seine Absicht hat er ja auch erreicht. Alle Welt glaubt nach Frau Holzmanns Aussage fester denn je an seine Schuld, nur du allein glaubst nicht daran, weil du an die von ihm behauptete Geistesstörung glaubst!«

»Nicht darum, Papa, sondern weil ich Hartwig Henter besser kenne als andere und weiß, daß er solch einer Tat nie fähig wäre!«

»Lassen wir den Streit darüber; ich sehe schon, daß dich nur die Zeit belehren kann. Indes versprich mir wenigstens, daß du nun angesichts der gegenwärtigen Lage alles vermeiden wirst, was deinen Namen in diese häßliche Angelegenheit verwickeln könnte.«

»Wie meinst du das, Papa?«

»Nun, vor allem, daß du nicht Partei ergreifst. Leider wissen ja unsere Bekannten, daß du Henter kennst und mit Lydia befreundet warst, aber ich erwarte, daß du dies jetzt mindestens totschweigst vor den Leuten. Du weißt nichts von der ganzen Sache und darum sollst du auch zu niemand darüber sprechen, sonst könnte es noch passieren, daß du als Zeugin vorgeladen wirst. Und das möchte ich denn doch nicht erleben!«

»Diese geforderte Zurückhaltung kann ich dir nicht unbedingt versprechen, Papa. Ganz gewiß werde ich das strengste Schweigen gewöhnlichen Bekannten gegenüber beobachten; wenn ich aber Hartwig oder der armen Lydia irgendwie helfen könnte, so würde ich es sofort, ohne Bedenken und mit Freuden tun. Damit mußt du rechnen!«

»So gib jetzt wenigstens den Verkehr mit Frau Holzmann auf!«

»Unmöglich! Gerade Lydia kann eine treue Freundin in der nächsten Zeit sehr nötig haben. Ich weiß nicht, was kommt, aber ich kann kein Versprechen geben, das ich unter Umständen nicht halten würde.«

»Vernichte den Brief Henters, wenn du es nicht schon getan hast!«

»Auch das muß ich ablehnen. Der Brief enthält eine kurze, aber klare Darstellung jener Begegnung Hartwigs und Lydias, aus der Hartwig die Überzeugung gewann, daß Lydias Geist gestört ist. Auch er kann unter Umständen für die Untersuchung von Bedeutung werden, und darum werde ich ihn keinesfalls vernichten.«

»Also alles nur ihm – nichts mir zuliebe willst du tun, Serena!« entrang es sich schmerzbewegt der Brust des Vaters. »Habe ich dich denn schon ganz verloren um dieses Menschen willen?!«

Auch um Serenas Mund zuckte ein schmerzlicher Zug, als sie, die Arme um ihres Vaters Hals schlingend, ihm bewegt in die Augen sah.

»Sprich nicht so, Papa! Nie kann ein Vater sein Kind verlieren, nie ein Kind vergessen, daß das Herz des Vaters das erste und treueste war, das ihm im Leben schlug! Sieh, was jetzt zwischen uns steht wie eine Mauer, ist ja nur, daß du mich nicht verstehen willst ..., oder vielleicht nicht kannst. Daß du mir ein Glück aufnötigen willst, das mir keines ist, und zum Widersacher wirst, wo es sich um mein wahres, heißersehntes Glück handelt! Glaubst du, ich leide nicht auch schwer unter diesem Zwiespalt? Glaubst du, es sei leicht, um sein Glück kämpfen zu müssen gegen einen geliebten Vater? Glaubst du nicht, daß ich gerade jetzt diese schweren Tage tausendmal leichter tragen würde, wenn du an meiner Seite stehen würdest, mit mir fühlend, mit mir leidend, mit mir hoffend?! Wenn ich mir sagen könnte: Sobald Hartwigs Unschuld erwiesen ist, wartet das Glück auf mich, das wahre, volle Glück: zwischen den zwei Menschen leben zu dürfen, die mir die liebsten, teuersten auf Erden sind! So aber – wie dunkel liegt die Zukunft vor mir! Hartwigs Freiheit kann mir nur ein halbes Glück bringen, solange es erkauft werden muß mit Kampf, Qual und Herzweh, solange der Kampf zwischen Glück und Pflicht mir die Seele zerreißt! Es ist so hart und bitter, all diesem Schrecklichen allein gegenüberzustehen, sich jeden Tag sagen zu müssen: Wie lange noch wirst du es tragen können ...!?«

Sie vermochte nicht weiter zu sprechen, denn Tränen erstickten ihre Stimme. Es war das erste mal, daß sie in dieser Weise die Not ihres Herzens vor dem Vater enthüllte, und der Oberst fühlte sich tief erschüttert.

Denn er spürte es ja aus jedem Wort, wie sehr Serena ihn liebte und wie furchtbar sie litt unter der Erkenntnis, daß er sich gegen ihr Frauenglück, das Hartwig Henter hieß, stellte.

Und zum erstenmal tauchte ein Gedanke in ihm auf, den er bisher nie in Betracht gezogen: Kann ein Mann, der von einem so edlen, reinen, hochstehenden Wesen wie Serena so unerschütterlich und hingebend geliebt wird, – ein schlechter Mensch sein?!

War es wahre Vaterliebe, ein geliebtes Kind in Seelennot und Verzweiflung zu stürzen, nur weil man seine Gefühle für einen andern nicht begreift?

Müßte man nicht eher zu verstehen suchen? ...

Während diese Gedanken seinen Kopf durchzogen, strich seine Hand zärtlich immer wieder über Serenas Haar und die tränennassen Wangen.

»Du sprichst, als wäre ich dein Feind,« sagte er endlich sanft. »Das sollst du nicht denken, mein armes Kind! Sondern immer nur: Er ist mein bester, treuester Freund, der mich verstehen will, auch wenn er nicht immer gleich den richtigen Weg dazu findet! Willst du das immer in dir festhalten, Serena?«

»Ja, Papa.«

XX.

Silas Hempel war an diesem Tage von Pontius zu Pilatus gelaufen, um Näheres über die gegenwärtigen Bewohner der Villa Lotos zu erfahren.

Die Sache mit Alwingens stimmte. Sie waren ordnungsgemäß mit dem Reiseziel Paris abgemeldet und hatten G. Ende September verlassen. Silas sprach mit ein paar Leuten, die Alwingens kannten und auch wußten, daß sie ihre hiesige Villa an Ausländer vermietet hatten, ehe sie zu Verwandten nach Frankreich gingen.

Sie hatten die Dienerschaft entlassen, den Hauswart und seine Frau aber, die schon lange in ihren Diensten standen, als Aufsicht in der Villa belassen wollen. Indes ließ sich dies nicht machen, denn der Amerikaner, der bereit war, den ziemlich hohen Mietzins zu bezahlen, erklärte, er miete die Villa nur

dann, wenn sie vollständig leerstehe, d. h. niemand mehr darin wohne.

Auf diesem Punkt beharrte er. Erstens miete er die Villa nur, um bei völlig ungestörter Ruhe seinen Studien obliegen zu können, zweitens sei seine Mutter leidend und bedürfe gleichfalls absoluter Ruhe, und endlich fürchte er, falls der Hauswart und seine Frau dort wohnen blieben, Streitigkeiten mit seinem eigenen Personal.

So gaben Alwingens nach und quartierten den Hauswart und seine Frau für die Dauer ihrer Abwesenheit bei Verwandten auf dem Lande ein. Dorthin kam auch der Hund Rex, den sie besaßen.

Hempel stellte fest, daß die Villa auf den Namen Frau Aline Foster gemietet worden war. Sie und ihr Sohn waren beim nächsten Gemeindeamt ordnungsgemäß gemeldet, ebenso die Negerin Sally Lawrence.

In den der Villa Lotos gegenüber am Waldsaum gelegenen Villen erfuhr Silas, daß die neuen Bewohner äußerst zurückgezogen lebten, nirgends Besuch gemacht hatten und, soviel man bemerken konnte, auch keinerlei Verkehr unterhielten. Die alte Frau Foster hatte noch niemand außerhalb des Hauses gesehen. Manchmal an schönen Tagen sah man sie auf der Glasveranda, die sich an der Seitenfront des Hauses befand, sitzen. Der Sohn ging nur abends aus. Entweder nach dem Wald, der unweit des Hauses begann und sich stundenweit in die Berge hineinzog, oder nach der entgegengesetzten Seite, wo längs des Flusses eine Straße lief, die mehrere Ortschaften verband.

Nach der Stadt zu hatte ihn noch nie jemand gehen sehen. Auch schien ihn merkwürdigerweise noch niemand so recht in der Nähe gesehen zu haben, denn die Beschreibungen seiner Person lauteten sehr verschieden. Die einen schilderten ihn als schwarz, glattrasiert und elegant, die andern versicherten, er trage Schnurr- und Backenbart, sei dunkelblond und sehe ziemlich gewöhnlich aus. Einig war man nur darin, daß der »amerikanische Doktor« eher groß als klein sei und immer große, runde, in Schildkröt gefaßte Augengläser trage.

Es gab nur zwei Dienstboten: Sally, die Negerin, und den taubstummen Knecht Jakob, den sich der Doktor direkt aus dem Taubstummeninstitut geholt hatte.

64

Auch diese beiden verließen das Haus nur selten. Jakob nur ab und zu am Sonntag, um ein paar Stunden in einem der umliegenden Wirtshäuser zu verbringen, Sally nur, wenn sie besondere Dinge, wie Wein, Früchte oder Delikatessen aus der Stadt einzuholen hatte.

Für gewöhnlich wurde alles ins Haus gebracht oder vielmehr meist nur bis an dasselbe. Denn frühmorgens schon sah man die Negerin wartend am Tore stehen, um die Milchfrau, den Bäckerburschen und den Fleischer zu erwarten, die aus der nächsten Ortschaft, Judendorf, kamen. Die Milchfrau brachte in ihrem Wägelein dann auch allwöchentlich ein Paket Waren vom Judendorfer Kaufmann. Selten, daß Sally nicht schon wartete, um den Leuten alles gleich vor dem Hause abzunehmen und zu bezahlen. Denn bezahlt wurde immer gleich alles bar und ohne zu feilschen.

Etwas irgendwie Auffallendes oder Verdächtiges hatte man nie bemerkt, außer eben die ungewöhnliche Zurückgezogenheit der Leute. Denn auch Sally sprach nie ein Wort mehr als nötig war mit den Lieferanten. Die bekannte Schwatzhaftigkeit ihrer Rasse schien ihr völlig zu fehlen.

In der letzten Zeit hatte man wohl ab und zu gegen Abend eine Dame per Auto kommen und ins Haus gehen sehen, aber man achtete nicht weiter auf sie, weil Sally einmal gegen die Milchfrau erwähnt hatte, daß es eine Landsmännin ihrer Herrin sei, die zuweilen auf ein paar Plauderstunden käme.

Und Sally hatte es nur erwähnt, weil die Milchfrau, als sie einmal mit ihrem Wägelein besonders spät aus der Stadt zurückgekehrt war, die Dame gerade beim Aussteigen gesehen und Sally das am nächsten Morgen erzählt hatte.

Silas Hempel erfuhr all dies an Ort und Stelle in unauffälligem Geplauder mit den Leuten der umliegenden Villen, die er unter der harmlosen Maske eines Hausierers aufsuchte.

In seiner wahren Gestalt, aber unter dem Namen Glasrotter ging er dann am frühen Nachmittag in die Villa Lotos selbst.

Er wollte Dr. Foster durchaus selbst sehen. Als Vorwand gab er an, Dr. Foster doch noch persönlich nach der Villa fragen zu wollen, wo dieser nachts öfter so lange Licht gesehen habe.

Aber er kam gar nicht dazu, diese Absicht Sally, die ihm öffnete, auseinanderzusetzen. Denn sie erklärte sogleich, als er bat, Dr. Foster gemeldet zu werden, daß Mr. Charlie leider verreist sei. Gestern abend habe er ein Telegramm aus Wien erhalten, da durchreisende Landsleute, die in New York viel mit ihm verkehrten und große Stücke auf ihn hielten, in einer wichtigen Angelegenheit dringend seinen Rat erbaten. So sei er heute früh mit dem ersten Zug nach Wien gereist.

Aus eigenen Stücken fügte sie dann noch in ihrem verworrenen Deutsch hinzu, daß Mr. Charlie »so viel bös sein gewest über der Telegramm, weil er haben so wichtige Sachen zu studieren hier, aber es sein doch nix anders gegangen, als zu fahren, wenn so alte Freunde ihn durchaus haben gewollt zu Besprechung!«

Silas hörte scheinbar interessiert zu. Als Sally endlich schwieg, frug er plötzlich: »Wo haben Sie eigentlich deutsch sprechen gelernt, Sally?«

Eine Sekunde lang starrte sie ihn verblüfft an, dann aber antwortete sie zungenfertig: »O, ich haben schon deutsch gelernt in meine Heimat, in St. Louis, wo ich sein gedient bei Deutsche. Dann ich waren doch mit Missis in Wien bei Massa Charlie viel lange Zeit, dort ich haben ganz gelernt der deutsche Sprache.«

»Wo haben Sie denn in Wien gewohnt?«

Die Frage kam so rasch, daß Sally keine Zeit zur Überlegung blieb und es ihr unwillkürlich entfuhr: »In Schönbrunnerstraß ..., aber Nummer ich nix mehr wissen,« setzte sie dann ärgerlich hinzu.

Silas stellte keine Frage mehr, sondern verabschiedete sich nun mit ein paar nichtssagenden Worten.

Er hatte es im Grunde gar nicht anders erwartet, als daß Dr. Foster »verreist« sein werde, wenn man nach ihm fragte. War er der Mörder, und davon wurde der Detektiv immer überzeugter, so konnte er kaum anders handeln. Man besaß – wenn er sich hier vor den Nachbarn auch offenbar mit Hilfe von falschen Bärten und Perücken stets in wechselnder Gestalt zeigte – doch immerhin seine Personenbeschreibung durch Holzmann. Der gestrige Besuch mußte unbedingt seinen Verdacht erweckt haben, denn der Name des Majors mußte ihm doch durch Lydia als der ihres Vaters bekannt sein.

Daraus konnte er sich an den Fingern herzählen, daß dieser Besuch in Wahrheit den Nachforschungen nach Lydia galt. Alles andere ergab sich von selbst. Man segelte unter falscher Flagge, als man das Märchen von Herrn Glasrotters geistesgestörter Verwandten erzählte – man wollte also nicht erkannt sein. Man forschte just in der Villa Lotos nach ihr, also wußte oder ahnte man bereits etwas von ihren Beziehungen zu ihr.

Das mußte Foster stutzig machen und zu doppelter Vorsicht veranlassen. Er vermied also noch mehr als bisher, sich sehen oder sprechen zu lassen. Dazu war eine Reise der beste Vorwand ..., ob sie nun wirklich angetreten oder nur vorgetäuscht war.

Silas begriff, daß es ein großer Fehler gewesen war, den Major unter seinem wahren Namen auftreten zu lassen, er hätte sich prügeln mögen, daß er dies getan und sogar Marchstättens Karte gleichsam als Warnsignal zurückgelassen hatte.

Freilich – man ahnte gestern, als man zur Villa Lotos hinausfuhr, ja auch noch nicht von ferne, daß man mitten in die Höhle des Löwen hineinplatzen würde. Man wollte doch nur zu Alwingens, um Auskünfte zu erhalten, Anhaltspunkte zu suchen.

Nun hatte man als einziges Ergebnis die Schönbrunnerstraße!

Natürlich mußte man nun sofort die Wiener Polizeibehörde in Bewegung setzen, um zu erfahren, ob Fosters wirklich längere Zeit dort gewohnt und gemeldet worden waren.

Als Silas die ersten Häuser der Stadt erreichte, sah er einen Jungen, der laut schreiend Extrablätter ausrief. Und bald verstand er auch die Worte:

»Extrablatt! Sonderausgabe! Der Mord an Gerhard Holzmann aufgeklärt! Frau Holzmanns Geständnis! Die Verhaftung des Mörders, Hartwig Henter!«

Silas blieb einen Augenblick wie angewurzelt stehen und griff sich an den Kopf, als traue er seinen Ohren nicht.

War denn das möglich?

Dann kaufte er ein Exemplar der Sonderausgabe ... und las ...

Und griff sich wieder an den Kopf.

Aber schon nach wenigen Minuten wurde er ganz ruhig, lächelte fast.

Hatte er sich wirklich verwundert? War nicht gerade das zu erwarten gewesen und ein neuer Beweis, daß er selbst sich auf der richtigen Fährte befand?

Denn was anderes war denn dies falsche Geständnis Lydia Holzmanns als die Folge von ihres Vaters und Hempels Besuch gestern abend in der geheimnisvollen Villa Lotos?

Ganz gewiß war es so!

Der Mörder hatte daraus begriffen; das; sich ein unbestimmter Verdacht nach der Villa Lotos lenkte, daß Fäden des Argwohns sie und die darin Wohnenden zu umspinnen drohten. Noch konnte es nur ein Verdacht sein – indes erforderte es seine eigene Sicherheit, daß er sofort im Keim erstickt wurde.

Wie konnte dies besser, sicherer geschehen, als indem man diesen Verdacht einfach auf einen andern lenkte – auf den, dessen Namen seit Wochen ohnehin schon leise und laut als der des Mörders genannt wurde?

Der Erfolg konnte nicht ausbleiben, wenn die Witwe des Ermordeten selbst es war, die gegen den Mörder zeugte und ihn als solchen bezeichnete. Und wenn die Behörde erst überzeugt war, den Mörder hinter Schloß und Riegel zu haben, würde es niemand einfallen, weiter um die Villa Lotos herumzuspionieren.

»Niemand? Doch! Mir! Jetzt erst recht!« murmelte Silas mit grimmigem Lächeln vor sich hin. »Und das ist der einzige falsche Schluß gewesen von seiten Fosters!«

Alles andere ließ sich so einfach machen. Der Mörder brauchte gar nicht zu warten, bis er seinen neuen Plan zur Ausführung bringen konnte. Lydia kam – von selbst oder schon früher aus irgendwelchen Gründen hinbestellt – fast unmittelbar nachdem der Plan gefaßt worden war. Vielleicht war ihr überhaupt befohlen worden, im Falle einer erhaltenen Vorladung zu kommen – kurz, sie kam. Durch ihre Veranlagung dem Willen des Mörders widerstandslos unterworfen, konnte es diesem nicht schwer fallen, ihr Wort für Wort einzuprägen, was sie am nächsten Tag vor dem Richter zu sagen habe.

66

Vielleicht kleidete er das Bild der Mordszene, wie er es ihr suggerieren wollte, in das Gewand einer Mitteilung ihres verstorbenen Mannes ... Das ihr damals Henter gegenüber widerwillig entschlüpfte Wort: ›Gerdy wird mir sagen, wer sein Mörder ist ...,‹ ließ auf Vorarbeit in diesem Sinne schließen.

Daß alles nach Wunsch gelang, bewies Lydias Aussage vor dem Richter.

Während sich vor Hempels innerem Auge diese Bilder aneinanderreihten, schritt er blicklos für seine Umgebung durch die Straßen der Polizeidirektion zu und erwachte erst wieder für die Wirklichkeit, als er die Türe zu Kommissar Heidingers Büro öffnete.

Heidinger empfing ihn mit einem Achselzucken.

»Es ist wirklich nicht meine Schuld, Herr Hempel, daß man Henter verhaftet hat. Aber allerdings, angesichts der nun zu Tage getretenen Tatsachen ...«

»Glauben Sie nun, daß wir auf dem Holzweg waren und Dr. Wasmut einen glänzenden Sieg errungen hat!« ergänzte Hempel spöttisch.

»Es sieht wenigstens ganz so aus! Oder sind Sie anderer Meinung? Haben Sie etwas Neues herausgebracht?«

»Hm, nicht viel. Trotzdem sage ich Ihnen, es ist nicht alles Gold, was so aussieht. Die Geständnisse Frau Holzmanns sind nur ein Beweis für ... den Holzweg. Aber Sie wissen sicher, daß in alten Märchen, wenn man das Ziel erreichen will, der fahrende Königssohn die goldene Straße meiden und den armseligen Holzweg einschlagen muß.«

Und dann berichtete Hempel trocken, welche Überraschung er und der Major gestern in der Villa Lotos erlebt hatten und was er heute über deren Bewohner ermitteln konnte. Ein paar anschließende Worte vermittelten die Zusammenhänge zwischen diesen Feststellungen und den Ereignissen im Untersuchungsgericht. Der Kommissar blickte nachdenklich vor sich hin. Endlich sagte er: »Es ist viel, wenn Ihre Schlüsse richtig sind, aber es ist nichts, wenn diese nicht stimmen. Was werden Sie nun weiter tun?«

»Ich weiß es noch nicht. Vor allem bin ich gekommen, Sie um einen Haftbefehl gegen Dr. Charles Foster zu ersuchen. Ich gedenke davon natürlich vorläufig keinen Gebrauch zu machen, aber

man weiß nicht, was geschieht, und so wäre es mir eine Beruhigung, das Ding in der Tasche zu haben.«

»Sie sollen ihn haben!« nickte Heidinger und füllte schweigend ein Formular aus, das er dem Detektiv übergab.

XXI.

Tage vergingen, ohne daß sich nach irgendeiner Richtung etwas Neues ereignet hätte.

Die Anfrage in Wien, Fosters dortigen Aufenthalt betreffend, war, wie Hempel fast erwartet hatte, ergebnislos geblieben.

In der ganzen Schönbrunnerstraße, ja in Wien und den Vororten überhaupt, war niemand dieses Namens gemeldet gewesen.

Sally war also wohl deshalb ärgerlich gewesen, daß ihr dieses Wort entschlüpft war, weil sich dadurch nun nachweisen ließ, daß ihre Herrschaft überhaupt nicht in Wien gewohnt hatte.

Oder hatten sie dort unter anderem Namen gelebt?

Daß »Foster« überhaupt nur ein angenommener Name war, davon glaubte Hempel überzeugt sein zu können.

Wie wäre es möglich, den wahren zu erfahren und das Vorleben des Amerikaners zu erforschen?

Tag und Nacht zerbrach sich Silas den Kopf darüber, aber die Sache schien bei dem Fehlen jedes bestimmten Anhaltspunktes beinahe aussichtslos. Nur um die Hände nicht ganz in den Schoß legen zu müssen, schrieb Hempel an das Pinkerton-Institut nach New York. Er gab eine möglichst deutliche Beschreibung des Mörders, wie er ihn in jener Nacht hinter der Holzmannschen Villa gesehen hatte, erwähnte, daß er hier unter dem Namen Charles Foster mit einer Frau lebe, die er für seine Mutter ausgebe, und wahrscheinlich Ende Sommers aus Amerika herübergekommen sei. Eine Negerin namens Sally befinde sich als Dienerin in ihrer Begleitung. Silas sagte sich natürlich, daß es nahezu unmöglich war, nach solch dürftigen Angaben einen Menschen auszuforschen. Trotzdem sandte er den Brief ab in der Hoffnung, ein glücklicher Zufall könne vielleicht doch zu einem Anhaltspunkt führen.

Fast täglich mit Einbruch der Dämmerung und oft bis tief in die Nacht hinein umkreiste er die Villa Lotos, auch da auf einen Zufall hoffend, der ihn mit Foster zusammenführen oder etwas Bemerkenswertes erspähen lassen würde.

Aber es gab nichts zu erspähen, und Dr. Foster selbst war wie vom Erdboden verschwunden. War er wirklich verreist? Silas glaubte es endlich, denn sonst hätte er ihn wohl einmal sehen müssen.

Auch im Untersuchungsgericht wollte es nicht recht vorwärts gehen. Trotz aller Mühe gelang es Dr. Wasmut nicht, Hartwig Henter zu einem Eingeständnis der Tat zu bringen oder ihn sonst irgendwie zu überführen.

Hartwig blieb dabei, er wisse nichts von dem Mord und sei daran in keiner Weise beteiligt. So oft man ihm Lydias Geständnis vorhielt, zuckte er die Achseln und erklärte, es seien Wahnvorstellungen eines zerrütteten Nervensystems.

Ein Alibi für die Zeit der Tat konnte er nicht erbringen. Er sagte, daß er an jenem Abend mit Holzmanns zusammen bei einer Zigeunermusik in der Weinstube Ratkolb gewesen, aber früher als sie fortgegangen sei. Dann wollte er lange Zeit mit seinen Gedanken beschäftigt durch die Straßen der Stadt geschlendert und erst gegen drei Uhr in seine Wohnung heimgekehrt sein. Gerade in dem Augenblick, wo dort das Telephon erklang, durch das ihn dann Paul, Holzmanns Diener, von dem Unglück verständigte. Aber er vermochte keine einzige Person anzuführen, die ihm während seiner mehr als zweistündigen Wanderung begegnet wäre. Dies fand der Untersuchungsrichter für sehr unwahrscheinlich und darum verdächtig.

Frau Holzmann versicherte er seit dem Tode ihres Mannes nur ein einzigesmal, und zwar völlig unerwartet nachts auf der Landstraße, gesehen zu haben.

Als man ihm die durch einen Detektiv beobachtete Zusammenkunft im Ybbenburger Park vorhielt, erklärte er, daß die Dame durchaus nicht Frau Holzmann gewesen sei, er aber im übrigen jede weitere Auskunft darüber verweigere.

Wasmut ließ es sich nicht nehmen, darin eine bewußte Lüge zu erblicken, denn er selbst war felsenfest davon überzeugt, daß es nur Frau Holzmann gewesen sein konnte. Denn obwohl er sich alle Mühe gegeben hatte, so war es doch nicht möglich gewesen, Henter andere Liebesbeziehungen nachzuweisen.

Gerade jene Zusammenkunft im Ybbenburgerpark aber war ein unumstößlicher Beweis für sein Liebesverhältnis zu Lydia Holzmann, wenn er es auch noch so sehr leugnete.

Das Leugnen bewies nur Henters hinterhältigen Charakter.

Zu Lydia konnte in dieser Zeit niemand vordringen. Seit ihrer Einvernahme durch den Untersuchungsrichter lag sie krank darnieder in einem seltsamen Zustand von Apathie, der nur zuweilen ohne ersichtliche Ursache von plötzlichen Aufregungszuständen unterbrochen wurde.

Dann bekamen ihre Augen einen unruhigen Glanz, ihre bleichen Wangen röteten sich fieberhaft und eine trügerische Kraft ließ sie das Ruhebett verlassen, um rastlos im Zimmer auf und ab zu wandern wie ein gefangenes Tier im Käfig. In solchen Stunden war sie völlig unzugänglich, beantwortete keine an sie gerichtete Frage und schien die Gegenwart anderer gar nicht zu bemerken. Plötzlich, wie er gekommen, verschwand dieser Zustand dann wieder. Lydia sank erschöpft auf das Ruhebett, ihre Augen waren nun wieder matt und glanzlos, ihre Wangen blaß, und eine ungeheure Schwäche beherrschte sie ganz.

Professor Königshofen hatte auf Wunsch des Majors gleich in den ersten Tagen nach dem Verhör Lydia Holzmanns Behandlung übernommen.

Er war ein noch junger Mann ungefähr in der Mitte der Dreißig, der erst vor kurzem als ordentlicher Professor an die G...er Nervenklinik berufen worden war. Sein Spezialfach war Psychiatrie, und er arbeitete darin nach modern psychopathischer Methode. Sein Ruf war bereits ein glänzender, und alle Welt prophezeite ihm eine ruhmreiche Zukunft. Lydias Fall hatte ihn gleich vom Anfang an interessiert, weil er völlig aus dem Rahmen bekannter Schablonen herausfiel und sich eigentlich nirgends einreihen ließ.

Kurz nachdem er die Behandlung übernommen, war eines Tages nach Professor Königshofens

68

Sprechstunde Silas Hempel bei ihm erschienen und hatte um eine private Unterredung ersucht.

Er wolle unter Berufung auf die absolute Schweigepflicht des Arztes dem Herrn Professor einige Mitteilungen in bezug auf den Fall Lydia Holzmann machen. Die Sache würde vielleicht einerseits dem Arzt die Behandlung erleichtern, indem sie ihn manches von einem andern Gesichtspunkt aus sehen ließe, anderseits läge ihm, dem Kriminalbeamten, sehr viel daran, die Ansicht eines gewiegten Psychiaters darüber kennenzulernen.

Die Unterredung zwischen Hempel und dem Professor dauerte fast zwei Stunden. Sie schloß mit der Frage des Detektivs: »Sie halten also meine Annahme für kein Hirngespinst, Herr Professor, sondern für eine mögliche Sache?«

Worauf Königshofen ohne Zögern antwortete: »Unbedingt! Sie bildet für mich sogar das fehlende Glied in einer Kette von Beobachtungen, nach dem ich vom ersten Moment an – aber bisher vergeblich – suchte. Vieles wird mir jetzt nach Ihren Mitteilungen erst erklärlich, und ich hoffe nun durch eine anders eingestellte Behandlungsweise auch bessere Erfolge erzielen zu können als bisher.«

Von diesem Tage an gewann Professor Königshofen neben dem wissenschaftlichen Interesse an dem Fall auch ein rein menschliches.

Lydias durch Schwäche und Hilflosigkeit doppelt rührende Schönheit und die tiefe Trauer der Eltern über den Zustand ihres einzigen Kindes hatten gleich anfangs tiefen Eindruck auf ihn gemacht.

Jetzt erwachte der leidenschaftliche Wunsch in ihm, dieses schöne junge Geschöpf der dunklen Macht, der es verfallen schien, um jeden Preis zu entreißen und es dem Leben wiederzugeben.

Alles, alles, sein ganzes Wissen, seine ganze Kraft wollte er daran setzen, dies Ziel zu erreichen! —

Serena von Eltz hatte seit der Unterredung mit ihrem Vater, die beide gleich stark und tief erschütterte, mehrmals versucht, Lydia zu sehen. Aber immer wurde sie schon an der Türe von dem Stubenmädchen mit dem Bescheid abgespeist: Die Herrschaften empfingen niemand, seit Frau Holzmann erkrankt sei und der behandelnde Professor absolute Ruhe verordnet habe.

Indes ließ sich Serena dadurch nicht abschrecken. Immer wieder kam sie in Abständen von ein paar Tagen, um sich nach dem Befinden der Freundin zu erkundigen. Und jedesmal brachte sie frische Blumen mit, die man der Kranken ins Zimmer stellen solle.

Das rührte die Eltern tief, um so mehr, als sie wußten, daß Serena früher Hartwig Henter geliebt hatte, der nun seine Verhaftung doch nur Lydia zu verdanken hatte.

Und sie fanden es groß und edel von Serena, daß sie nun als einzige von allen früheren Freunden so treu zu Lydia stand, selbst wenn ihre Liebe zu Henter sich inzwischen verflüchtigt hätte, wie sie annahmen.

So gab der Major eines Tages Auftrag, wenn Fräulein v. Eltz wiederkäme, sie zu ihm in sein Arbeitszimmer zu führen.

Dies war schon zwei Tage später der Fall. In dieser Unterredung erfuhr Serena zum erstenmal alle Begleitumstände von Lydias Aussage und auch, daß die Eltern selbst an diese Aussage nicht glaubten. Sie erfuhr auch Näheres über Hartwigs Verhaftung, seine Lage und die Indizienbeweise, die man gegen ihn geltend machte.

Serena geriet darüber in große Aufregung, gestand ganz unumwunden ein, daß sie von Hartwigs Unschuld überzeugt sei und ihn mehr als je zuvor liebe. Schließlich erklärte sie, man könne Hartwig doch unmöglich länger schutzlos einem so gräßlichen Verdacht ausgesetzt lassen, irgendetwas müsse geschehen.

»Hat er denn wenigstens schon einen Verteidiger?« fragte sie erregt.

Der Major mußte verneinen.

»Gut,« sagte Serena, »dann werde ich dafür sorgen, daß der beste Rechtsanwalt, den wir in G. haben, seine Verteidigung übernimmt. Ich glaube, das ist Dr. Mahlus?«

»Ja. Er gilt als unser geschicktester Verteidiger.«

»Ich werde morgen selbst zu ihm gehen – er ist ja persönlich seit Jahren mit uns befreundet und wird meine Bitte gewiß nicht abschlagen. Aber auch sonst noch muß etwas geschehen, das mir sehr wichtig erscheint, und dabei hoffe ich, daß Sie mir raten werden, Herr Major.«

»Wenn ich es vermag, von ganzem Herzen gern. Was, meinen Sie, müßte noch für Herrn Henter geschehen?«

»Man müßte jemand finden, der unabhängig von der Behörde nach dem wahren Täter sucht. Nur so, meine ich, wenn der wirkliche Mörder gefunden ist, würde Hartwigs Unschuld bewiesen sein. Die Behörden werden nun, da sie den Schuldigen bereits gefunden zu haben glauben, sicher nicht mehr nach anderen Spuren suchen, und doch scheint mir gerade das so notwendig. Denken Sie nach, Herr Major, und raten Sie mir, wo ich solch einen Menschen finden kann.«

Major von Marchstätten blickte stumm vor sich hin. Er hatte bisher alles vermieden, was auf Silas Hempels Nachforschungen hätte hindeuten können, denn der Detektiv hatte ihm strengstes Stillschweigen gegen jedermann darüber zur Pflicht gemacht. Wohl kannte er Serena von Eltz als ernst und verschwiegen, dennoch hielt er sich nicht für berechtigt, zu ihr von Hempel und seinen Annahmen zu sprechen.

Serena verstand sein Schweigen als Ablehnung. »Sie kennen also keinen solchen Menschen, Herr Major?« fragte sie enttäuscht.

Da antwortete er, zu einem Entschluß kommend, langsam: »Doch, ich kenne einen solchen Mann, liebe Serena, und weiß auch, daß er trotz Henters Verhaftung und trotz der Aussage meiner Tochter fest an dessen Unschuld glaubt.«

»O, so nennen Sie mir doch diesen Mann, damit ich zu ihm gehen und ihn beschwören kann, seinen Glauben in Taten zu verwandeln!«

»Dazu bin ich aus Gründen, die ich nicht näher erklären kann, nicht berechtigt. Aber ich bin ganz bereit, ihn von Ihren Wünschen in Kenntnis zu setzen und, wenn er darein willigt, ihn persönlich mit Ihnen bekannt zu machen.«

»Wann werden Sie mit ihm sprechen?«

»Heute noch, wenn Sie es wünschen.«

»Ja, bitte, tun Sie es! Darf ich mir morgen Antwort holen?«

»Gewiß, und hoffentlich kann ich Ihnen dann eine recht gute mitteilen!«

Der Major hoffte im stillen, daß Silas Hempel, wenn er ihm von Serenas Beziehungen zu Hartwig erzählen und ihm den Charakter dieses Mädchens schildern würde, einwilligen werde, ihre Bekanntschaft zu machen, und sie dann selbst in seine Bemühungen, die Wahrheit zu ermitteln, einweihen würde.

Aber Silas, der übler Laune war, weil nichts vorwärts ging, wie er wollte, schlug alles rundweg ab. Er hielt nicht viel von jungen Mädchen, wenn es sich darum handelte, Geheimnisse zu bewahren, sagte er. Vollends nicht, wenn sie in glänzenden Verhältnissen lebten und einzige Töchter seien, was fast immer mit Verwöhntheit und Oberflächlichkeit Hand in Hand ginge ...

»In unserm Fall aber ist gerade jetzt größte Verschwiegenheit Bedingung des Gelingens,« schloß er. »Henters Verhaftung hat das Gute für uns, daß sich der Mörder nun wieder sicher fühlt. Darin muß er erhalten werden.«

»Aber Fräulein v. Eltz würde gewiß schweigen, wenn ...«

»Bah, ich halte nichts von der Schweigsamkeit der Weiber, und wenn sie schon den Mund halten, so haben sie doch selten Gewalt über ihre Mienen. Ein einziger unbewachter Blick aber könnte unter Umständen schon Unheil stiften! Nein, nein, lassen wir lieber alles, wie es ist!« sagte Hempel mürrisch.

Damit war die Angelegenheit erledigt, und der Major konnte Serena am nächsten Tage nur einen abschlägigen Bescheid geben. Sie nahm es tapfer hin, wie alles, was das Leben ihr brachte.

XXII.

Oberst von Eltz saß in seinem Arbeitszimmer am Fenster und las wie jeden Morgen um diese Stunde die Morgenzeitung.

Das heißt, er hielt sie in der Hand und warf ab und zu einen zerstreuten Blick darauf. In Wahrheit waren seine Gedanken mit ganz anderen Dingen beschäftigt als mit Politik oder den Neuigkeiten des Tages.

Die letzte Aussprache mit Serena hatte einen tiefen Eindruck in ihm hinterlassen, und jedesmal, wenn er seitdem in ihr stilles bleiches Gesichtchen blickte, das so deutlich den Ausdruck trauriger Ergebenheit trug, erfaßte ihn dieselbe heimliche Unruhe, wie damals am Schluß jener Unterredung.

Stand er nicht im Begriff, sie zu verlieren, wenn er seinen eingeschlagenen Weg weiterging? Hatte er sie nicht schon zum Teil verloren, und zwar seit langem schon?

Es hatte eine Zeit gegeben, da sie alles, was sie bewegte, mit ihm zuerst besprach, wo ihre Seele vor ihm lag wie ein aufgeschlagenes Buch.

Jetzt war es zugeschlagen. Ihre Liebe, ihr Leid, ihre Sorgen – sie sprach nie darüber, machte alles still mit sich selber aus.

Sein Herz litt unsagbar darunter, viel mehr als er je für möglich gehalten hätte.

Er war ehrlich genug, sich einzugestehen: Ich selbst bin schuld daran! Alles wäre heute anders, hätte ich von Anfang an mein Herz allein zu Worte kommen lassen, anstatt des Verstandes!

Aber diese Erkenntnis in Worte zu kleiden, einzugestehen: Ich war im Unrecht und möchte heute gutmachen – das lag nicht in der Natur des Obersten ...

In diesen Gedanken wurde Herr v. Eltz gestört durch den Eintritt seiner Tochter.

Serena war zum Ausgehen angekleidet, und in ihren Zügen lag ein seltsames Gemisch von schmerzlichem Bangen und fester Entschlossenheit.

»Papa,« sagte sie, »hättest du ein paar Minuten Zeit für mich? Ich möchte dir etwas sagen.«

Der Oberst war aufgestanden und seiner Tochter entgegengegangen. Jetzt führte er sie an den Kamin, wo zwei Klubstühle standen.

»Welche Frage, mein Kind! Als ob ich für dich nicht immer Zeit hätte! Nimm Platz und sprich! Kann ich dir einen Wunsch erfüllen?«

»Nein, es handelt sich nur um eine Sache, die ich dir mitteilen möchte, ehe ich an ihre Ausführung gehe. Du wirst dich erinnern, daß ich seinerzeit zuerst durch dich erfuhr, welch schwerer Verdacht auf Hartwig Henter ruht und daß man von seiten der Behörde die Absicht habe, ihn beobachten zu lassen.«

Auf der Stirn des Obersten waren ein paar Falten erschienen, doch sagte er nichts als: »Ja. Ich hatte es vom Untersuchungsrichter Dr. Wasmut erfahren.«

»Und damals«, fuhr Serena mit gesenktem Blick fort, »packte mich eine namenlose Angst, wie Hartwigs Stolz diesen Verdacht und die sich daran knüpfenden Maßnahmen ertragen werde. Wir hatten einander seit zwei Jahren weder gesehen noch geschrieben, er konnte also nicht wissen, wie ich selbst mich zu diesem Verdacht stellen werde ..., möglicherweise konnte er glauben, meine Liebe sei irgendwie dadurch berührt worden ..., kurz, ich schrieb ihm damals, daß ich ihn unbedingt sprechen müsse, und bestellte ihn für denselben Abend in den Ybbenburger Park ...«

»Serena! Das hast du getan? Und ... hinter meinem Rücken?!« rief der Oberst schmerzlich betroffen.

»Ich konnte nicht anders, Papa! Hätte ich es dir vorher gesagt, würdest du es gewiß mit allen Mitteln verhindert haben. Und doch mußte ich mich mit Hartwig aussprechen ..., mußte ihm sagen, was sich drohend gegen ihn zusammenbraute, ehe er es von andern erfuhr. Wenn er mich auf seiner Seite wußte, würde er es leichter ertragen, dachte ich. So war es auch. Aber glaube nicht, daß es mir leicht wurde, etwas hinter deinem Rücken zu tun! Es war mir furchtbar schwer und ich könnte und möchte es kein zweites mal tun, darum kam ich heute zu dir.«

»Was willst du tun?« fragte der Oberst tonlos.

»Meine Pflicht. Jene Zusammenkunft im Ybbenburger Park wurde beobachtet, nur daß man mich dabei nicht erkannte, sondern glaubte, Hartwig habe ein Stelldichein mit Lydia Holzmann. Man erblickt nun darin einen Beweis, daß er tatsächlich ein Verhältnis mit Lydia gehabt habe, um so mehr, als Hartwig jede Auskunft über die Dame, in deren Gesellschaft er sich damals befand, verweigert. Natürlich schweigt er nur aus Rücksicht auf mich und ahnt wohl nicht, wie sehr er durch dies Schweigen den auf ihm ruhenden Verdacht verstärkt. Ich habe dies alles gestern erst von Major v. Marchstätten erfahren, und natürlich ist es nun meine Pflicht, dem Untersuchungsrichter die volle Wahrheit zu sagen. Ich stehe im Begriff, dies jetzt zu tun, aber ich kann es nicht tun, ohne erst dir die Wahrheit zu sagen. Lieber Papa, ich weiß ja, daß es dir sehr schwer sein

71

wird, wenn ich mich und meinen Ruf nun der Öffentlichkeit preisgebe, aber ..., ich kann doch nun einmal nicht anders handeln!«

Tiefes Schweigen folgte diesen Worten. Der Oberst blickte unverwandt auf das Teppichmuster zu seinen Füßen.

Serenas Herz klopfte bang. War das die Ruhe vor dem Sturm? Würde ihr Vater nun gleich von Schmerz und Zorn übermannt losbrechen und sie mit Vorwürfen überschütten, vielleicht gar sich von ihr lossagen wollen?

Aber kein Wort unterbrach die lastende Stille. Nur ein schwerer Seufzer hob die Brust des Vaters, ... traf das Herz der Tochter so tief, daß es erbebte, und ... verklang im Raum.

Dann aber erhob sich der Oberst plötzlich, wie unter einem jäh gefaßten Entschluß.

»Willst du mir eines gestatten, Serena? Daß ich dich ... auf diesem Weg begleite?«

Und auf ihren bang und unsicher erhobenen Blick setzte er rasch hinzu: »Fürchte nicht, daß ich dich hindere! Wenn es mein Wunsch ist, mit dir zu kommen, so geschieht es nur aus dem Gefühl heraus, daß ich mein Kind nicht allein wissen möchte in einer schweren Stunde!«

»Papa ...!?« Serena stammelte es leise und beklommen, während ihr Blick ungläubig den des Vaters suchte. Aber was sie in dessen Augen las, überwältigte sie so völlig, daß sie kein Wort mehr hervorbrachte, sondern sich aufschluchzend an des Obersten Brust warf. Seit langer Zeit zum erstenmal war es Freude und nicht Schmerz, was ihr Tränen erpreßte.

Auch der Oberst war bewegt. Wenn es auch nicht gerade Freude war, was sein Herz schneller schlagen ließ – denn dazu lag für ihn ja wahrlich keine Veranlassung vor – so fühlte er sich doch in seinem Innern freier als seit langer Zeit.

Eine halbe Stunde später verließen Vater und Tochter das Haus, um sich zum Untersuchungsrichter zu begeben. – – –

Zwei Tage später, als Silas Hempel gegen Abend den Major von Marchstätten aufsuchte, um sich nach dem Befinden von dessen Tochter zu erkundigen, sagte er unter anderem. »Sie haben mir neulich von diesem Fräulein v. Eltz erzählt, Herr Major, und ich las gestern mit großem Interesse über ihre Unterredung mit dem Untersuchungsrichter. Alle Achtung vor dem Mut der jungen Dame! Es gehört schon etwas dazu, sich in ihrer Stellung als reiche junge Dame von tadellosem Ruf vor der Öffentlichkeit als Verlobte eines Mannes zu bekennen, der als Mörder im Gefängnis sitzt!«

»Nicht wahr? Aber Serena hat noch viel Schwereres zustande gebracht. Wie sie mir gestern abends, wo sie einen Sprung zu uns machte, erzählte, hat ihr Vater sie aus freien Stücken zum Untersuchungsrichter begleitet und mit keinem Wort versucht, ihre Erklärungen abzuschwächen. Wenn man den herrischen, stolzen und hartnäckigen Charakter des Obersten v. Eltz kennt, der bisher ein leidenschaftlicher Gegner der Neigung seiner Tochter war, so kann man dies kaum begreifen! Serena selbst kam es ganz unerwartet, obwohl es schließlich nur eine Folge ihres eigenen tapferen Verhaltens sein kann. Die tiefe Liebe Serenas und der bewundernswerte Mut, mit dem sie an dem Mann ihrer Wahl festhielt, haben den Obersten offenbar überwunden.«

»Ja, dieser Mut ist zweifellos zu bewundern! Ich würde mich freuen, die junge Dame kennenzulernen, um ihr das selbst sagen zu können!«

»Wie wird Serena sich freuen, wenn ich ihr dies mitteile! Darf ich sie Ihnen nächstens einmal bringen?«

»Sie würden mir damit ein großes Vergnügen machen. Junge Damen mit so ausgeprägt heroischem Charakter sind selten.« – – –

In Gedanken verloren schritt Silas durch die Dämmerung heim. Indes wurden diese bald verdrängt durch heftigen Zahnschmerz, der ihn schon seit ein paar Tagen quälte, sich jetzt aber bis zur Unerträglichkeit steigerte.

Schon gestern hatte er einen Zahnarzt aufsuchen wollen, doch versäumte er so viel Zeit draußen an der Villa Lotos, deren Umgebung er nach frischen Fußspuren absuchte, daß es dann zu spät geworden war. Fußspuren – d. h. die eine, besondere, die er suchte, hatte er trotzdem nicht gefunden, woraus er schloß, daß Dr. Foster noch immer verreist sein mußte.

»Und das ist gut,« dachte Silas jetzt, »denn nun muß ich morgen doch endlich zum Zahnarzt, um die dummen Schmerzen, die mich am Arbeiten hindern, loszuwerden.«

Die Schmerzen wurden dann so arg, daß an Schlafen nicht zu denken war. So legte er sich gar nicht erst zu Bett, sondern blieb angekleidet am offenen Fenster, weil die Kühle der Nachtluft ihm wohltat. Übrigens war es, trotzdem man Dezember schrieb, eine auffallend milde, beinahe laue Nacht, da seit zwei Tagen Tauwetter eingetreten war und Schirokko sich bemerkbar machte.

Im Zimmer nebenan schlief Herr Rosner längst den Schlaf des Gerechten. Gegen Mitternacht ließen Hempels Schmerzen etwas nach und er wollte gerade zu Bett gehen, um doch noch zu versuchen, ein paar Stunden Schlaf zu finden, als ein Geräusch ihn aufhorchen ließ.

Es war ein ganz leises Knacken gewesen, gerade als ob etwas zugeklappt worden wäre.

Hempel stand noch am offenen Fenster. Angestrengt horchte er hinaus in die Nacht, dabei unwillkürlich den gegenüberliegenden Schuppen ins Auge fassend.

Sollte der Mörder endlich wiedergekommen, der heimliche Lichtsignalapparat doch nicht umsonst angelegt worden sein?

Wenn das Geräusch, das er vernommen, vom Öffnen des linken Seitenfensters herrührte, dann muhte der Apparat jetzt gleich funktionieren und hier im Zimmer das Licht aufflammen.

Aber es blieb dunkel und still.

Enttäuscht starrte der Detektiv hinaus in die Nacht. Hatte er sich getäuscht? Das Geräusch war allerdings so kurz und leise gewesen, daß trotz seines scharfen Gehörs eine Täuschung nicht ausgeschlossen war ...

Da fuhr Silas plötzlich zusammen. Draußen am Kiesplatz zuckte jäh ein scharfer Lichtstrahl auf, glitt sekundenlang wie ein schmales Band darüberhin und erlosch so plötzlich, wie er gekommen war.

Im ersten Augenblick konnte er nicht begreifen, woher der Lichtstrahl gekommen war. Denn der Schuppen war dabei völlig dunkel und der Kiesplatz davor leer geblieben, obwohl man in dem grellen Lichtschein, der darüberhin zuckte, selbst eine Maus hätte sehen müssen.

Aber schon in der nächsten Minute begriff Silas: Das Licht konnte nur aus den Fenstern des ersten Stockwerks gekommen sein, und zwar aus einer elektrischen Taschenlampe oder aus einer Blendlaterne, die für Sekunden mit der Lichtseite gegen die Fenster gekehrt gewesen war – vermutlich bloß zufällig.

Hempel stürzte ins Nebenzimmer und rüttelte den Hauswart wach.

»Schnell – es ist wieder jemand im Haus!« raunte er ihm zu und war auch schon draußen im Flur verschwunden. Dort erst kam ihm zum Bewußtsein, daß er Stiefel an hatte. Hastig entledigte er sich ihrer und flog die Treppe hinan.

Wie das erste mal stand die Wohnungstür oben offen. Silas war also überzeugt, daß abermals nur Lydia Holzmann die nächtliche Besucherin sein konnte, denn nur sie allein besaß die nötigen Schlüssel.

Silas horchte nach unten, aber von Rosner ließ sich nichts hören. Offenbar war er, so mitten aus tiefstem Schlaf geweckt, nicht gleich mit dem Ankleiden zurechtgekommen.

Silas betrat also die Wohnung oben allein. Diesmal war der Vorraum völlig dunkel, und der Detektiv bedauerte schon, in der Eile seine Taschenlampe nicht mitgenommen zu haben, als er unter einer der Türen einen fadendünnen Lichtstreifen sah.

Dort mußte sie also sein.

Es war die Tür zum Herrenzimmer.

Hempel überlegte. Sollte er die Tür einfach leise öffnen, um zu sehen, was Frau Holzmann innen tat? Wenn sie wie das erste mal im hypnotischen Schlaf war, würde sie ihn wahrscheinlich kaum gewahr werden. Indes schien es ihm dann doch zu gewagt. Sicherer war, erst durch das Schlüsselloch Einblick zu gewinnen.

Und das war sehr klug, denn schon der erste Blick durch dasselbe zeigte ihm etwas, auf das er nicht im entferntesten gefaßt gewesen.

Nicht Lydia stand mit dem Rücken gegen die Tür gekehrt vor einem Schreibtisch, dessen Laden aufgezogen waren, sondern ein junger schlanker Mann!

Der Mörder! durchfuhr es Hempel wie ein elektrischer Schlag. Ja, es konnte nur der Mörder sein, der irgendwie von Lydia die Schlüssel bekommen hatte und hier nun dasjenige suchte, wonach er bereits im Schuppen und Lydia in seinem Auftrag hier vergeblich gesucht hatte.

Silas war so aufgeregt, daß er am ganzen Leib zitterte. Er wagte kaum zu atmen und starrte nur fasziniert auf den Mann, den er so lange gesucht und nun endlich, wo er es am wenigstens erwartet hatte, in seine Gewalt bekam.

Welches Glück, daß der Schreibtisch gerade der Tür gegenüberstand, also in das kleine Gesichtsfeld fiel, das ihm durch das Schlüsselloch sichtbar war! Welches Glück, daß er den Haftbefehl in der Tasche trug! So brauchte er nur zu warten, bis der da drin fertig war, um ihn beim Verlassen des Zimmers in Empfang zu nehmen wie eine reife Frucht ...

Während er lautlos seinen Revolver zog und entsicherte, hing sein Blick unverwandt an dem Mann im Zimmer.

Dieser stand noch immer über ein aufgezogenes Fach gebeugt und kramte in dessen Inhalt. Silas sah einen Kopf mit schwarzlockigem Haar, der zuweilen ungeduldig geschüttelt wurde, er sah eine schlanke Männerhand mit langen weißen Fingern, an der zuweilen ein Solitär aufblitzte, und nun sah er auch bei einer Wendung, die der Mann machte, dessen Profil.

Es war dasselbe Gesicht, das er damals nachts an der rückwärtigen Gartenpforte erblickt hatte, das Gesicht, von dem Ingenieur Holzmann gesagt hatte, daß es, einmal erblickt, nie wieder vergessen werden könne ...

XXIII.

Das Schubfach schien nicht zu enthalten, was man suchte. Es wurde zugeschoben, und der Eindringling machte sich an ein anderes. Seine Finger wurden immer nervöser, sein Gesicht, das Hempel jetzt genau sehen konnte, immer unzufriedener. Zuletzt hob er alle Fächer heraus auf den Boden und suchte in den leer gewordenen Räumen dahinter offenbar nach einem Geheimfach.

Dabei nahm sein Gesicht nach einer Weile plötzlich einen triumphierenden Ausdruck an. In dem Aufsatz, der drei kleine Fächer enthielt, tat es unter

seiner tastenden Hand einen kurzen scharfen Ruck im Mittelfach, wodurch sich die Rückwand desselben nach vorne legte.

Gierig riß die Hand, die den Mechanismus des Geheimfachs in Bewegung gesetzt, an sich, was darin lag. Etwas klirrte dabei leise auf. Hempel konnte nicht genau sehen, was es war, aber er sah, wie der Mann einen kleinen Metallgegenstand, der in den Messingständer der elektrischen Kipplampe gefallen war, hastig aufgriff und nebst einigen Papieren oder Briefen, die sich gleichfalls in dem Geheimfach befunden hatten, in seine Rocktasche schob.

Einen Augenblick stand er noch überlegend, dann schaltete er das Licht in der Kipplampe aus und wandte sich, eine Taschenlampe in der Hand, zum Gehen.

Indes hatte Silas zuvor schon überlegt, daß der Mann bei der herrschenden Finsternis ihm trotz aller Vorsicht dennoch entkommen könnte. Kaum hatte dieser die gefundenen Dinge in die Tasche gesteckt, war Silas daher blitzschnell an den Lichtschalter an der Eingangstür geglitten und hatte das Licht im Vorraum eingeschaltet.

Nun wartete er, den Revolver in der Hand, das Auge auf die Zimmertür gerichtet ...

Eine Minute später wurde diese geöffnet und der Mörder – blieb wie angewurzelt im Türrahmen stehen, geblendet, verwirrt, bestürzt über das Licht, auf das er nicht gefaßt gewesen. Es war nur der Bruchteil einer Sekunde, den er zögerte, aber er genügte, um Hempel ruhig sagen zu lassen: »Hände hoch!«

Ein Ruck ging durch den Körper des Angeredeten, ein Blitz, scharf wie ein Dolch, zuckte aus seinen hellen Augen, dann hatte er die Situation erfaßt, und im selben Augenblick warf er sich, blitzschnell sich bückend, von unten herauf auf Hempel, ihm durch einen heftigen Stoß gegen den rechten Arm den Revolver aus der Hand schleudernd. Durch den Anprall kamen beide zu Fall. Der Mörder, der Kraft und Gewandtheit besaß, suchte sich loszureißen. Hempel, der eiserne Muskeln hatte, hielt ihn fest, entwand ihm den gezogenen Revolver und warf diesen weg. Sie rollten ringend der offenstehenden Außentür zu, wo es dem Mörder gelang, den Kopf des Detektivs so heftig an den Türstock zu stoßen, daß

74

es Silas einen Augenblick lang schwarz vor den Augen wurde.

Dieser Augenblick, wo seine Muskeln unwillkürlich nachließen, genügte dem andern, sich loszumachen, aufzuspringen und die Flucht zu ergreifen – aber er genügte auch Hempel, um zu begreifen, was auf dem Spiele stand. Mit übermenschlicher Anstrengung schüttelte er die halbe Betäubung, die ihn überkommen wollte, ab und sprang, während der andere zur Eingangstür hinaus eilte, auf und rannte ihm nach gegen die Treppe, über die er ihn entflohen glaubte.

Das war Hempels Verhängnis. Denn der Mörder war noch gar nicht auf der Treppe, sondern außerhalb der Wohnungstür stehen geblieben. Als Silas im Dunkel des Stiegenhauses die erste Treppenstufe erreicht hatte, bekam er von rückwärts einen Stoß, daß er kopfüber die Treppe hinabstürzte. Der an ihm vorüberhuschende Schritt des fliehenden Mörders war der letzte bewußte Eindruck, den er hatte. Dann vergingen ihm die Sinne.

Silas erwachte erst viele Stunden später, als das kalte Grau der ersten Morgenstunden bereits das Treppenhaus mit ungewissem Dämmerlicht erfüllte. Und dieses Grau unbestimmt aufdämmernder Gedanken erfüllte auch seinen heftig schmerzenden Kopf, als er sich zu besinnen suchte, was mit ihm geschehen sei, bis es dann plötzlich wie ein Vorhang vor ihm zerriß und alles klar dalag vor seinem geistigen Auge.

Eine wahnsinnige Aufregung bemächtigte sich Hempels, als er begriff: Du hast den Mörder heute nacht in Händen gehabt, und er ist trotzdem entkommen!

Wie war es möglich gewesen? Er war doch weder schwächer, noch weniger gewandt und dazu im Vorteil gewesen, indem der andere überrascht wurde. Und dennoch ...?

Er grübelte, wo der Fehler gelegen hatte, und kam zur Erkenntnis, daß er zwar alles tat, was die Umstände geboten, der Mörder ihm aber in List und Geistesgegenwart über war. Und das war schließlich begreiflich, wenn man bedachte, daß es für den Mörder um Tod oder Leben ging. Da holt einer die letzten Möglichkeiten aus sich heraus ...

Trotzdem wäre alles anders gekommen, wenn Rosner mitgeholfen hätte. Hätte er nur eine Sekunde den Mörder aufgehalten, – – –

Wo war Rosner geblieben? Diese Frage, jetzt zum erstenmal auftauchend, beunruhigte Silas ernstlich. Wenn der alte Mann den Fliehenden vielleicht unten hätte aufhalten wollen und dabei von diesem getötet worden wäre?

Die Vorstellung erregte den Detektiv so heftig, daß er mit einem Ruck in die Höhe fuhr – allerdings nur, um mit einem Wehlaut wieder zurückzusinken. Denn ein Gefühl, als wären alle Knochen im Leib gebrochen, verursachte ihm furchtbare Schmerzen. Er erschrak. Sollte er beim Sturz über die Treppe wirklich etwas gebrochen haben? Das könnte ihm jetzt gerade passen ...

Alle Willenskraft zusammennehmend, versuchte er, sich ans Stiegengeländer anklammernd, noch einmal langsam aufzustehen und kam wirklich glücklich auf die Beine ... allerdings unter Schmerzen, die sehr heftig waren.

Immerhin – gebrochen schien nichts. Er konnte Beine und Arme halbwegs bewegen, auch mühsam ein paar Schritte vorwärts machen. Es schien sich also gottlob nur um Quetschungen zu handeln, die ihm die kantigen Treppenstufen beibrachten. Der Kopf brummte ihm wie bei einem schweren Kater, und ein Gefühl ungewöhnlicher Schwäche ließ ihn hin und her schwanken, daß er sich der Mauer als Stütze bedienen mußte.

Aber das würde wohl vergehen. Wenn nur Rosner nichts geschehen war ...

Langsam tastete Silas sich an der Wand hin nach der Wohnungstür des Hauswarts. Diese stand noch angelehnt, wie er selbst sie gelassen hatte, als er nachts heraustrat. Von Rosner war außen im Flur nichts zu sehen. Silas öffnete die Tür und durchschritt den ersten kleinen Raum, den der Hauswart als Küche benützte. Er öffnete die zweite Tür, zum Zimmer, und hier bot sich ihm ein so unerwarteter Anblick, daß Silas ganz verdutzt am Türrahmen lehnend stehen blieb: Rosner lag ruhig schlafend im Bett, genau so, wie er ihn verlassen hatte!

Hätte sich Hempel nicht durch die erlittene Niederlage und die Schmerzen in so grimmiger Stimmung befunden, er würde laut aufgelacht haben.

75

Da war der Mörder im Haus gewesen, er hatte mit ihm gekämpft und sich an der verdammten Treppe halb tot gefallen – und Rosner hatte von all dem nichts gemerkt, sondern ruhig weitergeschlafen!

Da es aber Silas heute gar nicht nach Lachen war, so humpelte er nun durchs Zimmer auf Rosner zu und rüttelte ihn unsanft wach.

»Warum sind Sie mir nicht nachgekommen, Herr Rosner? Dazu habe ich Sie doch geweckt!«

Der alte Mann starrte ihn blöde an.

»Sie ... mich geweckt? Davon weiß ich nichts ...« stammelte er noch schlaftrunken. Aber dann sich rasch ermunternd rief er erschrocken: »Um's Himmels willen, wie sehen Sie denn aus, Herr Hempel? Was ist geschehen? Wer hat Sie so schrecklich zugerichtet?«

Der Detektiv warf einen Blick nach dem Spiegel. Ja, er sah wirklich jämmerlich aus! Am Kopf, den ihm der Mörder so heftig an den Türstock geschmettert hatte, wuchs eine große Beule, das bleiche Gesicht war von geronnenem Blut überkrustet, ebenso die Kleider, die vielfach zerrissen waren. Offenbar hatte er durch den Treppensturz Nasenbluten bekommen, ohne es zu wissen.

Rosner war aus dem Bett gesprungen und kleidete sich bereits hastig an.

»Aber so erzählen Sie doch, was geschehen ist, Herr Hempel?« fragte er abermals.

Silas zuckte ärgerlich die Achseln.

»Was soll geschehen sein? Der Mörder war oben und hat diesmal gefunden, was er suchte. Ich konnte allein nicht mit ihm fertig werden, so ist er entkommen. Wären Sie mir nachgekommen, säße er jetzt schon hinter Schloß und Riegel.«

Hempel sagte es mit mürrischer Verbissenheit, denn zu allen andern Schmerzen fing jetzt auch sein kranker Zahn wieder zu toben an. Mutlos sank er auf den Rand von Rosners Bett.

Rosner war außer sich über das Gehörte. Er hatte wirklich nicht gemerkt, daß er geweckt worden war, hatte Hempels Rütteln für einen Traum gehalten und danach ruhig und tief weitergeschlafen. Und nun war der Mörder entkommen durch seine Schuld! Er erging sich in wortreichen Entschuldigungen, die Silas kurz mit den Worten abschnitt: »Es nützt jetzt nichts, weiter darüber zu reden. Geben Sie mir lieber etwas Kräftiges zu trinken, damit ich die verdammte Schwäche los werde und wieder auf die Beine komme, denn es gibt eine Menge zu tun.«

Rosner brachte Rotwein und sprudelte Eier in Kognak, während sich Silas die schmerzenden Glieder massierte. Der Alkohol tat Wunder. Die Schwäche verlor sich und die Gliederschmerzen ließen nach, nachdem Rosner die schmerzenden Stellen mit Franzbranntwein eingerieben.

Hempel wusch sich und wechselte die Kleider.

»So,« sagte er dann befriedigt, »nun fühle ich mich wieder halbwegs als Mensch, wenngleich der infame Zahnschmerz nicht nachlassen will.«

»So gehen Sie doch zuallererst endlich mal zum Zahnarzt, Herr Hempel, und lassen Sie sich wenigstens den Nerv töten!«

»Geht nicht. Vorderhand habe ich noch viel Wichtigeres zu tun. Wenn ich damit fertig bin, lasse ich mir den Zahn einfach ziehen.«

XXIV.

Der Detektiv nahm zwei Pyramidontabletten, um den Schmerz für ein paar Stunden zu betäuben, dann begab er sich ans Telephon und rief die Polizeidirektion an, mit der Bitte, Kommissar Heidinger an den Apparat zu rufen.

»Etwas Neues?« fragte dieser zwei Minuten später.

Silas zögerte eine Sekunde mit der Antwort, dann machte er eine Handbewegung, als schiebe er etwas von sich, und antwortete ruhig: »Nein. Nichts Besonderes ...«

Die dort brauchten wahrlich nicht zu lachen über ihn. Später, wenn er die Scharte ausgewetzt hatte, war es immer noch Zeit, Heidinger sein Mißgeschick zu berichten. Für jetzt sagte er: »Herr Kommissar, könnte ich sofort zwei Mann zur Verfügung gestellt bekommen, am liebsten Wanke und Hormaier?«

»Ja, die beiden sind frei. Wohin soll ich sie schicken?«

»Zu mir, Villa Holzmann, und recht rasch, bitte. Sie sollen ein Auto nehmen, wir brauchen es nachher ohnehin.«

»Soll besorgt werden. Ist etwas geschehen in der Villa? Oder wozu brauchen Sie die Leute sonst?«

»Sie sollen ein Haus und dessen Bewohner beobachten. Näheres mündlich. 'Tag, Herr Kommissar. Schluß.«

Er hängte den Hörer ab und begab sich wieder zu Rosner.

»Rosner passen Sie auf: Von dem, was heute nacht hier geschehen ist, soll vorläufig niemand erfahren. Sie schweigen also gegen jedermann wie das Grab, verstanden?!«

»Jawohl, Herr Hempel.«

»In einer Viertelstunde werden zwei Herren kommen und nach mir fragen, es sind Beamte von der Kriminalpolizei, aber in Zivil. Sie brauchen mich davon nur durch einen Pfiff zu verständigen, ich werde dann gleich erscheinen.«

»Ist gut, Herr Hempel.«

»Und nun geben Sie mal die Schlüssel zur Wohnung oben, damit ich abschließen kann.«

Oben war noch alles, wie er und der Mörder es verlassen hatten. Im Vorzimmer brannte noch das Licht, und der Teppich, der den Boden bedeckte, war von dem nächtlichen Kampf, der sich auf ihm abgespielt, in Falten geschoben und zerknüllt.

Silas hob seinen Revolver auf, sicherte ihn und steckte ihn zu sich, ebenso den des Mörders. Dabei sah er nahe der Ausgangstür etwas Blitzendes auf dem Teppich liegen. Sich danach bückend, hob er einen halben Goldring auf.

Verwundert betrachtete er das Ding. Es schien ein Ehering gewesen zu sein, denn auf der Innenseite waren zwei Buchstaben und eine Zahl eingraviert. R. M. 23. ... Monat und Jahreszahl fehlten. Wahrscheinlich befanden sie sich auf der andern Hälfte des Ringes. Dieser war nicht etwa auseinander gebrochen, sondern offenbar mit Absicht in zwei gleiche Hälften geteilt worden, wie die saubere Durchfeilung der zwei Enden bewies.

Wozu? Durch wen? Silas zerbrach sich vergeblich den Kopf darüber. Aber es war ihm vollkommen klar, daß diese Ringhälfte der kleine Metallgegenstand sein mußte, der dem Mörder beim Ausräumen des Geheimfaches auf den Messingständer der Kipplampe gefallen war und den er mit den Papieren in seine Rocktasche schob. Beim Ringen am Boden mußte er dann herausgefallen sein.

Wenn ihm nur die allem Anschein nach dazu gehörigen Papiere auch aus der Tasche geglitten wären! Dann hätte man doch nicht fürchten müssen, daß er nun, wo er gefunden hatte, was er suchte, gleich das Weite suchen würde.

Silas machte sich daran, den ganzen Vorraum noch einmal gründlich zu durchsuchen. Aber es fand sich nichts mehr. Der Halbring blieb die einzige Beute.

War er wichtig? Davon hing nun alles ab. War er nichts als ein Erinnerungsstück, dann würde der Mörder sich nicht weiter darum scheren. War er aber eine notwendige Ergänzung der Papiere, so konnte man immerhin hoffen, daß der Mörder nicht gleich an Abreise dachte, sondern erst noch versuchen würde, den Halbring wiederzubekommen ...

Von unten tönte ein Pfiff.

Hempel drehte rasch das Licht ab, versperrte die beiden Schlösser an der Wohnungstür und eilte hinab.

Im Flur traf er mit seinen beiden Kollegen zusammen, deren Auto draußen wartete. Alle drei stiegen ein, und Silas gab dem Wagenführer Judendorf als Ziel an. Unterwegs erteilte er seine Weisungen.

»Es handelt sich darum, die Villa ›Lotos‹, zu der ich Sie bis auf Sehweite führen werde, nicht einen Augenblick aus den Augen zu verlieren. Sie hat zwei Ausgänge, einen vorne gegen die Straße zu, den andern rückwärts aus dem Garten gegen den Fluß zu. Jeder von Ihnen muß einen Ausgang bewachen, aber so, daß die Bewohner der Villa durchaus nichts davon merken können. Es sind schlaue, gefährliche Leute: Ein Mann, eine Frau, eine Schwarze und ein Taubstummer. Ich habe Grund anzunehmen, daß die ersten drei – vielleicht auch nur der Mann allein – heute noch abreisen wollen. Dies muß verhindert werden. Verläßt er die Villa ohne jedes Gepäck und zu Fuß, so muß ihm gefolgt und er darf keinen Augenblick außer Augen gelassen werden, bis er in die Villa zurückkehrt. Mietet er ein

Tourenauto oder betritt er einen Bahnhof, muß er verhaftet werden. Haben Sie mich verstanden?«

»Vollkommen, Herr Hempel.«

»Gut. Am Abend komme ich Sie mit einem Kollegen ablösen. Sie können dann nachts schlafen und uns Ihrerseits morgen früh um sieben ablösen.«

Man hatte Judendorf erreicht, und das Auto hielt. Silas befahl dem Führer zu warten, da er gleich wiederkommen und nach der Stadt zurückfahren werde.

Er begleitete seine Kollegen nur so weit, bis man die Villa sehen konnte, schärfte ihnen noch einmal Wachsamkeit ein und kehrte dann zu dem Auto zurück, das ihn nach der Stadt trug.

Dort angelangt, suchte er zuerst Rosner auf, zeigte ihm die gefundene Ringhälfte und fragte, ob er das Ding je zuvor gesehen oder davon sprechen gehört habe.

Rosner verneinte ohne Zögern.

»Bestimmt nicht, Herr Hempel! Aber was soll es damit überhaupt für eine Bewandtnis haben? Ein halber Ring! Damit kann man doch nichts anfangen ...«

»Wer weiß? Irgendeine Bedeutung muß er doch haben, sonst hätte man ihn wohl nicht im Geheimfach verwahrt!«

»Wissen Sie das so ganz bestimmt? Er kann doch auch Eigentum des Mörders gewesen sein, und dieser kann ihn schon früher bei sich getragen haben!«

»Daran zweifle ich. Ich hörte ja ganz deutlich, wie er bei Ausräumung des Geheimfaches auf den Ständer der Kipplampe fiel. Heute morgens habe ich das Experiment wiederholt und dabei ganz dasselbe klirrende Geräusch vernommen. Für mich steht es also fest, daß der halbe Ring aus dem Geheimfach stammt. Wem gehörte übrigens früher der Schreibtisch im Herrenzimmer oben? Es scheint ein recht altes Stück zu sein.«

»Das ist er auch. Der Schreibtisch gehörte ursprünglich dem Großvater des seligen Herrn, ging nach dessen Tod in den Besitz der Witwe über, und als diese starb, nahm ihn der alte Herr Holzmann in Gebrauch. Damals stand er in dessen Büro. Als dann der junge Herr Gerhard heiratete, und die Wohnung oben neu eingerichtet wurde für das junge Paar, gab Herr Gerhard dem alten Möbelstück einen Ehrenplatz im Herrenzimmer. Daß es sogar ein Geheimfach besitzt, wußte übrigens, glaube ich, weder der alte noch der junge Herr, wenigstens hörte ich nie davon sprechen. – – –

Am Nachmittag ging Hempel zu einem Zahnarzt, um den immer wiederkehrenden heftigen Schmerz endlich loszuwerden.

Er wählte dabei nicht lange herum, sondern betrat das erste Haus, an dem er einen Schild mit den Worten »Zahn-Atelier« erblickte.

Das »Atelier« war im ersten Stock, und im Wartezimmer befanden sich bereits mehrere Leute, die auf das Erscheinen des Arztes warteten. Ärgerlich darüber, mit Warten viel Zeit verlieren zu müssen, setzte sich Silas in eine Ecke. Am liebsten wäre er wieder fortgegangen, aber anderswo würde es vielleicht noch schlimmer sein, und heraus mußte der Zahn unbedingt.

So ergab er sich seufzend in sein Schicksal und blätterte in den aufliegenden Schriften, um die Zeit leichter hinzubringen. Die Zeitschriften waren, wie in den meisten Wartezimmern, alt, einige sogar sehr alt. Silas griff nach einem etwa zwei Monate alten Exemplar der »Leipziger Illustrierten« und blätterte darin. Endlose Seiten voll Anzeigen: ... Stellennachweise, Winterkurorte, Geschäftsankündigungen, da eine halbe Seite füllend die Anzeige eines neuen Waschpulvers, dort eine andere, ebenfalls groß, in die Augen springend: »Erben gesucht«! Na, die würden sich sicher gleich gefunden haben ... Gelangweilt glitt Hempels Blick darüber hin. Aber plötzlich belebte sich dieser und seine Augen weiteten sich.

Stand da wirklich am Schluß des Aufrufs der Satz: »Ringhälfte und Dokumente als Beweis unbedingt nötig zum Antritt des Erbes«?

Ja, wahrhaftig stand dies da, schwarz auf weiß, in gesperrten Buchstaben!

Hempel las den ganzen Aufruf Wort für Wort aufmerksam durch.

»Erben gesucht!

für den gesamten Nachlaß des 1877 in Montreal (Kanada) verstorbenen Mr. Woodman. Als Erben kommen nur in Betracht direkte Nachkommen des 1852 in Augsburg ansässigen Ehepaares Johann und

Anna Maria Holzmann. Ringhälfte und Dokumente als Beweis unbedingt nötig zum Antritt des Erbes.

Nachrichten an Dr. Josuah Berrick, Rechtsanwalt in Montreal (Kanada).«

Eine Flut von Gedanken stürmte durch Silas Hempels Kopf.

Lichtete sich da nicht plötzlich und unerwartet das Dunkel, das so lange über den Dingen gelegen? Wurde nun nicht vieles begreiflich?

Indes suchte er vor allem die Aufregung, die ihn erfaßt hatte, niederzukämpfen und nüchtern zu überlegen.

Was war bewiesen?

Daß vor Jahrzehnten in Augsburg ein Ehepaar namens Holzmann gelebt hatte, dessen Nachkommen Anspruch auf eine Erbschaft hatten.

Aber, war Gerhard Holzmann ein solch direkter Nachkomme des erwähnten Ehepaares? Das mußte zunächst festgestellt werden.

Existierten noch andere Erben? Wenn ja, dann wäre darin die Erklärung für Holzmanns gewaltsamen Tod zu finden. Denn wenn der Mörder ein Miterbe war, lag das Motiv, Holzmann beiseite zu schaffen, nahe. Dadurch wurde auch sein hartnäckiges Suchen nach den Dokumenten und der Ringhälfte erklärlich, denn ohne diese beiden Dinge konnte er auch nach Holzmanns Tod seine Ansprüche auf das Erbe nicht geltend machen.

Diese Schlußfolgerung insbesondere erfüllte Hempel mit Freude und Genugtuung, weil sie in sich schloß, daß der Mörder ohne die Ringhälfte keinesfalls abreisen würde.

Welches Glück, daß Silas sie jetzt besaß, nachdem jener sie gefunden und wieder verloren.

Ohne sie wäre ihm ja der Aufruf gar nicht aufgefallen und er hätte sich kaum die Mühe genommen, ihn durchzulesen.

Silas schnitt den Aufruf sorgfältig aus und schob ihn in die Tasche.

Nun vor allem zum Major, der ihm vielleicht über die Nachkommensfrage Aufklärung geben konnte.

Aber gerade als Silas sich erhob, um zu gehen, öffnete der Zahnarzt die Türe seines Ordinationszimmers und sagte zu ihm als letztem Patienten: »Darf ich bitten?«

Hempel starrte ihn einen Augenblick lang verständnislos an. Er hatte ganz vergessen, was ihn hierher geführt. Dann aber besann er sich und folgte dem jungen Arzt in dessen Zimmer.

Auf den Ordinationsstuhl steigend, sagte er hastig: »Bitte, ziehen Sie mir den Zahn nur rasch heraus, ich habe sehr wenig Zeit.«

»Aber, mein Herr,« antwortete der Zahnarzt kopfschüttelnd, »das wäre doch ewig schade! Der Zahn ist nur an einer Stelle angegriffen, sonst aber noch sehr gut. Durch Plombieren ...«

»Nein, nein, dazu habe ich momentan durchaus nicht die nötige Zeit!«

»Es muß nicht gleich geschehen. Ich würde ihn heute nur reinigen und eine schmerzstillende Einlage hineingeben. Wenn Sie dann einmal leichter Zeit haben, kann man die Sache fertigmachen.«

»Und wie lange würde das heute dauern?«

»O, nur ein paar Minuten!«

»Gut, aber rasch, bitte!«

Es dauerte wirklich kaum fünf Minuten und Hempel konnte seinen Weg zu Major Marchstätten antreten.

XXV.

Bei Marchstättens traf Silas die ganze Familie in Gesellschaft Professor Königshofens beim Tee.

Alle, auch Lydia, schienen in fröhlicherer Stimmung als seit langem. Das bewirkte, wie der Major Hempel zuflüsterte, der Umstand, daß die junge Frau sich unter Königshofens Behandlung in der letzten Zeit zusehends erholte. Eben vorhin hatte er erklärt, seine Patientin solle nun der Zimmerhaft entsagen und wieder mit Spaziergängen in frischer Luft beginnen – allerdings nie allein, sondern unbedingt in Begleitung, wie er den Eltern ausdrücklich einschärfte.

Morgen wollten beide Eltern Lydia auf einem Gang nach dem winterlichen Wald begleiten, den sie immer besonders geliebt hatte.

In der Tat fand Hempel, daß Frau Holzmann viel besser aussah und nicht mehr so düster apathisch war wie damals, als er sie zuletzt gesehen.

Sie begrüßte ihn sehr freundlich und nötigte ihm eine Tasse Tee und Brötchen auf. Indes gab Hempel dem Major einen Wink, daß er ihn allein sprechen möchte, worauf der Major das Gespräch auf Altertümer und Edelsteine lenkte und Silas aufforderte, seine sich darauf beziehende kleine Sammlung zu besichtigen.

In Marchstättens »Sammelzimmer«, das unten zu ebener Erde lag, waren sie dann ungestört und sicher, daß niemand sie hören konnte; denn die beiden anstoßenden Räume waren derzeit unbenützt.

Dort angelangt, nickte Silas auf den erwartungsvoll fragenden Blick des Majors.

»Jawohl, Herr Major, Sie haben mich ganz richtig verstanden, der Zweck meines heutigen Besuchs ist ein besonderer und kann nur unter vier Augen erledigt werden.«

»Ist etwas Neues geschehen?«

»Ja, einiges ... das Wichtigste davon ist wohl, daß unsere Angelegenheit in ein neues Stadium getreten ist, seit ich der Ursache auf der Spur zu sein glaube, derentwillen Ihr Schwiegersohn getötet wurde. Die Entscheidung darüber, ob ich damit am richtigen Weg bin, wird davon abhängen, ob Sie mir die Auskunft geben können, deretwegen ich heute zu Ihnen kam. Aber darf ich zuerst fragen, wie Ihr Verhältnis zu Herrn Holzmann eigentlich war? Ich hörte, Sie seien gegen die Heirat Ihrer Tochter gewesen?«

»Anfangs ja. Wir wollten höher hinaus mit ihr, Holzmann schien uns bei aller Fachtüchtigkeit doch zu einfach für Lydia, und Lydia selbst schien uns noch zu jung und unerfahren, um sich für's Leben zu binden. Ich gestehe reuig, daß es sich dabei viel um die Elterneitelkeit dem einzigen Kind gegenüber handelte. Indes überzeugten wir uns später von der Unrichtigkeit unserer Annahmen, erkannten, daß es sich tatsächlich um eine tiefe echte Liebe handelte, und willigten in die Verbindung. Gerhard trug uns unsere anfängliche Weigerung später gottlob nicht nach, und so wurde das gegenseitige Verhältnis ein außerordentlich herzliches. Wir erblickten in ihm einen Sohn, er in uns die Eltern.«

»Das freut mich, dann werden Sie hoffentlich einige meiner Fragen beantworten können.«

»Was wünschen Sie zu wissen?«

»Vorerst etwas über die Familie, der Gerhard Holzmann entstammt. Ist es eine eingeborene G...er Familie?«

»Ja und nein. Gerhard und sein Vater sind in G. geboren, der Großvater aber stammte aus Bayern, woher er in jungen Jahren mit seiner Frau kam und sich hier in G. ansässig machte.

»Den Ort, aus dem er kam, wissen Sie nicht und wie er mit Vornamen hieß?«

»Doch. Er hieß Johann und seine Frau Anna Maria. Beide wanderten aus Augsburg ein, wo sie gebürtig waren und früher lebten.«

Silas atmete tief auf. So war es also, wie er vermutet: Gerhard Holzmann hatte Anspruch auf eine Erbschaft, von der er selbst nichts gewußt und die doch seinen Tod verursacht hatte ...

»Von einem zerbrochenen Ring haben Sie Ihren Schwiegersohn wohl nie sprechen gehört?« fragte er nach einer kleinen Pause weiter.

Der Major hob betroffen den Kopf und blickte Hempel erstaunt an.

»Natürlich – alles weiß ich, was Gerhard selber wußte, es ist doch die romantische Legende der Familie Holzmann! Aber wie kommen Sie dazu, danach zu fragen, Herr Hempel?«

»Ich werde es Ihnen später erklären. Wollen Sie mir, bitte, mitteilen, was Sie darüber wissen?«

»Gern. Die Geschichte ist eigentlich alltäglich und bekommt nur durch den Ring einen romantischen Anstrich. Jener Johann Holzmann, von dem wir vorhin sprachen, besaß einen um ein Jahr älteren Bruder namens Rudolf, der schon als Jüngling für überspannt und querköpfig galt. Dieser Rudolf Holzmann hatte sich, siebzehnjährig, Hals über Kopf in eine Kusine, Anna Maria, verliebt und verlobte sich feierlich mit ihr. In vier Jahren sollte er die Töpferei seines Vaters übernehmen, dann sollte gleichzeitig auch die Hochzeit stattfinden. Aber vier Jahre sind für einen Siebzehnjährigen eine lange Zeit, in der sich manches ändern kann.

So war es auch bei Rudolf, dem die Zukunft immer weniger rosig und begehrenswert erschien. Er begriff plötzlich nicht mehr, wie er sich so überstürzt hatte binden können und schauderte davor, sein junges Leben im engbegrenzten Rahmen einer kleinen Stadt und einer bescheidenen Töpferei verbringen zu sollen.

Jeden Tag verlor Anna Maria an Reiz für ihn, jeden Tag lockte ihn mehr die weite Welt da draußen. von der er noch so gut wie nichts kannte.

Er machte den Bruder zum Vertrauten. Aber Johann, der seßhafte, gut bürgerliche Instinkte besaß und den unruhigen, phantastischen Sinn des älteren Bruders weder begriff noch billigte, schüttelte nur immer verständnislos den Kopf.

Wie konnte man nur immer verrückten Wünschen nachhängen, wenn man es daheim doch so gut hatte und dazu noch die Aussicht auf ein so schönes, braves Mädchen, wie Anna Maria ...?

Es ging über Johanns Verstand.

Rudolf aber knirschte zorniger in dem, was er sein »Joch« nannte, doch er wagte nicht, es abzuschütteln, denn der Vater war sehr streng und Anna Marias Vater war der Bürgermeister von Augsburg. Beide hätten es Rudolf nie verziehen, wenn er das Mädchen dem Gespött der Welt preisgegeben hätte.

Da traf es sich, daß ein Schulkamerad und einstiger Spielgefährte der Brüder Holzmann, der zur See gegangen war, auf Urlaub heim in die Vaterstadt kam.

Den ganzen lieben Tag saß nun Rudolf mit ihm beisammen und ließ sich erzählen. Und Jonas Hansen. wie der junge Seemann hieß, konnte nicht genug erzählen von der Schönheit fremder Länder und den Herrlichkeiten der freien Welt da draußen. Und wenn er sah, wie heiß Rudolf ihn beneidete, daß er all dies sehen und erleben konnte, dann meinte er halb gutmütig, halb stichelnd: »So komm doch mit mir, sie nehmen dich gern als Matrose auf unserem Schiff. Wer kann dich zwingen, hier Töpfe zu fabrizieren und dabei zu versauern, wenn du es nicht magst?«

Solche Worte fielen wie Samenkörner in aufgewühltes Erdreich. Und eines Tages erschien Rudolf in Begleitung seines Bruders, mit dem er vorher eine lange Unterredung gehabt, bei seiner Braut.

Er hielt sich nicht lange mit Einleitungen oder Erklärungen auf, sondern sagte alles klar und unumwunden heraus, wie es war. Daß er so nicht länger dahinleben könne, sondern sich entschlossen habe in die weite Welt zu gehen, um dort sein Glück zu

versuchen. Daß er Anna Maria zwar immer noch liebe, aber nicht so stark, um ihretwillen seine Pläne aufzugeben. Allerdings könne er diese nur dann ausführen, wenn Johann und Anna Maria ihm dazu helfen würden. Johann habe bereits eingewilligt, nun handle es sich nur mehr um Anna Maria. Ob sie bereit wäre, ihrem Vater zu erklären, daß sie sich in ihrer Liebe zu ihm, Rudolf, getäuscht habe und erst jetzt erkenne, wie sie eigentlich viel besser zu Johann passe und daher lieber diesen zum Mann nehmen wolle. Um so mehr, als Johann, der dann an seiner Statt die Töpferei übernehmen würde, seit langem eine stille Liebe zu Anna Maria im Herzen trage. »Und wenn du auf diesen Plan eingehst, Anna Maria,« schloß Rudolf, »dann wäre uns allen geholfen. Ich fände mein Glück, Johann bekäme das Mädchen, das er liebt, du aber einen Mann, der dich sicher glücklicher machen würde, als ich es je könnte.«

Anna Maria war ein wenig blaß geworden und sah eine Weile stumm vor sich hin.

»Überleg' nicht so lange,« drängte Rudolf ungeduldig, »bedenke doch: keiner verliert bei dem Handel, sondern jeder gewinnt, und vor den Leuten bekommt alles den richtigen Schick! Nur muß alles von dir ausgehen.«

Anna Maria blickte auch jetzt nicht auf. Still und sanft sagte sie: »Wenn es dein Glück ist, Rudolf, so willige ich ein. Ich werde noch heute mit dem Vater sprechen.« Dabei zog sie den Verlobungsring, den Rudolf seinerzeit eigens anfertigen ließ, vom Finger und legte ihn auf den Tisch.

Es geschah nun alles, wie Rudolf es gewollt. Man fand es auch allseits begreiflich, daß dieser nun die Absicht laut werden ließ, in die weite Welt zu gehen.

Selbst sein Vater dachte im stillen: ›Natürlich treibt es ihn fort, nachdem das wetterwendische Frauenzimmer ihn im Stiche ließ!‹

Am Tag ehe er abreiste, hatte Rudolf noch eine Unterredung mit seiner ehemaligen Braut und seinem Bruder. Er hatte den Verlobungsring, in dem die Anfangsbuchstaben seines Namens R. H. und das Datum des einstigen Verlobungstages eingraviert waren, in zwei gleiche Hälften teilen lassen. Die eine Hälfte gab er Anna Maria. »Ich kann dir und Johann nie genug danken für eure Opferwilligkeit,« sagte er feierlich, »aber ich schwöre es in dieser Trennungsstunde: Alles, was mir das Glück künftig in den Schoß werfen mag, soll dafür euer und eurer Kinder sein! Der halbe Ring, den du wohl aufbewahren und auf deine Nachkommen vererben sollst, gilt wie ein Schuldschein für mein Versprechen. Ich habe es auch schriftlich aufgesetzt und hinterlasse dir hiermit auch dies Dokument.« Damit drückte er dem jungen Mädchen ein Papier in die Hand.

Am selben Tag noch reiste er ab. Ein halbes Jahr später heiratete Anna Maria Johann Holzmann. Ob auch sie ihm schon vorher heimlich zugetan gewesen, ob sie dem andern insgeheim nachtrauerte, hat nie jemand ergründet. Die Ehe fiel jedenfalls glücklich und zufrieden aus.

Nach des alten Holzmann Tod übersiedelten Johann und Anna Maria Holzmann nach G., weil es in Augsburg immer noch Leute gab, die Anna Maria ihre ›Treulosigkeit‹ nicht verzeihen wollten und sie das öfter merken ließen.

Diese beiden waren die Großeltern Gerhards, und er hat mir die Geschichte, wie er sagte, fast wortgetreu so erzählt, wie sie seine Großmutter ihrem Sohn und dieser ihm erzählt hatte. Und er nannte sie, wie ich vorhin, ein wenig spöttisch: Die romantische Legende seiner Familie.«

XXVI.

Und was wurde aus Rudolf Holzmann?« fragte Silas nach einer Pause des Nachdenkens.

»Sein Schicksal ist unbekannt. Anfangs soll er noch ab und zu aus Amerika geschrieben haben, dann aber ließ er nichts mehr von sich hören. Wahrscheinlich gilt auch von ihm der Spruch, der auf so viele paßt, die drüben ihr Glück suchten ... verdorben – gestorben!«

»Hat Ihr Schwiegersohn Ihnen den halben Ring einmal gezeigt?«

»Nein, denn der war wohl im Lauf der Zeiten verlorengegangen. Schon Gerhards Vater fand ihn nicht mehr im Nachlaß seiner Mutter. Schließlich hätte er ja auch nur Pietätswert gehabt.«

»Aber beschrieben hat er ihn Ihnen doch?«

»Ja, so wie sein Vater, der als Knabe die Ringhälfte noch gesehen hatte, ihn Gerhard beschrieb: Die Hälfte eines glatten Goldreifens, innen eingraviert ein R. H. und die Zahl 23.«

Silas hatte in die Tasche gegriffen. Jetzt legte er die Ringhälfte vor den Major auf den Tisch.

»Also ungefähr wie dies?«

Der Major fuhr wie elektrisiert in die Höhe.

»Ja ... so ... genau so ... es muß derselbe sein, nach dem Gerhards Vater vergeblich suchte! Aber wie ... Herr Hempel, sagen Sie mir um's Himmels willen, wie Sie zu diesem halben Ring kommen?«

Hempel berichtete es in kurzen Worten.

Der Major fuhr sich über die Stirn.

»Mir fehlen noch die Zusammenhänge ... und in einem Geheimfach war es?«

»In einem Geheimfach des Schreibtisches, der von Frau Anna Maria Holzmann nach dem Tode ihres Gatten in Gebrauch genommen wurde. Ich wundere mich, daß ihr Sohn nichts wußte von dem Geheimfach?«

»Sie soll eine sehr stille, verschlossene Frau gewesen sein, Gerhards Großmutter. Und sie starb plötzlich an Herzschlag,« murmelte der Major. »Seltsam!« setzte er dann hinzu, »daß der Mörder darum wußte!«

»Er wußte es nicht, sonst hätte er nicht zuerst im Schuppen gesucht und dann von Frau Holzmann in dem großväterlichen Schränkchen suchen lassen. Er stieß eben beim Suchen zufällig darauf.«

»Aber warum suchte er? Warum tötete er den armen Gerhard?«

Statt aller Antwort zog Hempel den Ausschnitt aus der Leipziger Zeitung heraus und legte ihn vor Marchstätten hin.

»Lesen Sie dies!«

Der Major las, und es war interessant, dabei sein Gesicht zu beobachten, dessen wechselndes Mienenspiel auf eine ganze Stufenleiter von Empfindungen schließen ließ. Verständnisloses Staunen blieb als letzte darauf stehen.

»Ich weiß wirklich nicht, was ich aus diesem Aufruf machen soll?« sagte er endlich kopfschüttelnd. »Es scheint ja, daß der arme Gerhard Anspruch auf eine Erbschaft gehabt hätte ... aber wer ist dieser Woodman, und warum wird, obschon er bereits 1877 gestorben, jetzt erst nach den Erben gesucht?«

»Letztes weiß ich allerdings auch nicht, doch werden gewiß Gründe dafür vorliegen. Erstes aber ... Sie sprechen nicht Englisch, Herr Major?«

»Nein, nur Französisch und Italienisch. Warum?«

»Weil Sie in diesem Fall wüßten, daß wood Holz heißt – Woodman also eine Übersetzung von Holzmann ist. Es handelt sich daher hier zweifellos um den verschollenen Rudolf Holzmann, der sein einst gegebenes Versprechen doch halten wollte ... wenn die Erfüllung auch aus uns unbekannten Gründen erst in die dritte Generation fiel.«

»Also doch! Nein, das hätte wirklich niemand mehr von ihm erwartet! Und darum, meinen Sie, mußte Gerhard sterben?«

»Zweifelsohne! Er mußte beiseite geschafft werden, damit ein anderer die Erbschaft einheimsen kann. Entweder ein Miterbe ...«

»Entschuldigen Sie! Miterben kann es nach dem klaren Wortlaut des Aufrufes ›als Erben kommen nur direkte Nachkommen des Ehepaares Johann und Anna Maria Holzmann in Betracht ...‹ ja gar nicht geben, denn Gerhard war der einzige Nachkomme dieses Paares!«

»Dann wollte eben ein Schwindler drüben als ›Gerhard Holzmann‹ auftreten, jedenfalls der Mörder.«

»Das werden Sie doch verhindern?«

»Selbstverständlich! Ich habe auf dem Weg hierher bereits an Dr. Josuah Berrick in Montreal eine Kabeldepesche aufgegeben und um sofortige, möglichst ausführliche Auskunft über den Aufruf ersucht. Die Sache wird ja einen hübschen Batzen Geld kosten, aber da Sie mir seinerzeit so ansehnliche Mittel zur Verfügung stellten, glaubte ich ...«

»Ich danke Ihnen, Herr Hempel! Sie haben mich ganz richtig verstanden: Ich würde freudig alles bis auf den letzten Kreuzer opfern, um die Ehre und Reinheit meiner Tochter vor der Welt zu erweisen!«

»Dies wird nun geschehen. Schade, daß die Holzmannsche Erbschaft Sie nicht für das ausgelegte Kapital schadlos halten wird. Aber ich fürchte, da Ihr Schwiegersohn tot ist, wird der kanadische Fiskus die Erbschaft für die britische Dominion einstreichen.«

»Tut nichts! Wir werden deshalb nicht Not leiden müssen, und vollends Lydia erbt ja mehr als genug von ihrem Mann.«

Es klopfte. Der Diener erschien und meldete Fräulein von Eltz an. Der Major blickte Hempel fragend an. Dieser nickte lächelnd.

»Bitten Sie die junge Dame herein,« wandte Marchstätten sich an den Diener.

»Wir wollen sie gleich mit der frohen Nachricht überraschen, daß nun auch für Hartwig Henter alle Not ein Ende hat,« meinte Silas schmunzelnd. »Das wird eine gute Einführung für mich sein bei der jungen Dame.«

*

Eine Stunde später fuhr Silas Hempel in Begleitung des Polizeikommissars und zweier handfester Burschen nach der Villa »Lotos« hinaus, wo man sich zunächst mit den Detektivs Wanke und Hormaier in Verbindung setzte.

Diese berichteten, daß sich tagsüber nichts von Bedeutung ereignet habe. Niemand hatte die Villa verlassen, und nichts deutete auf eine beabsichtigte Reise hin.

Silas instruierte seine Kollegen genau und wies jedem den Platz an, den er in dem Augenblick einzunehmen habe, wo er selbst Einlaß in die Villa begehre.

Kommissar Heidinger war bereits auf der Herfahrt von Silas über alles informiert worden.

Nun schritten die beiden auf das Haustor zu, und Hempel setzte den Türklopfer in Bewegung.

Diesmal half es Sally nichts, daß sie hoch und teuer versicherte, Mr. Foster sei noch in Wien ... Hempel hörte sie gar nicht zu Ende, sondern schritt rasch an ihr vorüber nach der Türe rechts vom Eingang, wo, wie er wußte, Fosters »Studierstube« war.

In der einen Hand den entsicherten Revolver, öffnete er mit der andern blitzschnell die Tür und überraschte Foster völlig, der mit lauschend vorgebeugtem Kopf inmitten des Zimmers stand.

Vom Öffnen des Tores durch Sally bis zu Hempels Eintritt in die Stube waren nur Sekunden vergangen. Foster hatte also weder Zeit gehabt zu fliehen noch das Licht auszuschalten oder eine Waffe zu ergreifen.

Offenbar gewöhnt, sich in ähnlichen Fällen blindlings auf Sally verlassen zu können, die den Auftrag hatte, jeden etwaigen Besuch ausschließlich an Mrs. Foster zu weisen, war er nun völlig überrumpelt worden.

Indes faßte er sich rasch und fragte in völlig unbefangen höflichem Ton, was die Herren von ihm wünschten.

»Nichts, als daß Sie die Liebenswürdigkeit haben, uns zu begleiten, Mr. Foster,« antwortete Hempel trocken. »Unser Auto wartet draußen.«

»Aber ich kenne Sie doch gar nicht! Wer sind die Herren?« fragte Foster hochmütig.

Um Silas' Lippen zuckte ein ironisches Lächeln. »In der Tat? Haben Sie ein so schlechtes Physiognomiengedächtnis? Ich denke doch, wir sahen uns erst heute nacht in der Villa Holzmann zum letztenmal! Aber wenn Sie darauf bestehen, daß wir uns vorstellen – auch gut. Polizeikommissar Heidinger und meine Wenigkeit: Silas Hempel, Detektiv der Kriminalpolizei.«

»Ich erinnere mich wirklich nicht ...«

»O das tut nichts, wir sind das von Leuten Ihres Schlages gewöhnt. Die Erinnerung wird schon kommen, wenn ... halt,« unterbrach er sich, »keine Scherze, wenn ich bitten darf!«

Und er trat hastig auf Foster, der langsam gegen den Schreibtisch zurückgewichen war, zu und packte dessen Arm. Indes hatte dieser bereits einen Revolver aus der Tasche gerissen, den Silas aber unschädlich machte, indem er im Augenblick des Abdrückens Fosters Arm nach oben schlug, so daß der Schuß in die Decke drang.

Im nächsten Augenblick entsank die Waffe Fosters Hand, und mit einem dumpfen Stöhnen ließ er den Arm schlaff niedersinken. Hempels Stoß war mit solcher Kraft geführt worden, daß Fosters Arm aus dem Achselgelenk sprang.

Durch den Schlag des Detektivs war Foster wehrlos geworden, und die auf einen Pfiff ihres Vorgesetzten herbeieilenden Geheimpolizisten Wanke und Hormaier hätten ihn leicht fesseln können.

Hempel hinderte sie noch daran.

»Einen Augenblick,« sagte er, »es wäre unnütze Quälerei, einen Menschen, dessen Arm ausgerenkt ist, fesseln zu wollen! Aber ich verstehe mich ein wenig aufs Einrenken. Damit packte er Fosters Arm und beförderte ihn durch einen geschickten kräftigen Griff wieder in seine natürliche Lage zurück.

»So, nun die Handschellen, und fort!« drängte Heidinger. Foster leistete keinen Widerstand mehr. Offenbar hatte er begriffen, daß ihm diesmal kein Ausweg mehr blieb.

Draußen vor dem Haus standen die zwei andern Detektivs, in ihrer Mitte Mrs. Foster und die Negerin, starr vor Entsetzen mit angelegten Handschellen.

Als Foster die Gruppe erblickte, verlor er zum erstenmal seine ruhige Sicherheit. Seine hellen Augen öffneten sich weit, und ein seltsamer Ausdruck lag in dem Blick, den er auf seine angebliche Mutter richtete. Befehl und Bitte vereinigten sich darin, und der Blick selbst hatte etwas so unheimlich Scharfes, als gingen leuchtende Drähte von Fosters Augen zu der Frau hinüber, die darunter förmlich zusammenknickte.

Indes meldete einer der Detektivs dem Kommissar: »Die beiden Weiber wollten sich hinten herum durch den Garten fortscheren, da nahmen wir sie fest.«

»Recht so, aber wir werden nicht alle in dem mitgebrachten Auto Platz haben. Warten Sie also mit Ihrem Kollegen und den Frauen, bis wir Ihnen einen andern Wagen herausschicken.«

»Sehr wohl, Herr Kommissar.«

»Verschließen Sie auch alle Zugänge zum Haus ordentlich und bringen Sie die Schlüssel mit. Innen darf nichts angerührt werden, verstanden?«

»Sehr wohl, Herr Kommissar.«

Dann ging es fort, nach der Stadt zurück. In Judendorf machte man einen Augenblick halt vor dem Haus der Gendarmerieabteilung, die dort stationiert war. Kommissar Heidinger ersuchte, einen Mann als Wache an die Villa Lotos zu beordern.

Spät abends und todmüde kehrte Silas Hempel in die Villa Holzmann zurück.

»Zum letztenmal nehme ich heute Ihre Gastfreundschaft in Anspruch,« sagte er zu dem erstaunten Hauswart. »Morgen übersiedle ich wieder in mein altes Quartier, denn meine Arbeit im Fall Holzmann ist beendet. Seit einer Stunde sitzt der Mörder hinter Schloß und Riegel!«

Natürlich mußte Silas Rosner nun alles ausführlich erzählen, und dieser kam gar nicht aus dem Staunen heraus, als er erfuhr, wie alles zusammenhing.

XXVII.

Der nächste Tag brachte die Antwort Dr. Berricks auf Silas Hempels Kabeldepesche. Sie erklärte alles, was man noch nicht wußte, auch warum der Aufruf nach den Erben nicht gleich nach Rudolf Woodmans Tod, sondern erst so viele Jahre später erfolgt war.

Rudolf Holzmanns abenteuerlicher Sinn hatte ihn zuerst nach vieler Herren Ländern, ja sogar bis in die Südsee geführt. Von dort war er später wieder nach Nordamerika gekommen und sogleich nach dem wilden Westen aufgebrochen, indem er sich einer Gesellschaft von Pelzjägern anschloß.

Erst jetzt war ihm das Glück hold. Es gelang ihm in der Nähe des Felsengebirges eine reiche Goldader zu entdecken. Da er sich durch den Pelzhandel bereits ein nettes Sümmchen zurückgelegt, kaufte er das Land rings um seine Goldader, ohne indes zu verraten warum, wie er überhaupt stets ein verschlossener Mensch gewesen war, der niemand in seine Karten gucken ließ. Einen einzigen Freund besaß er, einen armen Teufel, Deutscher wie er. Den allein zog er ins Vertrauen und mit ihm zusammen beutete er seinen Schatz aus. Als beide nach Jahren sich in Montreal niederließen, kauften sie große Landstrecken zusammen und verdoppelten so noch den mitgebrachten Reichtum durch Bauspekulationen. Indes galten beide schon damals als Sonderlinge, und als der Freund starb, wuchs sich bei Holzmann, der sich schon als Goldsucher Woodman nannte, die Neigung zum Sonderling erst recht aus.

Er verkehrte mit niemand, außer wo es seine Geschäfte erforderten, mied besonders alles Weibliche fanatisch und sammelte alte Bücher, über denen er all seine freie Zeit verbrachte.

Woodman hatte sich außerhalb der Stadt ein schloßartiges prächtiges Heim erbaut, in dem er mit zwei Dienern, einer alten Wirtschafterin und deren Tochter, die Krankenpflegerin war, lebte.

Er hatte sich ausbedungen, diese Tochter, wenn sie daheim war, nie sehen zu müssen, und danach richteten sich Mutter und Tochter streng.

Mr. Woodmans Vermögen wurde auf nahezu eine halbe Milliarde Dollar geschätzt.

Als er sich seinerzeit für den Rest seines Lebens in Montreal niederließ, ernannte er Dr. Berricks Vater, der eben damals als junger Anwalt sein Büro eröffnet hatte, zu seinem Sachverwalter gegen ein hohes Jahresgehalt.

Kurz darauf errichtete er ein Testament, in dem er seinen Bruder und dessen Frau oder in deren Todesfall ihre direkten Nachkommen zu Universalerben einsetzte.

So wurde er 70 Jahre alt, als er ganz plötzlich an einem schweren Nierenleiden erkrankte, das, wie der Arzt erklärte, unbedingt stete Pflege erforderte.

Auf seinen Wunsch übernahm die Tochter seiner Wirtschafterin, Alice Wilson, nun das Amt einer Pflegerin bei Mr. Woodman. Sie übte es mit einer solchen Hingebung und Pflichttreue aus, daß sie dem Kranken bald unentbehrlich wurde. Nach einem halben Jahr erklärte Miß Wilson plötzlich, sie könne nicht länger als Pflegerin bei dem alten Herrn bleiben, denn ihr Ruf litte darunter. Und dabei blieb sie, allen Bitten, Zureden und Gehaltserhöhungen zum Trotz.

Woodman aber konnte und wollte sich nicht an die Vorstellung gewöhnen, fortan eine fremde Person um sich zu haben.

Er versuchte noch einmal einen Sturm und bot Fräulein Wilson ein Kapital an, das sie für alle Zukunft sichergestellt hätte, wenn sie bis zu seinem Tod bei ihm bliebe.

Vergebens. Sie schüttelte den Kopf und sagte ruhig: »Ich brauche Ihr Geld nicht, Mr. Woodman, denn es geht mir nicht um Geld, sondern um meinen Ruf. Und ich wundere mich, daß, falls Sie mich halten wollen, Sie mir nicht das einzige bieten das mein Verbleiben ermöglichen könnte – Ihre Hand!«

Der Alte war verblüfft und – empört.

Heiraten – er! Der eingefleischte Weiberhasser und Ehefeind! Unmöglich!

Fräulein Wilson nickte dazu lächelnd.

»Ich wußte das, darum gehe ich!«

Aber schließlich besann sich Woodman doch. Alice war ihm unentbehrlich als Pflegerin, sie durfte nicht gehen.

»Also ja – in ... Namen ja! Ich biete Ihnen meine Hand an! Holen Sie den Pfarrer, damit er uns zusammengibt, und verständigen Sie den Friedensrichter!«

Aber Fräulein Wilson hatte noch eine Bedingung. »Alles soll geschehen, wie Sie es wünschen, Herr Woodman, bloß müssen Sie vorher Ihrem Testament noch eine Klausel beifügen für den Fall, daß wir Kinder haben sollten. Ich selbst brauche keinen Cent von Ihrem Gelde, aber wenn ich ein Kind habe, soll es nie in die Lage kommen, daß wildfremde Leute ihm sein Vatererbe wegnehmen können. Fügen Sie also Ihrem Testament die Erklärung bei, daß es erst dann Ihren Verwandten zugute kommt, wenn Sie selbst keine Kinder hinterlassen oder diese ohne Nachkommen gestorben sind.«

Mr. Woodman starrte sie wild an.

»Ja, sind Sie denn verrückt? Ich bin über 70 Jahre alt ...«

»O, das tut nichts. Ältere Männer als Sie haben Kinder in die Welt gesetzt!«

Da ergab sich der alte Mann auch in diese Bedingung. Die Klausel wurde in das Testament gesetzt, und die Hochzeit fand statt.

Frau Alice war ihrem Mann nun nicht nur Pflegerin, sondern die denkbar treueste, aufopferndste und fürsorglichste Gattin. Er lebte ordentlich auf unter ihrer Hand und bereute es nie, sie gegen seine sonstigen Grundsätze geheiratet zu haben ...

Im zweiten Jahr ihrer späten Ehe wurde dem Paar ein Knabe geboren, der Thomas getauft ward. Es war ein zartes, schwächliches Kind, das eigentlich immer kränkelte.

Auch nach dem Tode des Vaters, wo die Mutter alles tat, dem Sohn durch Bäder, Kuren und Wunderdoktoren aufzuhelfen, blieb er klein und schwach.

Trotzdem wurde er vierzig Jahre alt, in welchem Alter er sogar eine Ehe schloß, der hintereinander drei Knaben entsproßten. Indes waren sie alle noch schwächlicher, als der Vater gewesen war. Im dritten Kindbett starb die Frau Thomas', bald danach er selbst und seine Mutter. Die zwei älteren Knaben starben noch im Kindesalter, der jüngste kräftigte sich allmählich, verunglückte aber in seinem dreißigsten Jahr anläßlich einer Segelpartie. Nun erst konnte das ursprüngliche Testament in Kraft treten.

Dr. Berrick sen. war inzwischen längst gestorben. Sein Sohn, der seine Praxis übernommen hatte und mit ihr auch das Testament des alten Woodman, lieh nun in ganz Europa Aufrufe an die etwa noch lebenden Nachkommen Johann und Anna Maria Holzmanns ergehen.

Kurz danach meldete sich auch ein Erbe bei ihm. Er gab vor, der einzige noch lebende Nachkomme des erwähnten Paares zu sein, Ernst Holzmann zu heißen und bisher ein kümmerliches Dasein als Schreiber geführt zu haben. Das seinerzeit von Woodman zurückgelassene Dokument und die zweite Ringhälfte – die erste fand sich in Woodmans Nachlaß – besaß er freilich nicht. Beides sei schon vor Jahren verlorengegangen, erzählte er. Außerdem könne man sich ja nach ihm erkundigen. Und er gab verschiedene Namen und Anschriften in Berlin und Wien an, die seine Identität bezeugen sollten.

Die eingeholten Auskünfte lauteten auch durchaus sehr günstig, und man bestätigte nach einer Photographie die Identität Ernst Holzmanns ohne Zögern.

Dennoch hegte Dr. Berrick von Anfang an ein gewisses Mißtrauen gegen diesen ersten und einzigen Anwärter auf die Erbschaft, das nicht allein auf dem Fehlen der Ringhälfte beruhte ...

Vielmehr hatte, als Holzmann nach Montreal kam, um sich als Erbe vorzustellen, ein zufällig bei Dr. Berrick anwesender Herr nachher dem Rechtsanwalt gegenüber behauptet, diesen Mann wohl zu kennen. Er heiße nicht Holzmann, sondern John Cliffton, und führe ein abenteuerliches Leben. Erst habe er sich in den Golddistrikten Kaliforniens herumgetrieben, sei dann in St. Louis als Spieler berüchtigt gewesen und habe zuletzt in Begleitung seiner Geliebten, die er für sein Medium ausgab, die

86

Städte des Nordens bereist, um durch hypnotische und spiritistische Vorstellungen Geld zu verdienen.

Ernst Holzmann leugnete all dies mit Entrüstung. Aber der erwähnte Herr blieb hartnäckig bei seinen Behauptungen. Er kenne Cliffton, wenn er ihm auch nie vorgestellt worden sei, doch von frühester Kindheit an, denn sie stammten beide aus derselben Stadt.

Daraufhin entschloß sich Dr. Berrick mit der Entscheidung doch noch zu warten und begründete dies mit dem Fehlen des halben Ringes. Er wiederholte dann noch einmal die Zeitungsaufrufe in europäischen Blättern. Der angebliche Erbe aber verließ Montreal, um sich nach Europa zu begeben. Wie er sagte, wollte er dort noch einmal nach dem verlorenen Ringfragment und Dokument in dem Nachlaß seines Vaters forschen, von dem noch ein paar Kisten bei Verwandten in Berlin ständen.

Seitdem hatte man nichts mehr von ihm gehört, und auch die Nachforschungen nach dem Hypnotiseur John Cliffton blieben ergebnislos. Er existierte offenbar, denn sein Name war in dem Kirchenbuch seiner Heimatstadt eingetragen, viele behaupteten ihn auch zu kennen oder seinen Vorstellungen beigewohnt zu haben, doch blieb sein gegenwärtiger Aufenthaltsort unauffindbar.

Von all diesen Dingen standen nur die Hauptsachen als Schlagworte in der Kabelantwort, die Silas erhalten hatte. Im vollen Zusammenhang stellte sie erst ein acht Tage später einlangender Brief Dr. Berricks dar.

John Cliffton, der sich in G. als »Dr. Foster« gemeldet hatte, suchte anfangs alles, was man ihm zur Last legte, zu leugnen. Als man darüber hinweg zum Beweisverfahren schritt, hüllte er sich in Schweigen und beantwortete keine einzige Frage.

Seine »Mutter«, die sich gleich nach der Verhaftung als junges schönes Weib entpuppte, war weniger stark. Auch sie leugnete anfangs, gab aber dann allmählich dies und jenes zu und legte endlich ein volles Geständnis ab.

Sie war eine geborene Lothringerin, kam als Erzieherin nach St. Louis, wo sie John Cliffton kennen lernte und seine Geliebte wurde. Von da an reiste sie als sein Medium mit ihm herum, bis er ihr eines Tages sagte, sie müßten nach Deutschland, weil er im Begriffe stehe, eine ungeheure Erbschaft anzutreten, wozu er noch Dokumente beschaffen müsse. Er erklärte ihr, daß sie dort unter anderen Namen und völlig unbeachtet leben würden, daß sie eine alte Französin und seine Mutter vorstellen müßte, weil ein falscher Erbe ihnen alles streitig machen wolle und sie scharf beobachten lasse, ja ihm sogar nach dem Leben trachte.

Sie und Sally, die ihr seit vielen Jahren treu ergeben war, wurden genau instruiert und glaubten tatsächlich, alles müsse so geschehen der Erbschaft wegen ...

Jeanette Romain, wie Clifftons Geliebte hieß, wußte, daß zuweilen eine junge Dame kam, die dieser hypnotisierte. Aber sie dachte nichts Schlimmes dabei, weil er ihr sagte, es sei eine Kranke, die zu Heilzwecken von seiner Gabe Gebrauch mache. Indes sei dies vor jedermann auf das strengste geheimzuhalten, da es nach hiesigen Gesetzen strafbar sei, jemand zu hypnotisieren.

Als Jeanette Romain erfuhr, wie die Dinge in Wahrheit lagen und daß ihr Geliebter zur Erreichung seines Zieles kaltblütig einen Mord begangen hatte, war sie so entsetzt, daß sie Nervenkrämpfe bekam und in das Inquisitenspital geschafft werden mußte.

Das Verhör mit der Negerin bestätigte dann nur die Wahrheit von Jeanettes Aussage.

Die beiden Frauen waren tatsächlich völlig im Dunkeln gehalten worden über Clifftons Handlungen und Ziele, und da man ihnen nichts Strafbares nachweisen konnte, wurden sie nach einigen Tagen in Freiheit gesetzt.

Als der Richter Cliffton die Aussage der beiden Frauen vorhielt, zuckte nur ein verächtliches Lächeln um seinen Mund.

Am nächsten Morgen fand man ihn in seiner Zelle tot vor. Er hatte aus Streifen seines Bettuches einen Strick gedreht und sich damit erhängt. –

Hartwig Henter war am Tage nach Clifftons Verhaftung auf freien Fuß gesetzt worden. Eine große tiefe Freude erfüllte ihn, als er seiner Wohnung zuschritt. Denn erst jetzt, im Augenblick, wo ihm seine Freiheit angekündigt worden war, hatte er vom Untersuchungsrichter erfahren, wie tapfer und unerschrocken Fräulein v. Eltz sich als seine Braut und diejenige erklärt hatte, die im Ybbenburgerpark mit ihm zusammengetroffen war.

Am 6. Dezember war Serenas 21. Geburtstag gewesen. Heute war der 22. Sie war nun frei und Herrin ihrer Handlungen.

Würde er daheim ein Wort von ihr finden, das ihm die Unverändertheit ihrer Gefühle bewies?

Es war nichts da.

Freilich – wie konnte sie wissen, daß er gerade heute in Freiheit gesetzt worden war?

XXVIII.

Am selben Tag, da Hartwig in seine einsame Junggesellenwohnung zurückkehrte, saß Professor Königshofen mit dem Major von Marchstätten in dessen Arbeitszimmer.

Dort sah es heute recht unwirtlich aus. Die Vorhänge waren abgenommen, die Teppiche aufgerollt, die Polstermöbel mit Leinenkappen überzogen.

»Es ist hübsch, daß Sie noch einmal gekommen sind, lieber Professor,« sagte der Major, seinem Gast Platz anbietend, »und es ist schade, daß Sie sich nicht überreden ließen, Weihnachten mit uns am Gardasee zu feiern. Es wäre so schön gewesen!«

» Das sicher!«

»Konnten Sie es denn gar nicht möglich machen?«

»Können? O ja, gekonnt hätte ich es schon ... meine Kollegen benützen die Weihnachtsferien fast alle zu einem Ausflug nach dem Süden ...«

»Aber dann ... lieber Professor, Sie wissen ja gar nicht, welche Freude Sie uns machen würden durch Ihr Mitkommen! Wo Sie uns allen so lieb und teuer geworden sind wie ein Bruder und wir Ihnen so unendlich viel Dank schuldig sind ...«

»Bitte, Herr Major, sprechen Sie doch nie mehr davon! Sie wissen sehr gut, wie gerne ich mein bißchen Können in den Dienst der guten Sache stellte und wie glücklich es mich macht, ein Wesen wie Frau Lydia von den dunklen Schatten befreit zu haben, die ihr Leben verdunkelten! Ich schäme mich, Ihren Dank dafür anzunehmen, und würde es geradezu als peinlich empfinden, wenn Sie mich auch

noch bezahlen würden. Ich habe mir daher erlaubt, noch einmal zu kommen und Ihnen das so überreich bemessene Honorar zurückzubringen ... nein, bitte, sagen Sie kein Wort dagegen ... ich kann ... ich will es nicht nehmen!«

Er war über und über rot geworden bei diesen hastig und verlegen herausgesprudelten Worten. Wortlos starrte der Major ihn an.

»Aber, Herr Professor ...?« stammelte er dann verwirrt. »Ich verstehe wirklich nicht ... wollen Sie mir nicht erklären ...?«

Königshofen blickte dem älteren Mann ernst und fest in die Augen.

»Muß ich das wirklich erst? Sollten Sie nicht längst gefühlt haben, Herr Major, was mir Ihre Tochter geworden ist in diesen letzten Monaten?«

»Herr Professor?«

»Ja,« nickte dieser, »so steht es um mich! Aber noch ist die Zeit nicht da, wo ich das Glück fragen darf, ob es zu mir kommen will? Im Herbst ... wenn Sie wiederkehren ... vielleicht ...«

Er vermochte nicht weiter zu sprechen. Ein krampfhafter Händedruck noch, für einen Augenblick tauchten zwei Augenpaare leuchtend ineinander, dann ging der Professor stumm aus dem Zimmer.

Auch drüben in Lydias Zimmer ruhten leuchtende Augen auf einem Strauß blasser Rosen, von blauen Vergißmeinnichten umgeben.

Es war der Abschiedsgruß Königshofens, und Lydia ahnte wohl, daß er etwas sagen wollte, das Lippen nicht aussprechen durften. Noch nicht ...

*

Im Hause Eltz duftete es nach Tannen und Weihnachtskuchen. Der Oberst hatte eben seine Geschenke für Serena unter dem Baum verteilt, betrachtete diesen noch einmal mit lächelnder Miene und verließ dann das Zimmer, das er hinter sich abschloß, den Schlüssel in die Tasche steckend.

Es war gerade Mittag, und der Oberst ging nach dem Zimmer seiner Tochter, um sie zum Essen zu holen.

Er traf sie zum Ausgehen angezogen, ein mittelgroßes Paket im Arm.

»O – du willst ausgehen? Und ich wollte dich eben zu Tisch führen ...«

Serenas Gesichtchen rötete sich und sie wandte hastig den Kopf, damit der Vater nicht sehen sollte, daß sie geweint hatte.

»Ich bin im Augenblick wieder da, Papa. Nur fünf Minuten ... bitte, laß mich hinaus, ich bin wirklich gleich wieder da!«

»Wohin willst du denn justament jetzt?«

»Nur bis an die nächste Ecke, Papa. Da stehen immer Dienstmänner. Ich will das Paket an seine Adresse befördern lassen.«

»Hm – wohl ein Weihnachtsgruß an den ... den Herrn Dingsda? Kannst es wohl gar nicht mehr erwarten?«

»Ja, Papa, es ist für Hartwig bestimmt. Ich erfuhr soeben durch Zufall, daß er bereits in Freiheit ist ... da wirst du doch begreifen ... heute ist doch Weihnachten!«

»Na ja ... aber wenn der Mosjö frei ist und hat sich bisher noch nicht mal bei dir blicken lassen ...?!«

»Papa! Er wagt doch nicht ... er weiß ja, wie du von ihm denkst ...«

»Bah ... übrigens gib her. Das kann doch wohl auch der Diener bestellen, ich werde ihn instruieren, und wir können inzwischen ruhig essen. Ich habe schon Wolfshunger!«

»Lieber Papa, willst du nicht doch lieber mir ...«

»Ah, du mißtraust mir wohl? Denkst; er könnte dein Angebinde nicht erhalten? Na, nun aber erst recht! Ich gebe dir feierlich mein Wort, daß es rechtzeitig in die richtigen Hände gelangt!«

Damit bemächtigte sich der Oberst des Paketes und verschwand.

Eine Minute später setzte man sich zu Tisch, Serena traurig und in Gedanken versunken, der Oberst heiter und witzig.

»Gestern machte ich die Bekanntschaft eines jungen Mannes,« erzählte er Serena aufgeräumt, »der mich wahrhaftig entzückte! So – genauso hätte ich mir dereinst meinen Schwiegersohn gewünscht! Aber natürlich, mit dir ist ja nichts zu machen ... dir gefiele dein armseliger Ingenieur ja doch wieder besser?«

»Wahrscheinlich!« antwortete Serena zerstreut.

Der Oberst zündete sich mit Behagen eine Upman flor an zur Feier des Tages und schielte dabei seine Tochter von der Seite an.

»Aber geschenkt ist er dir nicht,« fuhr er fort. »Kennenlernen mußt du meinen Idealschwiegersohn doch wenigstens. Man kann ja doch nicht wissen ...«

Ein paar tiefe Züge aus der Zigarre.

Dann ganz plötzlich, wie aus der Kanone geschossen: »Ach was, das diplomatische Herumreden liegt mir nicht. Will's lieber gerade heraussagen: Ich hab' ihn eingeladen! Für heute! Damit wir nicht so gottsjämmerlich allein sind am Weihnachtsabend ...«

Ein Blick, schwer von schmerzlichem Staunen und Vorwurf, traf ihn.

»Na ... na ... mußt mich nicht so ansehen, Kleines! Nun ist's mal geschehen!«

Serena blickte still in ihren Schoß. Tränen saßen ihr in der Kehle. Auch das noch! Einen fremden Menschen am hl. Abend! Als ob dieser nicht ohnehin schon schwer genug sein würde ...

Draußen klingelte es.

Der Oberst sprang auf.

»Oho! Sollte das schon ... um vier habe ich ihm gesagt, jetzt ist's erst drei vorüber.«

Damit eilte er hinaus.

Serena hörte hinter sich eine Türe gehen. Jemand war ins Zimmer getreten, aber sie blickte nicht um. Da sagte eine liebe, lang entbehrte, wohlbekannte Stimme: »Serena!?«

Sie fuhr herum. Sie sah und wollte doch nicht glauben, was sie sah ...

Aber einen unartikulierten Laut ausstoßend, warf sie sich schluchzend in Hartwig Henters Arme.

»Du ...! Du ...! O ... du!?«

Und hinter Hartwig stand der Oberst mit wunderlich zuckendem Gesicht.

»Mein Weihnachtsgeschenk an dich, Kleine!« sagte er leise. »Und er ist wirklich ein Schwiegersohn nach meinem Herzen!«

Serena brachte kein Wort heraus. Das unerwartete Glück hatte sie stumm gemacht. Sie schlang nur die Arme um die beiden Männer, die ihr die liebsten auf Erden waren, und lachte und weinte zugleich.

Erst nach einer Weile fragte sie den Vater: »Aber woher kennst du denn Hartwig auf einmal so gut?«

»Ich war doch gestern über zwei Stunden bei ihm, dabei sprachen wir uns gründlich aus und ›fanden ein Wohlgefallen aneinander‹, wie man so sagt.

Aber nun gratuliere ihm auch rasch – er hat doch den ersten Preis für sein Bahnprojekt erhalten und wird die Bahn auch bauen. Ich aber werde dabei sein, denn er meint, wir drei müßten fortan immer beisammen bleiben, und dazu sag' ich amen!«

- Ende -

Der Attentäter
Roman von Karl Hans Strobl

Die Seelenverkäufer
Abenteuerroman von Kurt Faber

Jenseits des Äquators
Abenteuerroman von Ferdinand Emmerich

Der Feind aus dem Dunkel
Kriminalroman von Annie Hruschka

Der Tag der Vergeltung
Kriminalroman von Anna Katharina Green

Die Yacht der sieben Sünden
Kriminalroman von Paul Rosenhayn

Das Rätsel von Ravensbrok
Kriminalroman von Hans Hyan

Spreemann und Co
Historischer Berlin-Roman von Alice Berend

Die verlorene Welt
Abenteuerroman von Conan Doyle

Allan Quatermain und der
Zauberer im Zululand
Abenteuerroman von Henry Rider Haggard

Attila - König der Hunnen
Historischer Roman von Felix Dahn

Lizzie Holmes und die
Kristiana-Affäre
Kriminalroman von Sven Elvestad

Der Chinese
Ein Wachtmeister Studer - Krimi von Friedrich Glauser

Allan Quatermain
und die heilige Blume
Abenteuerroman von Henry Rider Haggard

Bomben auf Monte Carlo
Roman von Fritz Reck-Malleczewen

Das Elfenbeinkind
Ein Allan Quatermain Abenteuerroman von Henry Rider Haggard

Weitere Bände in der Buchreihe „Historical Diamond"

Mit der Beagle um die Welt

Auszug aus Darwins Reisebericht:

„Ich habe die Reise mit zu tief empfundenem Entzücken gemacht, als dass ich nicht jedem Naturforscher empfehlen könnte unter allen Umständen die Gelegenheit zu ergreifen und aufzubrechen ...

Unter den äußerst merkwürdigen Schauspielen, welche ich gesehen habe, mag angeführt werden: Das südliche Kreuz, die Magellansche Wolke und die anderen Sternbilder der südlichen Hemisphäre, die Wasserhose, der Gletscher mit seinem blauen Eisstrom, der über das Meer in einem kühnen Absturz herüberhängt, eine Laguneninsel, die durch Riffe bildende Korallen verbunden ist, ein tätiger Vulkan und die überwältigenden Wirkungen eines Erdbebens. ...

Ich blicke immer auf unsere Bootsfahrten und meine Landreisen, sobald sie durch unbesuchte Länder gingen, mit einem außerordentlichen Entzücken zurück, welches keinerlei Szenen der Zivilisation hervorgerufen haben würden. ...

Die Erdkarte hört auf, ein unbeschriebenes Blatt zu sein, sie wird ein Gemälde voll der verschiedenartigsten und belebtesten Bilder.“

Bibliographische Angaben:

Buchtitel: Mit der Beagle um die Welt: Bericht meiner Forschungsreise zum Galapagos-Archipel
Autor(en): Charles Darwin; Klaus-Dieter Sedlacek (Hrsg.)
Taschenbuch: 204 Seiten
Verlag: Books on Demand
ISBN 978-3-7460-9313-0
Auch als Ebook erhältlich.

„Gibt es jemanden, der diesen Sommer eine Fahrt per Automobil von Peking nach Paris unternehmen wird?"

… fragte die Pariser Zeitung Le Matin am 31. Januar 1907. Es meldeten sich 40 Teilnehmer für das Rennen an. Aufgrund unüberwindlicher Schwierigkeiten starteten starteten letztlich doch nur fünf Teams am 10. Juni um 8:00 Uhr in Peking.

Der aus einer Patrizierfamilie stammende Scipione Borghese, der Sieger dieses Rennens, schreibt an sein Teammitglied, den Journalisten und Autor Luigi Barzini:

„Uns […] erwartete allgemeiner Beifall, erwartete die Genugtuung, einen Augenblick lang die Begeisterung der großen Metropolen der Welt, der betriebsamen Städte, der stillen Flecken in ganz Europa erregt zu haben!

Am Punkt der Abfahrt die geheimnisvolle Hauptstadt des rätselhaften Reiches, aus dem das Geräusch des Lebens wegen der räumlichen Entfernung und des Abstandes im Denken nur gedämpft zu uns herüberklingt; am Endpunkt der lauteste Resonanzboden der Welt, Paris, von wo jeder, auch der leiseste Hauch des Lebens sich verstärkt und in tausendfachem Echo vervielfältigt über die ganze Erde verbreitet. …

Der Telegraph und die Presse, sie sind die unmittelbare Ursache der Volkstümlichkeit, deren sich unser Unternehmen zu erfreuen hatte.

Diese beiden sind es, die Ihre spannende Darstellung überallhin verbreitet haben, die den eintönigen und für uns nur allzu häufig höchst verdrießlichen Zwischenfällen der Reise Interesse verlieh. … Und das Publikum hat die Poesie gefühlt, die die einzelnen Kapitel dieser unserer modernsten Odyssee erfüllt."

Bibliographische Angaben:

Buchtitel:
Peking-Paris im Automobil: Die legendäre 16.000 km – Rallye 1907
Autor(en): Lugi Barzini u. Klaus-Dieter Sedlacek (Hrsg.)
Taschenbuch: 396 Seiten
Verlag: Books on Demand
ISBN 978-3-7528-3050-7
Auch als Ebook erhältlich.

Naturwissenschaft, Physik und Astronomie

– **Äquivalenz von Information und Energie.** Von: K.-D. Sedlacek

– **Das Gesetz im Zufall:** Wie sich verborgene Gesetzlichkeit manifestiert. Von: Moritz Cantor u. K.-D. Sedlacek (Hrsg.)

– **Der Widerhall des Urknalls:** Spuren einer allumfassenden transzendenten Realität jenseits von Raum und Zeit. Von: K.-D. Sedlacek

– **Einsteins Relativitätstheorie ganz ohne Mathematik.** Spezielle und allgemeine Relativitätstheorie. Von: Prof. Dr. Paul Kirchberger u. K.-D. Sedlacek (Hrsg.)

– **Freizeitvergnügen Sternenhimmel mit bloßem Auge:** Wie man Sternbilder auffindet ohne Instrumente. Von: Prof. Dr. Paul Kirchberger u. K.-D. Sedlacek (Hrsg.)

– **Phänomen Naturgesetze:** Das Geheimnis hinter den Erscheinungen der Welt. Von: K.-D. Sedlacek

– **Supervereinigung:** Wie aus nichts alles entsteht. Von: K.-D. Sedlacek

– **Die Natur psycho-physikalischer Phänomene.** Erforschung telekinetischer Vorgänge. Von: Schrenck-Notzing, A. u. Klaus D Sedlacek (Hrsg.)

– **Giganten der Physik.** Die Top10-Physiker der Menschheitsgeschichte. Von: Klaus-Dieter Sedlacek (Hrsg.)

– **Der allmächtige Informatiker:** Das Mysterium des Universums. Von Sir James Jeans u. K.-D. Sedlacek (Hrsg.)

– **Der verborgene Mechanismus des Weltgeschehens:** Neue Erkenntnisse über die Gestalten biotechnischer Systeme der Welt. Von: Dr. h. c. Raoul Francé u. K.-D. Sedlacek

– **Der erdgeschichtliche Klimawandel:** Den wahren Ursachen von Klimaschwankungen auf der Spur. Von Wilhelm Bölsche u. K.-D. Sedlacek (Hrsg.)

– **Wege zur physikalischen Erkenntnis.** Meine wissenschaftlichen Selbstbiographie, Reden und Vorträge. Von **Max Planck** u. K.-D. Sedlacek (Hrsg.)

Chemie

– **Der Stein der Weisen:** Wie die Alchemie zur Chemie wurde. Von: Wilhelm Ostwald et. al. u. K.-D. Sedlacek (Hrsg.)

– **Durchblick Chemie:** Praktische Grundlagen und Einführung in die anorganische, organische und Biochemie. Von: Prof. Dr. Lassar-Cohn, Prof. Dr. W. Löb, K.-D. Sedlacek

Natur- und Philosophie

– **Die letzten Ursachen.** Das Buch der Naturerkenntnis. Von: K.-D. Sedlacek

– **Gebundener Wille:** Wie frei ist menschlicher Wille tatsächlich? Von: K.-D. Sedlacek, G.F. Lipps et. al.

– **Jenseits der Erscheinungen:** Erkennbarkeit und Realität der Quantennatur. Von: Prof. Dr. M. Schlick u. K.-D. Sedlacek (Hrsg.)

– **Kleines Wörterbuch der Natur-Philosophie:** 1200 Begriffe, die man kennen sollte, kurz und prägnant. Von: K.-D. Sedlacek

– **Naturphilosophie:** Das Wesen von Naturgesetzen und die Erklärung des Lebens. Von: Prof. Dr. M. Schlick u. K.-D. Sedlacek (Hrsg.)

– **Vereinbarkeit von Religion und Naturwissenschaft.** Von: Kurd Laßwitz u. K.-D. Sedlacek (Hrsg.)

– **Das Konzept des Guten.** Sinnliches Empfinden – Der Ursprung unserer Wertvorstellungen. Von: Klaus-Dieter Sedlacek (Hrsg.)

– **Ist echte Erkenntnis möglich?** Einführung in die Erkenntnistheorie. Von: Prof. Dr. Erich Becher u. K.-D. Sedlacek (Hrsg.)

– **Das individuelle Ich:** Was ist der Kern des Selbstbewusstseins? Von: Th. Lipps u. K.-D. Sedlacek (Hrsg.).

– **Persönlichkeit und Unsterblichkeit:** In welcher Form existiert ein Weiterleben nach dem zeitlichen Ende? Von: Wilhelm Ostwald u. K.-D. Sedlacek (Hrsg.)

– **Die idealistischen Grundwerte unserer Kultur.** Von Johannes M. Verweyen u. K.-D. Sedlacek (Hrsg.)

Bewusstsein

– **Leben nach dem Leben:** Befreiung des Bewusstseins von den Fesseln der Zeit. Von: K.-D. Sedlacek

– **Quantenbewusstsein.** Von: N. Wrobel u. K.-D. Sedlacek

– **Synthetisches Bewusstsein.** Von: K.-D. Sedlacek

– **Unsterbliches Bewusstsein:** Raumzeit-Phänomene, Beweise und Visionen. Von: K.-D. Sedlacek

Leben und Medizin

– **Leben aus Quantenstaub.** Von: N. Wrobel u. K.-D. Sedlacek,

– **Was ist Krankheit?** Von: N. Wrobel u. K.-D. Sedlacek

– **Bewusstsein und Unsterblichkeit.** Von: C. L. Schleich u. K.-D. Sedlacek (Hrsg.)

– **Die Lebenskraft:** Wie Enzyme, Bewusstsein und quantenbiologische Effekte das Leben regulieren. Von: K.-D. Sedlacek u. N. Wrobel,

– **Die verborgene Ordnung des Weltsystems.** Neue Erkenntnisse über die schöpferischen Kräfte der Natur. Von: Dr. h. c. Raoul Francé u. K.-D. Sedlacek (Hrsg.)

– **Homöopathie und Praxis:** Naturheilkundliche alternative Medizin für den mündigen Patienten. Von: Dr. med. J. Voorhoeve u. K.-D. Sedlacek (Hrsg.)

– Eine andere Sicht auf die Entstehung der sporadischen Form der Alzheimerkrankheit. Von Norbert Wrobel u. K.-D. Sedlacek (Hrsg.)

PSYCHOLOGIE

– Gestalt-Psychologie: Einführung in die neue Psychologie vom Begründer der Gestaltpsychologie. Von: Prof. Dr. Kurt Koffka u. K.-D. Sedlacek (Hrsg.)
– Die ersten Spuren psychischer Erscheinungen: Das psychische Leben von Mikroorganismen – Eine Studie in experimenteller Psychologie. Von Alfred Binet u. K.-D. Sedlacek (Übers.)
– Allgemeine moderne Psychologie: Systematische Einführung in die Wissenschaft psychischer Prozesse. Von August Messer u. K.-D. Sedlacek (Hrsg.).
– Strahlende Kräfte durch positives Denken: Die Wurzeln des Erfolgs und Wege zum Glück. Von Emil Peters u. K.-D. Sedlacek (Hrsg.)

BIOLOGIE

– Wie intelligent sind Pflanzen? Sensationelle Einblicke in die geheime Seite des pflanzlichen Wesens. Von Prof. Dr. phil. Adolf Wagner u. K.-D. Sedlacek

– Über Menschenaffen, Tierseele und Menschenseele: Intelligenzprüfungen an Hominiden. Von Wilhelm Bölsche et. al. und K.-D. Sedlacek (Hrsg.)

GESCHICHTE, VOR- U. FRÜHGESCHICHTE

– Die geheimnisvolle Kultur der alten Kelten. Von Druiden, Fürstensitzen und der Lebensart unserer frühgeschichtlichen Vorfahren. Von Georg Grupp u. K.-D. Sedlacek (Hrsg.)
– Der Alchemist Leonhard Thurneysser: Die Lebensgeschichte des Goldmachers von Berlin. Von Klaus-Dieter Sedlacek (Hrsg.)
– Es begann mit Feuerskraft. Das Werden des Menschen und seiner Kultur. Von Carl W. Neumann u. K.-D. Sedlacek (Hrsg.)
– Gefangen zwischen Eisschollen: Die dramatische Entdeckungsgeschichte der Antarktis. Von Klaus-Dieter Sedlacek (Hrsg.)

RATGEBER FREIZEIT U. REISE

– Kultur erleben mit den Wohnmobil in Frankreich: Vierzig kulturelle Highlights, Park- und Übernachtungspätze sowie Navigationskoordinaten. Von Klaus-Dieter Sedlacek
– Kochbuch für ganze Kerle: Kräftige und Feinschmeckergerichte für Freizeit und Camping. Von K.-D. Sedlacek (Hrsg.)

FORSCHUNGSREISEN U. ABENTEUER

– Meine erste Weltumseglung: Tagebuch einer epochalen Expedition. Von James Cook u. K.-D. Sedlacek (Hrsg.)
– Exotische Reise durch Persien: Abenteuerlicher Bericht aus einer fremdartigen Welt des 19ten Jahrhunderts. Von Pierre Loti u. K.-D. Sedlacek (Hrsg.)
– Mit der Beagle um die Welt: Bericht meiner Forschungsreise zum Galapagos-Archipel. Von Charles Darwin u. K.-D. Sedlacek (Hrsg.)
– Peking-Paris im Automobil: Die legendäre 16.000 km – Rallye 1907. Von Luigi Barzini u. K.-D. Sedlacek (Hrsg.)
– Mein Leben im Tropenparadies: Fünfundzwanzig Jahre in Ceylon – Erlebnisse und Abenteuer. Von John Hagenbeck u. K.-D. Sedlacek (Hrsg.)

FANTASTISCHE WELT
ROMANE UND ERZÄHLUNGEN

Bd. 1: **Parallelwelt-Universum und die Suche nach der Weltformel.** Von: K.-D. Sedlacek
Bd. 2: **Marskolonie Eos: und die verschwindende Realität.** Von: K.-D. Sedlacek
Bd. 3: **Korakar: Geheimnisvolles Leben unter ewigem Eis.** Von: K.-D. Sedlacek
Bd. 4: **Die Spur des Dschingis-Khan.** Von: Hans Dominik, K.-D. Sedlacek (Hrsg.)
Bd. 5: **Atlantis: Die Rückkehr der Götter.** Von: Moriz Hoernes, K.-D. Sedlacek (Hrsg.)

SONSTIGE ROMANE

– Prinz Otto oder Der Phönix und die Freiheit: Roman über Intrigen und Macht, Verrat, Hinterlist und wahre Liebe - vom Autor der 'Schatzinsel' und von 'Dr. Jekyll und Mr. Hyde'. Von: Robert Louis Stevenson, K.-D. Sedlacek (Hrsg.), Vito von Eichborn (Hrsg.)
– Herr der Welt. Von: Jules Verne u. K.-D. Sedlacek (Hrsg.)